九歌
101年
小說選

甘耀明
主編

九歌一〇一年小說選
年度小說獎得主

陳雨航

〈小鎮生活指南〉（選摘）

得獎感言

陳雨航

一九七〇年代寫作時期曾幾度入選「年度小說」，於今思之，竟是遙遠前塵了。在相隔這麼多年後，重啟小說寫作，能得到讀者方家的接受肯定，心存感謝。

再次入列「年度小說」，榮幸之餘，但願持續再有創作，單純演繹一些故事，或者書寫我眼中的世界。這樣，應該就是快事了吧。

目錄

《九歌一〇一年小說選》編序

永遠璀璨的短篇小說元年

——甘耀明

如果很難想像法國十九世紀的女工、礦工下班後的全民運動，衝動地在煤燈下讀巴爾札克的小說。那就看看自己關燈上床後，又拿出智慧手機滑一下的反射動作。人類行為學家老愛找一堆詮釋，我最不喜歡被說成眼眶凹陷的吸毒者，不過二〇一二年的我差不多快成了這副模樣。

回顧二〇一二年，我幾乎處在一個微微迷醉狀態，生活可及之處會放些短篇小說，這些來自文學雜誌、網路、報紙副刊、地方文學獎輯，或自某處影印來的一疊疊文本。很難想像有次坐在馬桶上堅持看完某短篇，屁股都乾了，差點忘情地拿影印本去服侍它。這尋尋覓覓，一如詩人李賀騎驢找靈感，這裡走走，那裡晃晃，凡是中意的先收納錦囊，年底再行整理。看人騎驢是好玩的，去翻翻歷年來從爾雅到九歌出版社的年度小說的主編序，大抵能了解這是什麼過程。路有顛簸，覓到好文讓精神快衝破腦殼了，有種看到荼蘼花沸開，韶華勝極，套句現代話是總算來到加油站，旁邊還有一間小七能吃關東煮的熱心情，對了，還看盡窗外的深夜寒雨。到了歲末挑選也費了番功夫，限於選文篇章，哪些要，哪些要割愛，患了強迫症般反覆不止，有點文字吸毒犯的黑眼眶模樣。無論如何，這旅程值得的，帶回了十五篇精彩可觀的短篇，一列攤開，各有各的身段與光芒，馬可波羅炫耀東方之行的華貴珍寶與軼聞不過如此。

有些東西量化之後極為有趣，比如在腳上裝計步器，或腳踏車上裝里程計算機。又比如，馬可波羅東行了兩萬多公里——足足是他十代子孫一輩子在威尼斯步行的總和——這樣修辭學上的譬喻。我想知道的是：「台灣一年有多少的短篇小說產出？」這可以精算，會花很多的時間，我只統計了幾個紙媒舉辦或歷史久遠的短篇小說競賽場：自由時報林榮三文學獎四百零九篇，聯合報文學獎四百零五篇，中國時報文學獎三百九十八篇，聯合文學小說新人獎四百二十六篇，限高中生參賽的台積電青年文學獎有二百五十七篇，光這幾個文學獎總和一千八百九十五篇。如果再計算從中央到各地方縣市、高中與大學校際、強調題材或風格的各項文學獎，最後加上發表在報刊雜誌與出版成書的本土短篇小說，保守估計，一年有四千篇以上，約三千萬字，能印刷成三百本書，重約兩百公斤。

四千篇短篇，太驚人，不過是冰山一角而已，從「人人都有自己想寫出來的一篇故事」來看，顯示有更多「醞釀中、著手中」都是冰山以下的潛力寫手。這些在在顯示文學創作產業的未來龐大，而且在當下可以看到兩項事證，文藝營獎與文學獎多得驚人，彼此競爭造山。無論誰或誰批評文學獎，這項產業創造不少文學附加價值：作家忙著尬文學獎評審，寫手忙著尬文學獎賽，也有人忙著兩邊都尬。

我承認，我去年跑不少場子，這是維持「專業作家」的祕密。不過這四千篇短篇，除了部分刊登在報章雜誌、文學獎輯，大多無效地投入文學獎競賽，作者的嘔心瀝血之作只能孤芳自賞。文學獎機制走入了台上熱、台下冷的明星選秀賽，餵飽評審作家與獎金獵人。關於文學獎的討論太多，然而仍是篩選新人的好管道，寫過短篇的本土作家幾乎走過這條路，功過相抵仍有價值。至於文藝營，我想也應該有人出來研究這種文化，我曾聽過外國作家說這是台灣文藝活動之怪現狀，越來越勵志，越來越聲光，越來越像綜藝化的團康式文化大拜拜，比起二十年前，它成長的速度與規模驚人（有時應該說有市場）。台灣不大，作家面臨就算不認識也等到有點頭之交的一天，這天最常出現在文學獎或文藝營場合，總算有了交流的機會。這也是文學附加價值。

作為年度小說選的主編，我慶幸前頭有各報章雜誌編輯、文學獎評審團在守門，減輕了負擔。想想用堆高機將四千篇以上作品送過來的畫面，確實嚇人。至於我的挑選標準，「迷人」短篇小說即可。「迷」有多種解釋，陶醉是最常見，從頭到底給人沉醉，將作品細細勻開來看，迷人可能來自創造力、語言魅力、取材成功、高度有效細節、詮釋觀點的單一或多元組合，建立了小說美學。「迷」未必是沉醉之感受，可能是狠狠咬你，甚至套用賈西亞·馬奎斯所言「好的小說是世界的一個謎」。總之，好小說給人沉醉、執念、欲言又止、難以道盡，作品代言了什麼心情，或有爬出地獄，或飛上天堂的感受。沒錯，我這些說法都很抽象的。因為這麼多年下來，我早就知道「好小說」很難解釋，爭論已久，躺著也會中彈。不過，我還是得站起來說，好小說是個人品味的客觀詮釋，有時還有那麼點「理性地說出偏見」。相同的，好的小說家對於自己的寫作也是多屬「偏見風格」，不過得有能耐且高度的完成作品，這才算數。

比起二〇一二年因為文學獎引爆的話題，將「散文虛構了幾%」的潛規則浮出檯面來激烈討論，「小說對號入座」已是冰點的老話題。二〇一二年，我聽到認識的一些出版線編輯說，現在不只連本土小說賣不好，甚至翻譯小說也愈來愈不好賣。二〇一二年，沒有被唱衰，沒有掉到谷底，這年莫言得到諾貝爾文學獎，這道浪又帶起一批小說讀者。二〇一二年，長篇小說與短篇小說愈來愈分流，前者的方梓、吳鈞堯、夏曼・藍波安、駱以軍持續為長篇小說奮戰，或交出戰績。後者應運而生了《短篇小說》雙月刊，由出版界深具影響力的傅月庵主編，回歸「萬字乾坤」的短篇美學，一次刊登十篇，約報紙副刊或文學雜誌半年的消化量，刊物不登評論，運用網路平台建立了編輯與讀者的對話，打造了話題與銷量。

英國作家狄更斯在《雙城記》的開場名句「這是最好的時代，也是最壞的時代」，套用在任何年代皆可，事有起伏，日有晝夜，怎麼都會等到黎明。想到永遠有人創造可讀的短篇，何等幸福，而且有四千位以上的作者努力。這些短篇像一麻袋的種子撒落荒地，風吹雨潤，竄成了盎然榛莽。我無法全然深入雜林鬱堙之地，只能竭盡探索，最後帶回了十五株植物的婆娑姿態。

短篇小說喻為野地植物，並無貶意。如果長篇小說，或大河小說三部曲，喻為巍巍大樹或綠波蓊鬱的森林，動輒扣問歷史，不時探究大環境。那些野地的藤蔓、灌木、喬木或蕨類，最引人注目的是，它們多麼貼近我們的生活圈，也許在窗縫隙，或許在階梯，它們不是附屬品，永遠有自己動人身段。相信大家也會喜歡這些動人、發光、無比迷人的十五篇小說。

編選二〇一二年的小說選，我將自己還原成中性讀者，也就是葷素不拘、中西餐皆來的雜食主義者，以此挑選各種可能的好小說。什麼是好的小說美學，這永遠是打空砲言論，沒有定論。最佳方式是找出作品佐證，然而佐證終歸是作者個人美學，旁人難以複製，這是文學創作最具藝術美學之處，名為風格。風格之完成，亦是作品難得之處。

取景在澎湖望安的〈邊境Storegga〉，將讀者帶到哪都去不了的小島，共同面對成長啟蒙。作者辛曉嵐的小說技法，將記憶推離到邊境，有意模糊望安島的人文，強化異國特定符號，題目Storegga是北歐的特定地名，使用人頭馬的神話傳說，摻入安徒生童話〈美人魚〉，小說語言有外國翻譯體的腔調，將少女戀情放置一座遠島，彷彿被放逐禁錮而永難面對。看似逃避的過程，看似十八歲無解的記憶，敘事者「我」面對朝暮廝守的往事，無論不堪、難解或難纏，到底像美人魚的抉擇是洄回海濤，還是待在失語的陸地呢？文學向來不提供答案，只提供感受，小說始末的女性生產隱喻便是了，有種面臨巨大痛苦也要把「他」生下來的必然性，唯有再經歷一次，一切釋懷，重新來過。然而「他」是什麼，端看讀者細細品味。

兩岸目前互動頻繁，男人們是挺進大陸拼經濟，還是陷入在沙灘的「救國」情色文化。鍾文音的〈混世兒女〉可為當今台商註記，呼應清末小說《海上花列傳》對官場、妓院的描述，是現代化上海的商場版《海上花列傳》，融入了吃喝嫖賭，建構了令人目眩神迷的呢噥軟語的「父城」。小說開始，招魂般呼喚父親陰魂來啟動的漢人賭博文化，鍾文音以民俗學者的耙梳技法，細數博弈招數，將情感也押在金錢遊戲，下好離手，下床轉身，輸贏只是要方便脫身回台。〈混世兒女〉一如其名，寫出人們面對十里洋場的上海，繁華無比的不夜之城，不得不的廝滾與蒼涼，有種華麗衣袍上寄生蝨子的虛空。身為主角的台商只能視為群體的切片，奇特的經歷與故事甚為荒誕，但在鍾文音獨特的佛語超渡下，反而像老僧盤在階前檐滴中的淡薄身影，回首繁華的成住壞空。

小說常被討論「純文學」與「大眾文學」的界線與優劣，恐怕耗日費時也無解，當今又跑出「輕小說」這種講求快速消化與訴求年輕讀者的分類，且搶走市場大餅。爭論下去，不如好好看臥斧〈愛我你會死〉，或許讓兩方爭論又多些籌碼。此篇走推理路線，家暴、畸戀、流行歌曲、精神異常等元素都在這鍋，峰迴路轉，層次安排漸朗，足見作者的匠心。素以偵探科幻等小說技法見長的臥斧，帶領讀者看到原生家庭的桎梏與掙扎，愛情也許不是向上爬的繩索，也絕對不是割裂的利刃，結尾令人難以抉擇。

〈笑科人生〉打出礦鄉軼事的笑彈三響，看似三段人生切片，一氣呵成以女嬰的誕生成長串連。首場的是亦正亦邪、也想殺人的助產士，荒謬地接生手法令人噴飯，是亮點。後兩段以父女觀點的交替，寫出了「屁是自己的想，大便是女兒的甜」逗趣又溫暖的互動，對話精彩，不斷拉動人的閱讀神經，閩南語更增添了時空氛圍。小說也許很難把人弄哭，把人逗笑則比較簡單。幽默可以視為小說禮儀，同樣的人生，不一樣的角度詮釋，便可以博君一粲了。黃春明、袁哲生已發展出一套幽默詼諧的鄉土小說風格，觀看世界可以不一樣，而這次在新人薩野的筆鋒中再次看到對讀者眨眼的光芒。

據二〇一二年報導，台灣空屋率高達百分之十九點三，空屋一百五十六萬戶，但大家仍忙著蓋新房子，這讓好的小說家絕對不會錯過將觸角延伸到那些空蕩蕩、等待填滿的蜂巢空間。〈女屋〉是一篇從主角的職業細節切入的寫作教科書，成功塑造室內設計師的雅痞調調，精簡幾句，道出在此行打滾的痕跡，具說服力，顯見作者郭強生下筆前做足了田調。然此小說更傳神地表達了都會的飲食男女，如何遞補缺伴空位，筆法鋒利，一筆到位，主角被物化成到處設計空屋、進出女性閨房的寄居蟹，「即使是再破，再不起眼的殼，寄居蟹都不會不屑一試」，換女人如換殼。小說結尾，主角努力挽回的「生意」一夕之間毀了，這「生意」是否是下個女體，值得玩味，也將〈女屋〉意涵輻射到整座都市空間，空的不只空屋率，還有更多的心靈空虛。

大部分小說都有啟蒙意涵，以青少年為主角則洋溢純真。李嘉淋的〈可可可可〉描寫雙胞胎兄弟之情，然而弟弟智能不足，得由心智正常的哥哥托顧。小說的張力在這條剪不斷的親情拉扯。本該是悲情無奈的題材，誰願意被一條繩索絆住，李嘉淋加入了兒童純真的世界觀，讓小說有了浮力，比如對行動緩慢的弟弟用樹懶動態來譬喻，讓陪伴的哥哥觀察四周的時間拉長了；哥哥跑得再快，也甩不掉弟弟，畢竟這隻樹懶是攀附在他身上。小說也流動醇厚的人情，比如兄弟落水與喝熱可可，悲涼中又多了點暖意，人生不就圖這點慰藉，好攙扶彼此繼續走下去。

如果不落人間溫情，那就得堅持刻薄的生存哲學。黃淑假〈金花〉創造了鄉里迷人的小傳奇，一位「早年喪子、中年守寡、晚年生嫉妒」的老婦，戴滿金戒指，穿誇張服飾，拿著雨傘，處處去偷、去撿小東西。想想看，這可能是周遭那些孤僻的獨居老人翻版，或推著塞滿資源回收品的推車、眼睛不時飄向路邊瓶罐的身影。〈金花〉的角色性格古怪，切入的角度少見，稍有不慎就寫壞，成了八點檔演後母的平面人物。到底這樣的小惡動機為何？寫多又變得濫情，寫少又打啞謎，小說慢慢為讀者拉出了線索，而且這條線索的兩端如臍帶各自連結著嬰兒，一個在現實，一個在逝去的傷痛。偷來偷去，不過是學著造物主把被偷去的一切，包括小孩，偷回來罷了。

對喜愛賴香吟《其後》敘事調性的讀者，讀到〈靜到突然〉能感受小變身的味道，是的，多了點故事。〈靜到突然〉突顯了婚姻破裂後的巨響，一點也不平靜，夫妻之間的戰場延伸到孩子的監護權，打官司時醜化對方，悽悽慘慘，將婦女的徬徨無助真切寫出。賴香吟面對中年女性的幽微心思，嘗試從記憶下手，主角唐涓涓不就一邊活著一邊逼自己考古，走過的每條街，踏過的每條路，都埋伏了往事歷歷，滿城傾洩而來的舊情記憶，丟也丟不掉，剪也剪不斷，而且反撲咬人，最終還來了個令自己感情生波的房屋仲介，是自己小學同學。處理記憶，不是丟掉回憶，重新整理哪些可以攜帶上路，哪些該放輕輕放下，〈靜到突然〉最終面回到了喧囂的塵事紛繁，但心情多了份平靜。

網路成癮，得認真從「吸毒」層面看待，二〇一二年有數篇小說討論此社會問題，李家沂〈尺蠖〉是代表作。〈尺蠖〉的風格簡約，刪之又刪，減之又減，最後枝幹剩下一個中年失業的父親蹲在暗無天日的房裡，透過發光螢幕窗口，觀看世界的景觀，這是以尺蠖為喻的沉迷姿態，久坐退化，駝著巨大彎曲的背。〈尺蠖〉難得不再處理夫妻衝突，轉而經營在無奈，彷彿是失業核爆後第四百天的幽靈房屋，彼此視而不見，好留下精力各過各的，靜得令人發顫的冷漠。對中年失業父親而言，女兒是救贖，是「迷網」勒戒的替代品美沙冬，他或許沒撤走在人生谷底的黑暗，卻遇到子宮中的幼女圖案，生之初帶來光亮，李家沂以重按輕移的筆法，揮出了些浮力。

賈西亞・馬奎斯以《百年孤寂》將「魔幻寫實」技藝推到高峰，也將這概念推到世界各地，讓各民族挖出自己的文化傳說等老資產。瓦歷斯・諾幹〈黑熊或者豬尾巴〉以泰雅族尤幹・比皓的一生貫穿台灣的幾段重要歷史，諸如台籍日本兵、國共戰爭等，以極為濃縮的詩意語言、人物節奏、歷史氛圍，將整篇小說演繹成「一夜夢」的流暢。「魔幻寫實」是將民族文化以「擬夢」書寫，卻比現實更具體豐饒，更接近夜裡集體潛意識的豐年慶營火場面。原住民的社會文化充滿神話與傳說，生活接近山林神祕，〈黑熊或者豬尾巴〉的彩虹橋（回歸祖靈）與黑熊（成為人）的象徵有文化來源，使這篇更具說服性，也意猶未盡。

關於海洋書寫，廖鴻基與夏曼・藍波安各有各的大浪頭，二〇一二年又陸續有蔡素芬與新人連明偉出航了，皆令人期待。蔡素芬的〈漁夫〉將台南沿海漁民文化一次打包進來，船釣、潟湖、蚵棚、機動竹筏，藉由主角順風的出場，搭載醫生到近海魚釣，漸漸展開魚源枯竭的沿海生活。小說最迷人的地方，是如魚線拉出一條幾乎透明，但又緊緊鉤住讀者懸念的角色——罹患精神痼疾的妹妹，她只會沉默望海——這是漁民紛紛上岸進工廠之際，順風仍出海的主因，並且成了醫生的專屬船家。順風、妹妹、醫生，三者互動，潮來潮往，只維持平行關係。〈漁夫〉在鹽味極高的躁熱氣氛中，有股把人拖進黑洞的孤寂與無奈，日常操作的重複與無解，人生有無解的習題。唯有順風跳入海中的一刻，才能逼視已經疲憊的人際互動吧！平行關係有了交集。

語言是小說主調，極致藝術化之境便有了童偉格〈放鴿子〉。這篇描寫小男孩迎接盛夏時光來臨前的鄉村浪遊，步伐輕快，一景接一景，每個塊狀段落的文字淡定描述人情世故。童偉格塑造了一座濃縮的全景式村莊舞台，所有人物、河流、海岸都安然走位，然而，這比較不像是演戲，像是舞蹈表演。這麼說不過是想表達，〈放鴿子〉到底在講什麼故事，我未必能說個透，而這也未必是童偉格的意圖。作者確實有種魅力，調動語言意象，帶領讀者在小村迷路的藝術，而不是找尋出口的藝術，並且在讀者耐受性疲憊之前，換個布幕又娓娓道來。這篇萬字小說，全然像小說開頭放出的萬羽鴿子，在空中無定線的群聚盤桓，或者國家地理頻道中看到的海中魚群像鐵雲般游移，散發光芒，令人驚嘆。

描述花蓮鎮點點滴滴的〈小鎮生活指南〉，將我們引航到高中的回憶，主角李永明的轉組抉擇、打籃球度日、聽西洋音樂、落榜、畢旅，看似尋常的生活動靜，實則反映青春歲月的徒然消逝。作者陳雨航展現了古典敘事美學，乾淨、簡雅、素樸，往事歷歷如繪，線條是2B鉛筆般一筆定位，不疾不徐地拉開了一張敘事圖畫卷軸。這種美學不強調衝突，是從日常生活微小的有效線索，拉動讀者心中下懸的燈泡繩子，讓記憶也亮了。〈小鎮生活指南〉也在卷軸上動了高明技法，拉出了雋永詩意，比如：躺在住家的機堡上觀看滿天星斗、夜裡聽到遠處傳來的汽笛聲、一隻與火車同方向滑行的老鷹。這些安排推開了深遠空間，從空中或遠方凝視青春。終篇予人「青春終會流逝淡遠，人生無大事」之靜渺，誰不是如此。〈小鎮生活指南〉的小說美學建立，匠心獨運，陳雨航獲年度小說獎實至名歸。

升學考試成了全台學生的共業，誰能躲避，〈小鎮生活指南〉如此，〈請勿在此吸菸〉亦復如此。二〇一二年囊括數項文學獎的新人陳柏言，以〈請勿在此吸菸〉探究升學主義壓力下的變形人生。小說中的角色退避到金庸的武俠世界，那是脫離現實的桃花源。但是，如果愛情介入男孩世界，那樣苦苦建立的友誼從此崩壞，現代版的王語嫣的入場，動搖了高中男孩的互動與想像（那些武俠人物也會打砲嗎？），從而創造了殘酷人生（靠，武俠沒教人避孕與考好高中）。作者對現實世界的建構，真確迷人，無論對體罰、武俠、愛情皆點到了讀者穴道。小說結尾，菸盒內紙條告誡與煙霧瀰漫，意境完好，走過了十八歲的法律禁菸門檻後，人生未必就雲開見日了。

如果單身女性的荷爾蒙失調，絕對想不到的是她想要生小孩，劉梓潔〈親愛的小孩〉便是這般景觀。當今社會的觀念開明，婚前性行為、同居不是話題，結婚是給肚子裡的孩子法律保障而已。這讓〈親愛的小孩〉裡三十拉警報的肉食女製造新話題了，她到處捕食男體不是為了性愛，是為了繁殖，被採精的男性只有像培養皿上標籤的英文代號，H、L、N，或排隊中的無政府主義搖滾青年與峇里島沙灘男孩們。可是，肉食女的驗孕棒像是沒中的刮刮樂處處被丟棄，看見小孩像看見純潔的神，顯然劉梓潔卯起來認真地想，一個現代女性生育的目的，應該有更深刻意義：求子若渴，是思索「單身女性」或「單親媽媽」得建立在男性的對應位置，還是填滿寂寞，或複製另一個自我，抑或是獲得純粹的新生喜樂？無論是不是答案，都會催促讀者反覆咀嚼〈親愛的小孩〉。

一九八一年生，澎湖人。東華大學中文系畢，目前就讀台北藝術大學電影創作所。

邊境Storegga

——辛曉嵐

懷孕到二十四週的時候，下體還會流出血絲，醫生交代要臥床安躺避免走動。我和啟昇商量後決定辭去補習班的工作專心待產。

我媽和啟昇的媽知道後一直說要來幫我們，但是台北的房子都小，我們租的地方也只有客廳、廚房、臥室，還有一間塞滿書和雜物的書房，沒有多餘的空間再容納一個大人，所以就拒絕了媽媽們的熱心。大概是從那時候開始，我爸我媽每天輪流打電話給我，確認我和小孩的狀況；我爸重點問完就掛電話，連再見也不說，我媽比較囉唆，問東問西，還得講些親戚八卦才肯甘心。

那天一早我眼皮跳個不停，我媽竟然不到中午就打電話來。今天怎麼這麼早，不是輪到老爸打嗎？我接起電話就問。我媽沒回答我。我聽見她在電話那頭厚重的呼吸聲，清仔今仔日早起走了，我當下沒聽清楚又問了一次，誰走了？清仔，我媽說。

阿清走了。

我瑟縮在床上，身體側躺，雙手緊緊環抱肚子，不能哭筱雯千萬不能哭，我一邊告訴自己一邊試圖安撫肚子裡的孩子，沒什麼，不要緊的，然後調整呼吸，大口吸氣，緩慢吐氣，但沒有用，巨大的哀傷像尖銳的什麼刺入我的背脊，我感覺到腰部傳來劇烈疼痛，雙腿間流出微量的滾燙液體。我用最後一絲力氣打電話給啟昇。

醫生告訴我們，狀況不好，隨時有流產的可能，孩子出生前我必須在醫院靜養，剩下三個多月，稍微早產以現在的技術來說也沒有什麼問題，醫生說，只要再撐過一個月。

每天早上醒來，我就喝醫院準備好的藥膳湯和烤地瓜或濃粥，然後昏睡到中午，再起身吃點蔬果、魚湯，晚上啟昇來看我的時候會帶我喜歡的甜點像紅豆湯或豆花，向我報告家裡的狀況，我想努力回應他，但人總覺得疲倦，嗜睡，可又睡不好，常作夢，醒來後也不記得自己夢了什麼。

好吧，我說謊，其實我記得所有的夢。

我一直夢到阿清。

我真的認識阿清是在十八歲剛考完大學的夏天，我爸要我回島上幫阿發叔賣船票，阿發叔的女兒被碼頭檢查哨的軍官追走，嫁到台南，今年夏天沒有人手賣船票。我本來不想答應的，但阿發叔薪水發得實在慷慨，反正就兩個月，賺點零用去大學花也好。

阿清在村裡很有名，國中升高中考了全縣第七，那時阿清他爺爺還在碼頭邊那排硓𥑮厝裡賣冰，高興得連請了全村三天刨冰，大家也都覺得村子裡出了這麼一個天才實在有面子。阿清大我三歲，除了小學，我從沒真的跟他同校讀書，只是一直聽到他的傳說，上高中有同學知道我們同村會問我認不認識阿清，我只能搖頭，同學們瞬間失望的表情總讓我覺得自己做錯事情。

阿清上了大學後情況似乎變得不太一樣，聽他同校的學長姊說阿清從來不去上課，明明是電機系卻老躲在宿舍裡讀尼采、波特萊爾什麼的，學分幾乎當光。阿清的爺爺在他大二那年死了，阿清他爸差點不讓阿清回來奔喪，說他丟盡吳家的臉。阿清的爺爺死前都還念著阿清小時候多麼聰明，媽祖婆說是太子轉世，一世人厚命。

阿清沒有預警地回到小島來，聽說被學校開除，他爸向村裡的人發誓這輩子不跟阿清說話。阿清的媽在我們小時候跟人家跑了，所以阿清他爸特別疼他，每次潛水抓回來最大的那隻龍蝦絕對不賣，煮成鹹粥給阿清吃，阿清他爸自己不吃，看阿清吃。我想阿清他爸一定非常傷心，覺得自己再次被心愛的人背叛。

阿清坐下午最後一班交通船回來，熱死人的天還穿得全身黑，揹了一把吉他什麼都沒帶。阿清到的時候我正和阿英姨點刨冰的料，阿英姨突然停下動作看著碼頭，我順著阿英姨的目光看過去，看見阿清走下船，一個瘦高的黑影。阿清沒有跟任何人打招呼，阿清他爸當然也不可能來接他。整間冰店原本喧譁的人聲瞬間安靜下來，大家像看默片一樣看著阿清無聲從碼頭走上來，經過店門，又沿著馬路走遠。

隔天阿清自己到碼頭接包裹，十二個大紙箱，每一箱看起來都重得不得了，我不斷聽見胖福邊搬邊幹譙。阿清自己騎機車把紙箱一箱一箱載回家，聽說裡面都是書，不過只是聽說而已，沒有人真的問過阿清或阿清他爸。所有人都在偷偷注意阿清的一舉一動，但又不敢隨便和別人在公開場合聊起他，主要是怕阿清他爸聽到難過，又或許是阿清身上有種震懾他人的魅力，讓人覺得在背後議論他很不應該。

阿清極少出門，但是每天下午三點他會載著他爸的潛水用具到碼頭來，穿泳褲直接下水。有時阿清會帶珊瑚或龍蝦回來，有時空手，有時候是些莫名其妙看起來像垃圾的怪東西，比如褪色的金錶、長出白斑的拖鞋、瓷器碎片……有次阿清拖回一個比人臉還大的蚌殼，不過打開後裡面什麼都沒有只有沙。

漸漸地我發現一到下午阿英姨的冰店就開始坐滿人，大家藉口吃冰來碼頭看阿清潛水，小島上實在沒有新聞，阿清每天帶回的東西就成了新聞。

阿清上岸後會把所有用具洗好晒在堤防，再沖身體，擦乾，套上T恤和運動褲，然後到阿英姨的店吃冰。阿清不說話，二十塊放到台子上，清冰一碗二十，阿英姨會替他多淋半匙糖。

阿清坐在離門最近的桌子，一邊吃冰一邊看著堤防上的東西，頭髮滴滴答答淌著水，濕的T恤貼合他的身體，給人一種雖然穿著衣服，卻沒有穿衣服的錯覺。每次坐在他身側吃冰，看著他胸膛規律起伏，我都有空氣突然被抽光的窒息感。

我承認為了吸引阿清注意我曾試著穿得清涼，熱褲短到我媽問我是在賣票還是賣人，我和我媽為此大吵一架。不過阿清從來沒有多看我一眼，一次也沒有。

那天下午四點照例有群人在阿英姨店裡吃冰，寧願七八個人擠兩張桌也沒人去坐門邊那張。阿清那天較晚上岸，看起來沒什麼收穫，只撿了個青啤的綠瓶回來。他沒把玻璃瓶放到堤防上晒，反而一路拎著走進店裡，所有人看著他以為他會跟平常一樣掏出二十塊買冰，但他直直走到我面前放下玻璃瓶，然後才去和阿英姨點冰。什麼都沒發生一樣背對大家坐下來吃冰，把我獨自留在眾人質問的目光中。

那天下午每個遇到我的人都問我那是什麼，我實在答不出來，就是個被海流刮到面目模糊的綠色玻璃瓶嘛，裡面好像有東西，但瓶口被塞死，我試了幾次都挖不開，可能得打破才會知道裡面是什麼，不過我不想打破它。不知道為什麼，我覺得那只玻璃瓶看來似曾相識。阿清把玻璃瓶給我後一樣沒有多看我一眼，也沒有跟我說任何一句話。

隔了幾天某個早晨我才想起一件事。大概國小一二年級的時候我曾經瘋狂迷戀過收集紙娃娃，為了收集到雜貨店裡所有種類的紙娃娃，我每天從我媽或我爸的口袋裡借用一點錢，後來我媽整理櫥櫃從家裡搜出四五個餅乾盒滿滿的紙娃娃，我爸簡直被我氣瘋揍了我一頓。平常我媽還會在我考不好的時候拿水管抽我掌心，但我爸疼我，連罵我都少，那次我爸竟然打到我小腿瘀青，要我跪在鏡子前反省不准吃飯，我第一次在心裡感覺到恨意，我要逃離這個恐怖的家，離開這些恐怖的人，而我無處可去。我寫了封信給海底女巫，那個給小美人魚一雙人腿的女巫，我用紅色蠟筆（因為覺得那樣比較醒目，有緊急的意味）寫著注音：ㄆㄨ，ㄨˇㄛ用ㄨˇㄛ的ㄐㄧˇㄠㄍㄣ妳ㄏㄨˋㄢˇㄧㄣㄚ，大概是那樣子的一封信，然後拿了我爸一個空酒瓶，把紙條塞進去，封死瓶口，丟進海裡。

不可能是那個瓶子吧。

帶著住我們家民宿的觀光客到海邊抓蝦時我還在想，不可能是那個瓶子吧，我坐在滑溜的礁石上，不太認真地看顧那些驚呼連連土包子一樣吵鬧不休的觀光客，沒有注意到身後有人靠近，是阿清，雖然我沒有聽過阿清說話但我第一秒就知道那是阿清的聲音，夏夜濕涼海風一樣的聲音吹入我的耳窩，進入我身體，裡面是什麼。

我從礁石上彈起差點跌入水中，阿清迅速拉住我的手臂穩住我，然後他又問了一次，裡面是什麼？

我搖搖頭說，瓶口塞得很緊，打不開。

我聽見阿清輕笑的聲音。

阿清說，今晚有流星雨要不要一起看，他會準備啤酒和洋芋片。我問，幾點。兩點，他回答。好，我說。這時一個觀光客滑倒大叫，大男生的喊得比殺豬還慘，我趕緊過去處理，再回頭阿清已經不見了，真的要去看流星雨嗎？他都沒有說約在哪兒。

約得不明不白我也不敢輕舉妄動，到了凌晨兩點還在床上翻來覆去睡不著，這個阿清真的很討厭，為什麼約人這麼沒有誠意，我在心底默默生氣，甚至委屈得想哭了，然後我聽見，有什麼東西從窗口被丟進我房間的聲音，我驚坐起身，走到窗邊一看，阿清在樓下對我搖手，好像他是在下午兩點找我去海邊撿貝殼一樣一點都沒有不安的表情。我躡手躡腳經過爸媽的房間走下樓，又躡手躡腳拉開大門。阿清坐在腳踏車上等我，我小心翼翼關好門，坐上腳踏車後座，突然才發現自己沒有穿內衣。抓好，阿清拉過我的手環住他，我感覺自己的胸口抵著他的背，感覺到他的身體呼吸時輕微的擴張和收斂，感覺到一種類似慾望的潮熱湧上臉頰。好險是黑夜，黑夜能掩藏許多祕密。

我們一路騎到天台山，凌晨兩點的小島安靜到似乎能聽見每扇窗後的呼聲，海浪從沙粒縫隙間流走的聲音也變得十分清楚，好像整片海灣都在微微打鼾。爬往山頂的木階完全沒有燈，阿清自然地牽著我的手上山，我們在山頂找到可以容納兩個人的草坡，阿清拿了件薄外套先替我鋪在地上，晚上濕氣很重，他說，但自己卻隨意枕著手就躺下。其實流星雨是昨天的事，我記錯了，他說。原來是昨天呀，我無意識重複阿清的話，根本不知道自己在說什麼，只知道自己緊張得快要死掉了，擔心阿清已經聽見我亂七八糟的心跳聲。阿清貼近我的左臂躺著，體溫很高，輕聲哼著我從沒聽過卻覺得十分好聽的英文歌，慢慢的，我忘記自己是在凌晨兩點和阿清躺在漆黑的天台山上，我覺得自己躺在無垠的宇宙之中。

有點冷，我挨向阿清，睡意襲來。

欸欸欸不能睡著會感冒，阿清搖搖我伸手指向星空，妳看這些星星，有的可能已經死了噢，只是它們發出來的光跑了幾千億年才到地球來，才被我們看見，我們看見的可能是已經消失的東西噢。阿清這樣說的時候，我不知道為什麼能感覺到他心底巨大的哀傷，好像他曾經擁有過什麼，確定會失去的東西。

後來我們幾乎每天都會在半夜兩點見面，阿清騎著腳踏車帶我在小島上遊蕩，夜晚的小島好像只屬於我和阿清兩個人，我靠著阿清的背同時感受熱的臉和冰的腳尖，以為那就是愛情。

阿清的父親常常喝醉，醉到直接吐在床邊阿清就會帶我到他房間。阿清的房間真的跟傳說中一樣擺滿了書，像他們說的尼采、波特萊爾都有，但不只這些，更多更多，馮內果擺在康拉德旁，傅柯躺在薩伊德身上，更多更多。我喜歡閉著眼用指尖一一摸過那些書的書背，好像正在彈奏一首歌，那時候我還不知道，一個人如果讀了太多阿清架上那些書，就會變得不太快樂。阿清潛水撿回來的雜物就堆在房間角落，散發著深海的氣味，我們在那樣的氣味裡接吻，阿清會熱烈地親吻撫摸我全身，但從不開口要求什麼，有時他會突然緊抱住我渾身顫抖，我們就這樣一動不動屏息等待尖銳的慾望退去，阿清抱我抱得像要把我嵌入他的身體時，我因為他的痛苦而快樂，我很高興自己是能讓他痛苦的人。

大部分的時間阿清會帶著我到處探險，和阿清到過的地方對我來說都變成了不一樣的地方，阿清總有各式各樣的故事，每一間傾頹的古屋，每口井，每一片枯萎的草原，阿清都能說出一個專屬那些物事的故事，我常覺得那些東西是因為阿清說的故事才存活下來的，是故事讓風景變成永恆的記憶。大概是阿清和那些故事的關係吧，我在大三時不顧家裡反對從藥學系轉學考到北部的一間大學去讀中文，也是這樣才認識了啟昇，跟啟昇結婚。

每天兩點溜出去很快就讓我在白天變得恍惚昏沉，太晚回家的時候我就乾脆不睡，免得趕不及賣早班船票，但如果不小心睡著那就完全叫不醒了。我媽起初以為我病了，後來又以為我煞到什麼，還帶我到廟裡給花婆收驚。我把睡眠時間調到下午，不再到阿英姨店裡吃冰看阿清潛水，一方面是為了晚上有精神出門，一方面怕被人發現，我和阿清對望的眼神中藏了太多親暱。

整座島被我們走遍了我們就到海邊，躺在冰冷的沙灘上看星星，有一次阿清跟我說了一個人頭馬的故事。阿清說，世界上最後一匹人頭馬逃到了河邊，他高舉雙手在月色下過河，如果有人在這時看見人頭馬一定以為他是俊美的男人，但其實踩在河床柔軟泥沙上的是馬的身體。人頭馬走到河中央時看見一名美麗的女子正在沐浴，他情不自禁走向女子，女子發現有陌生人靠近立刻呼救，人頭馬看見村人拿著武器趕來便抱起女子逃開，畢竟下半身是馬所以跑得非常快，村人很快就被遠遠甩在身後。

然後呢，我緊捉著阿清的手臂問。

他撥開我頸項間的沙粒繼續說，人頭馬帶女子到山崖邊的草地上，女子問，你真的是一匹人頭馬嗎？是的，我是世界上最後一匹人頭馬。女子說，我一輩子都在等待遇見一匹真正的人頭馬，如果可以，讓我為你生下一個孩子吧。赤裸的女子躺在草地上，人頭馬試圖趴在女子身上，但沒有辦法交合，女子轉過身暗自哭泣，人頭馬絕望地走開。這時村人趕到，他們把人頭馬逼到崖邊，崖下有塊突出的岩石，岩石經過千年風雨錘打變得鋒利，人頭馬跌落，身體被岩石從中間劃開，變成了半個人和半匹馬。

我感覺漲潮的浪打到我的腳背，我不想再聽下去了我說。

人頭馬終於能平躺在地上了，他發出滿足的嘆息，轉過頭看見馬的下半身流出汩汩熱血。人頭馬凝望星空，像他長久以來期待的那樣，感覺發亮的星星朝他墜落，夜空變得黑黯而沉重，那是他看到的，最後一個景象。

阿清講完故事，我們沉默了好一會兒，海水已經蔓延到我們躺下的地方，我的衣服都濕了。我站起身，脫去身上的衣服，赤裸走進海中，夜晚的海水比沙灘溫暖。阿清也起身褪掉衣服下海。我們在海裡游泳，潛水，阿清教我怎麼閉氣延長在海底的時間，我們在海底接吻，被鹹得發苦的海水嗆到，阿清在幽黯深邃的海中深深地抱住我。我想著剛剛的人頭馬的故事。我貼著阿清的身體，貼在他耳邊說，你真的是一匹人頭馬嗎？世界上最後一匹人頭馬？我這輩子都在等待遇見一匹真的人頭馬，如果可以，讓我為你生下一個孩子吧。

阿清發出低沉痛苦的呻吟，像一匹真正的、跌落山崖身體被岩石切成兩半的人頭馬。不用任何人教，我把手放到那個我已經很熟悉的物體上，撫摸它，直到阿清發出一聲壓抑的嘆息後把我抱得更緊。阿清的雙眼緊閉，好像我做了一件非常殘忍的事，又好像我做了一件非常殘忍的事，所以才把他從某種痛苦中解救出來。

那樣的時刻裡，對我來說像傳說一樣的阿清會變得莫名脆弱，脆弱的阿清似乎才是我能擁有的東西，我希望他一直那麼脆弱。

七月的最後一個週末，我爸媽要到本島喝二表姊的喜酒，交代我好好顧家，我幾乎是用跳的把他們送出門，阿清說那樣的話下午我們可以一起潛水，他要帶我去他潛水時發現的祕密之地。

我們分別從不同的沙灘出發，在入港的燈塔基座附近會合，阿清說潛水裝備很重由他揹著，需要潛水的時候再把氧氣罩給我就可以了。不知道游了多久，我感覺後背被午後陽光晒得發燙，海岸只剩一條線，我很害怕。阿清說不要怕，這裡我常來，很安全，我要帶妳去的地方就在前方。

那時，整叢珊瑚礁還是活的。

彷彿從海流深處生長出來、無比巨大的珊瑚礁被各色雀鯛圍繞，射入海中的光碎成無數光點，一顆顆發亮的光點反覆落在珊瑚礁上，彷彿整叢珊瑚礁並不真的存在，只是場閃爍的夢。我激動得幾乎流下眼淚，內心充滿惶恐，覺得人的眼睛不該看到那麼美的東西，看到的話要遭受天譴。

阿清拍拍我的背，我們又沉默地游回小島，在入港的燈塔基座附近分手，各自回到出發的沙灘。

那是阿清第一次進到我家。我們一起洗了澡，然後在接近黃昏，家家戶戶煙囪開始冒出帶著食物香氣的白煙時，第一次做了愛。

安安靜靜，像夕陽沉入海底一樣，沒有發出聲音。

我們在島上每個不會被人發覺的地方做愛，但我最喜歡的還是阿清房間。阿清房間有扇面海的窗，可以聽見海的聲音，角落從深海被拾回的物事發散著毀敗的氣味，濕涼海風從敞開的窗口吹進來，整個房間像漂流在海上的一艘船，上面只有我和阿清。為了不要發出聲音吵醒阿清的父親，我們把床墊移到靠窗的地板上，阿清在我身上的時候我能看見窗外的星，我在阿清身上的時候阿清也能看見窗外的星，好像我們在銀河系做愛，好像我們也是星星。

在阿清房間裡做愛最棒的並不是天上的星，是阿清的歌。做完愛後阿清常會抱著吉他靠牆低聲唱歌，我最喜歡他唱披頭四的〈When I'm Sixty-four〉，每次他唱這首歌我都會要求他多唱幾次。那時候我覺得自己會跟這個人一起生活到白髮蒼蒼，齒牙動搖，生活到我們都是六十四歲，我這輩子只會愛上阿清一個人，不可能再有第二個人為我在做愛後唱一首披頭四，為我唱Will you still need me, will you still feed me, when I'm sixty-four...

夏天快要結束的時候，我變得容易哀傷，從阿清家離開的時間也愈來愈遲，阿清常得狂飆腳踏車才能在天亮前送我回家，有時到家已經五點，我媽早在廚房忙碌準備客人餐點我才偷溜回房間，有幾次竟然在樓梯間遇到我媽，我裝作剛睡醒的樣子摸進廁所，聽我媽在背後叨念說怎麼養了個女兒只會睡覺都不幫她。

我一邊在浴室洗臉一邊聽我媽在門外滔滔說個不停時都會覺得非常非常寂寞，連這個把我帶到人世的女人都不知道我正瘋狂愛著某個人，連我自己都不知道自己會這樣瘋狂愛著某個人。

然而夏天終究會結束的。

島上的遊客日漸稀少，我媽整天叮嚀我要趕快收東西免得到時候要去讀書了才東漏西缺要家裡寄，我媽愈是念我我就愈不想收拾，好像把東西都收好了就到了和阿清分離的時刻，好像這次和阿清分離後就永遠不能再見到阿清。阿清察覺到我的不安，放任我在他房裡賴著不走，總是到最後一秒怕我被我爸打才哄我回家，然後飛一樣地騎著腳踏車穿過初醒的陽光和村落。好像在逃命喔，我說。

八月的最後一個星期四早晨，下了雨，阿清和我忽然被雨聲驚醒才發現已經過了五點，連阿清他爸的呼吸都變得輕淺，快要醒來的樣子。我們慌慌張張出了門。

我像平常一樣跳上腳踏車緊緊抱住阿清，車剛過彎，一旁小路衝出一輛警車，我和阿清跌進路旁草叢，年輕警察神色緊張下了車，結結巴巴問我們有沒有事，我和阿清搖頭說沒事沒事請你不要告訴我們爸媽。年輕警察是剛調來的巡官，整天愁眉苦臉祈禱快點離開小島，他不會揭發這件事的，阿清給了我這樣的眼神，我也慶幸。

警車開走後，阿清發現我的短褲上沾滿了血，等我再張開眼發現自己竟然還躺在阿清床上，我的右腳痛得不得了，像被一支巨大的鉗子夾著，浴室裡傳來阿清啜泣的聲音。阿清阿清你為什麼哭，我壓低聲量問但阿清沒有聽見，我拖著腳到浴室門邊，阿清背對我洗著我染血的短褲，鮮紅的血順著水流流進排水孔裡，阿清回頭，我看見他滿眼的淚。

那是我最後一次看到二十一歲的阿清。

再醒來，我躺在醫院，我媽哭紅了眼，我爸站在一旁鐵著臉一聲不吭；再醒來，夜深，我爸睡在靠牆的躺椅上，爸，我想叫醒我爸問他現在幾點，但喉嚨像乾裂的土地發不出聲音；再醒來，同學們圍在床邊。我知道很多人來看過我，但裡面沒有一個是阿清。

我媽說我昏迷了一個禮拜，右腳脛骨裂了不打鋼釘但得先上石膏一個月觀察，我問我媽阿清有沒有來看我，我媽沒有回答，我爸說我敢再提阿清他就打斷我另一隻腿。阿清沒有來看過我，一次也沒有，阿清就像雨水落在海裡一樣從我生命徹底消失。我向每一個來看我的人問起阿清，他們眼神閃躲似乎怕我知道什麼事情，我知道他們共謀著某個祕密，但我連打開病房的窗透點新鮮空氣都沒辦法做到，我沒辦法找到阿清，我沒辦法問問阿清到底發生什麼事情。

我要我媽把綠色玻璃瓶帶來給我，困在床上的日子我不是看書就是用一把小銼子，一點一點鬆開封住瓶口的石子，石子竟然還被蠟油固定，到底是誰那麼堅持要封住什麼東西。瓶子被打開的那天早晨，我身邊沒有人，我搖搖瓶子倒出了一條乾枯的昆蟲的腿，難道是蟑螂，哪個人那麼變態？瓶子裡還有東西，我倒立瓶身用力拍了幾下，一隻蜷縮的蚱蜢碎成幾段散落在白色被單上，褐色的屍體相當乾燥，看不出任何曾經埋藏在大海深處的痕跡。那隻蚱蜢是死了才被關進瓶子裡，還是活生生被困死瓶中？

沒有人能回答我。

就像沒有人能回答我，為什麼阿清始終不來看我。

我晚了一個月才去讀大學。

我晚了七年才知道我曾經失去過一個孩子。

我和啟昇結婚的前一天晚上，我媽才告訴我事情的真相。我昏迷的時候阿清和他爸跪在病房外請求我爸原諒，要不是二叔和大伯拉住我爸，我爸可能會把阿清打成殘廢，阿清他爸哭著請求我爸原諒阿清，看在阿清從小沒有母親的分上饒他一次，他會把阿清送到朋友的遠洋漁船上，兩三年不再上岸。我爸原本還想告阿清，但我已成年，親戚朋友也要我爸別把事情鬧大對我不好。最後甚至連花婆都來了，她告訴我爸他前輩子欠了阿清一條命，這輩子我來幫他還，還完兩家的債就清了，永世不再糾纏。

我爸後來好幾年不跟我說話，也不讓我回到島上。我知道我傷透了他的心，我沒有權利抗議。

偶爾我從別人那裡聽到阿清的消息，有人說阿清在跑船時染上毒癮，有人說阿清娶了一個酒廳的女人，有人說阿清他爸死的時候留給他一屁股酒債。總之阿清對我來說從此只是個消息，再也不是有溫度的人。

我和啟昇結婚第一年回娘家的時候，我在碼頭遇見阿清一家人，阿清一頭灰髮，骨瘦嶙峋，看起來像四十歲，但我還是一眼就認出他，即使他已經變成一個完全不同的人。阿清對我露出有點不好意思的笑，向我介紹他的妻子，他妻子是個樸素殷實的女人，不像酒家女，兩個小孩看起來跟年輕時的他一樣聰明伶俐。我跟啟昇說，這是阿清，我們同村的。

那是我最後一次見到阿清。

也許是因為那場車禍那個流失的孩子在我身上留下看不見的傷，我和啟昇結婚很多年後都沒有孩子，這是我們第一個孩子，啟昇比我還緊張，我和我媽都沒有告訴啟昇以前的事，我們都很愧疚，我媽說我一定得為啟昇生個孩子，我說我知道，預產期前三週我連翻身都不敢。

啟昇白天上班，晚上就到產房陪我，念書給我聽。有天晚上我覺得空氣好悶，我說啟昇能不能開窗，他說窗戶有特殊設計不可能完全打開，我說那拉開窗簾好嗎我想看看天空，他說好，拉開窗簾，把窗戶也開了一條縫，入秋的空氣帶著城市的煙塵流入內室，隔壁床沉睡的孕婦突然打了個小噴嚏，啟昇又把窗戶關緊。

我看著城市上空難得出現的幾顆疏落的星，覺得自己孤獨得像世界上最後一匹倖存的人頭馬，我在那樣的孤獨裡入夢。

夢裡我回到小島的海灣，二十一歲的阿清在我面前頭也不回地走，我想叫住他卻沒有辦法發聲，我想追上阿清，但是身體好沉，低頭一看才發現自己挺著九個月大的肚子行動困難，阿清等我我在心底大喊，但阿清沒有聽見。年輕的阿清自顧自穿上潛水裝備潛入黑暗的海，我緊跟在他身後，夜晚的海水溫暖如吻，我覺得入水後身體變得好輕，阿清仍舊沒有回頭一直向前游去，我跟著，知道他要去哪裡。

我們一起抵達那叢珊瑚礁生長的海床，但那裡已經什麼都沒有留下來了。黑暗的水流從我們身邊經過，我感覺自己身上的什麼也跟著水流漂到很遠很遠的地方。阿清的身影慢慢溶解在黑暗之中，最後什麼都沒留下。

我醒來，床邊站著一臉驚慌的啟昇，羊水破了。

羊水聞起來有點像藻類腐敗在溫暖潮水裡的味道，下雨了我說，但沒有人聽見，我看著窗外的雨絲，想像無數的雨在夜裡像流星靜靜落入海中，靜靜變成海的一部分。我想像在海流最深最暗的地方，在沒有任何一個活著的人到過的地方，一只藏著紙條的玻璃瓶，祕密地躺在那裡。

也許某天會有人發現它，也許永遠不會有人發現它。

——原載二〇一二年十二月十日～十一日《自由時報》副刊

本文獲二〇一二年第八屆林榮三文學獎短篇小說組首獎

混世兒女

——鍾文音

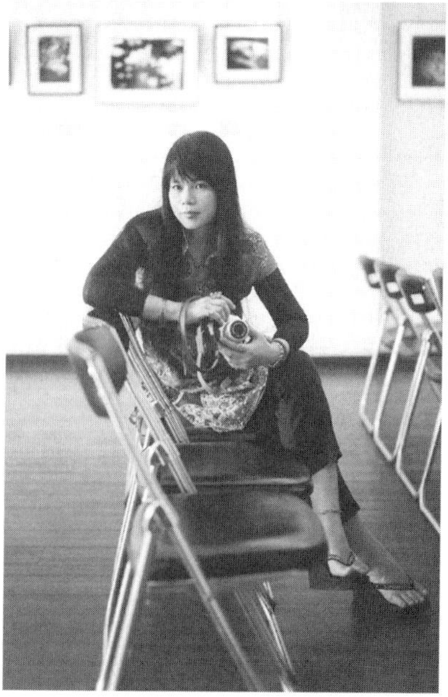

淡江大傳系畢，曾赴紐約視覺藝術聯盟習油畫創作兩年。

現專事創作，以小說和散文為主。

被譽為九〇年代崛起的小說家與散文家。曾獲聯合文學、中時、聯合、吳三連等多項文學獎。

二〇〇六年以《豔歌行》獲開卷中文創作十大好書獎。持續寫作不輟，已出版短篇小說集、長篇小說及散文集多部，質量兼具、創作勃發。二〇一一年出版台灣島嶼三部曲《豔歌行》、《短歌行》、《傷歌行》，亦已出版日文版及英文版。

曾出版圖文書《裝著心的行李》，近作為攝影圖文書《暗室微光》。

我在父親年輕時的城。

1

他以前常說他小時候如何如何……。在上海，什麼賭沒瞧過，我們當時才真見了世面。光是一八一號洋房賭場的排場你光看見就知道厲害了，文場和武場賭起來可不同，文場就是你媽玩的那些玩意兒，無傷大雅的麻雀。

「文場就是我們說的衛生麻將嘛。」我說道。

「滿對！滿對！就是斯文派的，武場才過癮，既然稱武就是輸了可能還見血光，鬧出人命是常有的事，把身家都給賠了。外灘上的牌九、搖攤輸贏都大得很，那時候為妓女買個場，做個花頭或應酬捧場買個票出手闊的也不過十元、二十元，可是在武場的賭局輸贏卻可以在二十萬元以上。輸的人有的就開支票，像你未見面的叔叔嘯林啊，有次輸大了開票，隔天卻又登報說那票遺失，讓拿票的人沒轍兌現，分文無得，像你叔叔就是個敗家子，有回就被對方堵到，打得落花流水狗樣的。這叫鴨屎臭！他一生真是臭死了！」父親嘆了口大氣，接著又陷入回憶流沙。

「當時在法租界區，出入都很時髦的，哪像台灣的人趿雙拖鞋還穿汗衫嚼著檳榔就蹺起二郎腿來賭了，賭博要靠智慧，唉，耍狠是準輸的，要能耐得住性子。骰子二十一門、大小牌九、搖寶、勃加那撲克牌等，玩不完，中菜西菜任你選，還有汽車接送，若是贏錢回去還送保鏢一路陪，短期的莊票也可以通用兌現，保接保送，那時啊阿拉家的祖上五奶奶和不嫁的七小姐連總管家李律閣都是座上賓，很有派頭的。至於街上的那些人也是賭，馬路上到處有賭攤，空襲就帶著幾粒骰子就可逃命了。愈是戰爭時期，人愈想賭博，輸了橫豎一顆炸彈下來也是什麼都沒有，不怕輸的人賭起來像是連命都不要呢。賭牌不過癮，就賭馬賭狗賭老二……，什麼都賭，賭徒最多的時候也是神棍最猖獗之時。」

在台灣大家樂瘋狂時，一些明牌不靈導致全數摃龜的人把那些廟宇的木頭佛像斷手斷腳的畫面，曾經讓我感到恐慌，直以為那是十分暴戾之舉。那時我想起的人也是好賭但有賭品的父親。

「仔仔，你聽過賭觀音的嗎？」父親當時問我。

「觀音不是被供奉的嗎？怎麼也拿來賭了？」

「也不光是台灣島貪婪啦，整個民族都是賭性堅強，到處都有賭徒，這和人性有關，早其來有自啦。像當年老爹的老家就流行花會。」

「賞花啊？」老爸聽了我的童言童語笑著一逕地搖頭。

「不，當然也是賭博。將古人的名字取三十四個，設賭者任取一人名，投入筒中，掛在樑上，任賭客在三十四人名中，投押一名，並注錢數，押中和莊家所選者按錢數三十倍付酬。也有一種是將三十四種古人名字公佈了，然後在一間屋的橫樑上扣勒好一卷畫軸，參賭者便開始自押一名古人並注上錢數，投入一個木櫃中，到了規定的時間，參賭者才可入內，設賭者當眾從樑上將畫軸解開，下展，這時參賭者就都能看清畫軸上畫的到底是哪一位古人了。這時候設賭局者又開出木櫃，將各參賭者的押注字條打開，作為對押對了的贏者賠款三十倍的憑證。」

這是我聽過最風雅的賭博，「問題是誰記得了那麼多的古人名字？」我問。

「沒錯，何況賭博的人不都是那些下三濫……」父親意會到這句話也等於在損自己時，改口說當時來簽賭的都是從牌九牌來的賭客，所以就有因應措施，在古人畫像左下角配著一個挖了花牌的圖案，以圖案來作為區別標誌。好比天牌配楊貴妃，圖案這樣的……，說著父親拿了我手上的紙筆畫著。

只要記圖案就可以了，和打牌九牌的挖花圖案沒兩樣。

我聽了說，這樣就不夠有趣了，就是要有名字才好玩。

「你說得對，問題他們水準不高嘛，誰聽過林黛玉。後來也演變成好記的動物名字，每個人名下方有個動物名，只要記得動物名字就可以了，人名只是一種包裝，讓官方不知道這是一種賭博罷了。」

咦，那林黛玉是什麼動物？我好奇著。

蝴蝶精，父親輕描淡寫地說。他對過去的記憶一向比現在好。

白素貞一定是白蛇精囉。我自言自語著。

「唉，有不賭的人嗎，我老子才不信勒，我娶你媽也是賭博啊，可惜我注定賭輸。仔仔，我告訴你，賭博也要有品，你千萬要記住。像你媽要離開我，我還不是摸摸鼻子願賭服輸。」

我在父親年輕的城，想起了他的賭。

2

父親年輕時的城，當年到了下午四點和晚上十點就常聽到爆竹大響，許多航船的人就騎著腳踏車飛奔各會告知結果，奇怪的是爆竹大響的都是設賭局者，很少是賭客中獎後慶祝，不是落淚嚎哭發誓再不賭者，要不就是呼天搶地的人，就是沒有買炮慶祝的。

賭博絕對是莊家贏，這連我都知道啊。

父親說那時候的航船大概就像是今天的號子，他們到處告訴別人假消息，結果都是放空門，打悶包。仔仔，你話是說對了，不過這件事有個人例外，就是你爹。

那是父親的另一個傳奇，他為了籌措逃離的費用，到一家大賭場賭到晚上十二點，「那時碼子眼前成堆，任誰都是加碼的，要贏更大的，我卻堅決住手了，當時賭場的人都哀鴻遍野喧嚣聲四起。我贏了好多錢啊，賭場都得去拼湊才能交足面額給我。那時賭場為了探我住的地方就故意說派保鏢保護我，其實是希望我再去賭，他們哪裡知道我隔天就買好去香港的船票了，就是去那裡認識你媽的。賭場最怕我們這種贏錢不再光顧的過路客，他們就沒有機會贏回來了。賭客贏錢沒什麼，總也要讓人贏了才行，反正多玩幾把，贏的錢通常都會吐回去，這是機率問題。」

這天我在一陣雜碎的洗牌聲音中轉醒來，睜開眼睛見到一張漂亮的小臉蛋正俯身甜美地對著我說，先生，飛機要下降了，請您把椅背拉直，扣緊安全帶，窗戶打開。聲音軟甜而溫藉，東方航空公司的空中小姐說著便用手來幫我忙了。這小姐笑容也溫婉，倒沒有外界所傳上海女人精刮潑辣模樣。

先生，你不舒服嗎？她又問，黑白分明的瞳孔散發出無比溫柔的光線。

還好，只是頭痛，我用手按了按頭，原來剛剛在夢中見到父親了。

來到灘上，人聲熙攘。

賭窟銷魂，風月幽影隨便一張口就可聞到。父親說的那種三瓦兩舍隨地就搭起的臨時賭棚仍在，騎樓下圈著一堆男人，哈菸玩牌，十分興鬧。賭攤，剃頭攤，挖耳洞攤，用蜂窩煤球的食攤。外灘入夜上演皮影戲，皮條客、情侶和觀光客已難分清。

我手中握著一張紙條，是那名航空小姐遞給我的字條，寫著江寶娜與地址。

只是我沒料到開門的是個老女人，再探頭一看，寶娜從浴室走出，濕漉漉著一頭放下來的長髮。原來眼前這位是寶媽，她對我說：「歡迎之至！」

我第一次進到人家家裡聽到這樣的歡迎詞，差點沒笑出來。

就這樣我在寶娜家度過第一夜，感覺還不錯。她有種讓人很快和她熟悉的能力，且這種熟悉是那麼的自然。我看她把我安置到房間後，倒也不黏我，我偷偷看她在幹嘛，發現她在房間一角，臉上映著藍光，電腦一族，正在寫伊媚兒。

我又感覺時間這個力量在我心裡沉甸甸的，壓在我的心口，時時提醒我的老化速度。

3

外灘起浪，煙白滿眼。我常在灘上遊走，街上的法國梧桐早已入秋了，風一吹，梧桐葉瞬間凋零，飄蕩飛揚，不知所終。

我呆呆地聽著隔壁人家拉著琴，點著線香。再過去一點，這鬧區有幾棟舞場，小波說是「妓舞雙棲」的樓，我笑回說：「我還海陸兩棲勒！」

寶娜已經在天空飛了，她是我在這海灘鬧城第一個認識的女人，我知道她眼中只有我的錢，但我不在乎。如果感情可以像她演的這樣真摯，那果真是假做真時真亦假了。只是寶娜的樣子，若再繼續離開個半把月，我就會忘了她。天氣漸漸轉冷，要騎自行車得趁早，想著就拉了輛自轉車跨上，朝大街行去。

一間花窗鑲著有臉盆大的八卦鏡，我將自行車放一邊，在八卦鏡上照了起來，我的臉湊近，正在鏡中變形時，冷不防那鏡子卻忽地一聲拉了下來，原來內有玄機。視窗換上一個有著蒼蒼之色卻塗抹著豔麗胭脂的上年紀老鴇，上年紀的老鴇叫「好婆」，這好婆大約本來杵在八卦鏡背後打盹。見到我，當即揉眼睛，堆下笑來，忙不迭地靠近窗花上探頭對我說，進來吧，姑娘都還新的呢。雙手遞了過去。說著打開了門，打開玄關點煙盤，遞給我一支煙，也為自己點上一支，我為了看起來屌些，就抽著空煙。

整間房一時全被女人給擠滿。

嘆世界啊！我不期然地吐出父親的讚美詞。

女人送來許多小盤，裡面裝有海上最嗆的食物。

好咦食。我嘗著說。小波說，我這個人很可怕，跟什麼樣的人在一起就可以變成什麼樣的人。

跟魔成魔，跟佛成佛。

服侍食物的女人退下後，好婆在木窗櫺後拍了兩記大響。眼前來了兩個女人，誰有能耐把明星叫來，真是厲害，小波說。

有如翬俐再版的女子坐到小波身旁，小波嘰哩咕嚕說一番話她都沒反應，才發現是有缺陷的女子，否則怎麼會淪落至此。頂著一張明星翬俐般的美豔臉孔，但是個聾啞女。

這裡就是一堆拆白黨，小波對著我說。

我笑說，這樣也好，安靜些。於是我們也沒換女人，我想好婆會派這兩個女人服務我們，一定有箇中的祕辛。於是小波也開始和她比手畫腳用酒拳來溝通。連輸好幾局的翬俐，衣服已全部離身。我在昏暗中瞧見小波的目光卻通紅著，像是兩道燃燒的火炭，看來翬俐已經把小波送進欲仙欲死的小死樂園。

挨到我身邊的女人近看了才見到她的臉從鼻子下端人中部位有著一道海溝似的擴裂痕跡，唇顎似花瓣。但她的身材如維納斯，讓人不得不逼視。

我在心底叫她花瓣女子，她自知自己的缺陷，遂一直都低著頭。脫去外衣後，她開始調戲著我的根器，我的心感到一股陰森的奇異快感。我的根器在她那奇異的唇瓣如花萼裹住下，似乎像是一個古老物種的柱頭。她的嘴很有節奏，抽送之間，毫無頓澀。

嘆世界！我想推窗吶喊……

我在父親年輕時的城。他的亂世不復，而我的混世才開始。

4

四周霓虹燈閃爍，玉禪歌廳和蝴蝶舞廳對打，搶著生意。戴著盤帽的印度人在黃昏就拈起劣質的檀香，街上像是沒有身分的流離之地。

往小山丘的窄仄小樓裡，有些和建商對抗的釘子戶。那些人讓我想到台灣島上的一些老朽妓女，到哪都有落魄人啊。她們接客也不點燈，免得嚇跑客人。以前我在金門當兵時，島上流行說將臉蓋上鋼盔還是可以照幹，大概就是這些蒼涼景致的花憶前身事了。

香肉，這肉有兩種，女人與狗。乾淨一點的是家香肉，任人丟的叫鹹水妹、鹹水肉。隨意走進一家，妓女都在作陪男客玩推牌九或雀牌，見有新人入內，便端起裝有乾果和水果的「乾濕」給客人用。

我以前的遊戲機台收入好時日入百萬，到各地尋歡簡直像是走自家的灶腳。

我常光顧的那家小花姬，貨色還不錯，我在此島夜晚晃遊時，去過小花姬幾回，但是已經大不如前了。我不知道是因為我在島上的生意垮了，而頓時覺得一切都淡然無味了，抑或是眼前風月確實是黯淡了。或者都有之吧，遊樂帝國會垮，色身帝國也會垮。

在這海岸小島，燈爍影綽下，延妓啖蟹，是這些人簡單的樂趣。

他們當然不像我這麼複雜，他們不會把任何事都往心裡秤，不會把人間事都往眼中放，不會去觀察沉澱，乃至於什麼感傷更是不曾聽聞。

我在海上小島常被路口冒出蜂擁而上的乞討小孩或賣花少女嚇到，這些人都是從鄉下來城市討生的。

5

在海上花混了幾日，我找了一天去上海郊區的田野放銃，指著五月麥田的樹下想著父親曾經說的祖父埋在這裡，祖母埋在那裡……，無名無碑，可惜父親再見不到，我也見不到父親了。我看起來像是混混的人竟然一把眼淚一把鼻涕地流下來，天冷鼻涕像是透明膠地黏在他的灰白鬍子上。

陪我來的地陪男子總是咳嗽。

他說是以前吸進太多的黏性粉塵，你看過藍色的肺嗎？他問我。

刮好一件牛仔褲是一塊人民幣，這樣的工資讓很多人趨之若鶩。

織布聲、釘鈕釦、打磨機器滾動的聲響，一缸子布泡在化學染劑氫氧化鈉裡，一個女孩正在丹寧布上反覆地做著刮的動作，他們得在褲子的表面上刮出一張貓臉。長鬍鬚白線條落在深藍色牛仔褲，這是一間在陸地著舟的藍色大海。

我好奇地隨他搭工廠車去殺時間。

一群藍人衝著我走來。

車站裡到處是提著紅白兩色的塑膠提袋的路人，臉像是幾天沒洗的沾滿了油垢，小偷扒手、黃牛神棍、江湖術士、地痞流氓、童工童女在周邊流竄。

父親年輕時的原鄉，華麗背後充滿著許多殘破。

我在父親年輕時的城。他的亂世成了我的混世。

6

我在父親年輕時的城，這城的嘴巴比其他器官都還重要。

小波這個報馬仔知道我愛吃，報了一家翡翠酒樓給我嘗吃過癮，我吃了不錯，就常去這家翡翠酒樓吃，蒸魚湯包海鮮飽嗆蝦常上桌。

有天我正在吃湯包，酒樓扭開電視牆給午客打發時間，主播報著灘上社會新聞，警方打撈起一具脹得發白的女體，是跳河的女子漂流到灘上或是被殺害丟棄至水中，記者把鏡頭貼近女子的臉，旁白希望有認識這女子的人前來認屍。

我看見那女體的臉上有個如月彎的胎記。

我一陣酸水湧上，跑去廁所嘔吐。

我仍不知她的名字，但我沒有勇氣去認她，畢竟我一點也不認識她啊。她不過是我在這座海上花城邂逅的一滴泡沫。

幾天後，卻是警局的人透過海關找上我。圓月胎記女生漂流的外衣口袋放著我一張泡得發爛的影印紙，是我放在口袋裡的護照影本，以備要查時用。何時被她偷走的？

我說我完全不認識她。

公安道：那這小妮子怎麼會有你的證件影本。我甚至想不起她的臉了，只記得她的那抹青記。想到那抹青記時，我不知怎地從餐桌上站起，湯包還吃了一半。急急離開餐廳，要去找小波。

公安也追在後頭說，別跑啊，人是不是你弄死的？丟下海裡滅屍的。

什麼狗屁，我在心裡喊著，卻起了一身雞皮疙瘩。

聽見一個和我連一夜情都談不上的陌生女子死亡，我心裡突然難受起來，遂跑去找寶娜。

寶娜這一回脖子上綁了一條花豹絲巾。

灘外的天氣已經回溫，時令春初，這寶娜還穿著一件很喜豔的絲質棉襖，她這兩週沒排班，挨著我要陪我遊玩。

她在我的旅館東瞅西看，問為何我不住好一點的？

我說這房間好不易每個角落都被我睡過熟悉了，我才不換呢。

你對女人也是這樣嗎？

我笑著，也許吧，我這人很念舊，不期然地我想起大老婆，她跟在我身邊那麼多年，就是我對她沒有感情也不曾離開她，是她求去的。另一個情人則比較心軟，但我在台灣的事業失敗後，她也走了。

任何人的離開都不是我主動的。

我看寶娜手裡還拉著一個小行李箱，行李箱外貼著凱蒂貓，還天真的女生。我輕描淡寫地問她，妳拉了個行李箱做什麼？寶娜媚眼斜睨我一眼，說：「陪你玩的行李呀！」這點還不錯，這女人直爽，也沒叫我給她買東西。

小波正坐在灘外臨時辦公桌前，蹺著二郎腿，用一把指甲銼刀磨著指甲，笑著。

我問他今天晚上帶寶娜看要住在哪吧？

「這好辦，就一起住這間旅館。」我雖也這麼想，不過這話要由別人說才行。

寶娜住沒幾天，就慫恿我去逛逛一個新地方。

連小波都被她說動了。

7

我們搭著船到浦東對岸，「這光燦的新興之城啊！」寶娜看著一些正在建設的工地說，「要投資要快啊。」她又說，我聽著她說話的樣子，好像她是一個證券商或者房地產掮客的口吻，感到好笑。她帶我們打的士，一個通往灘外的交通入口大街上落車，就見寶媽露了一張仔細精描過的臉，那晚我沒清楚看寶媽的臉，這走近一看，發現她還風韻猶存，想來以前也是一朵風騷的海上花。

大門用燈籠精細地寫了「眠雲閣」，字體還是仿李叔同的字，這形成一種對比，裡面燈紅酒綠的，卻掛了這麼個無煙無火的書法字。

我彷彿來到父親的童年時代，他常告訴他的母親也就是我的祖母是個煙鬼，她得自父親擅製煎煙膏的技巧，以香濃、泡細、性文美名於外，祖母後來就帶著五歲的父親來到灘上開業，店名綺雲醉樂堂，綺雲是祖母之名，鋪設綺靡精雅，茗碗燈盤無不精巧細緻，紫煙繞樑，煙榻橫陳，每一支煙槍管都是雇用頂級工藝師打造，象牙鑲玉石、廣竹湘妃竹、甘蔗枸杞藤、烏心木雕花、酸枝嵌銀雕片……一支煙槍可抵百餘金。「當年阿拉啊逃難到鳥不生蛋的台灣島，沒想到都係靠這些煙槍換來的……唉，仔仔，儂看這就係命哪。」

那時醉樂堂率先雇用美麗少女當堂倌，服侍得那些煙客啊無不爽快。當時的煙館還有個名稱叫「燈吃店」，阿拉好愛這個名字，燈吃店的神祕誘惑像阿拉丁神燈呢，只是這盞燈不會實現阿拉的願望。

幸運地，綺雲祖母倒沒讓他沾上這種甩不掉的悲慘東西，十歲時就把他送去英租界區的外國學校就學，但那些入夜燈影幢幢煙絲裊裊和笑言戲謔之景已深入他的腦海。

我看著寶媽帶引我們進入最裡間的休息室，但見奢華有餘，精緻不足。

後來我也成了眠雲閣的常客，但我是跑去那裡睡覺，對於叫妓我是一點興趣也沒有，我後來想一定是寶娜看清了我的個性才膽敢帶我來這裡吧。倒是小波和他新交往的朋友常光顧此地，一方面打探可能買遊樂機台的買家。幾次話題聊開後我才知道寶媽以前曾經被她的母親帶著做花煙間生意，花煙間是妓院與煙館生意皆備的場子，妓女明的是奉煙，暗的是找度夜客。

「唉，煙妓可比雉妓還低等呢。」寶媽吐了口大煙說。

雉妓？我第一次聽這名詞。

就是台灣說的雛妓嘛！小波說。

哦，若是這樣，那煙妓可真悲慘。我嗑瓜子，喝著口茶邊搖頭說著。

那不就和站壁的同款，站壁招客是最悽慘。

站壁？換寶娜和寶媽不懂了。而我和小波只一逕地笑，忽然我懷念起台灣的一切，包括語言，包括食物和女人……

8

我和寶娜之間的關係似乎就這樣暫時定下來了。寶娜跟著我們玩的第一天，見到我就夯尼地叫個不停，小波問什麼是夯尼？我說就是甜心。這一說，他很誇張地打了哆嗦。寶娜有演戲性格，這我知道，語言並非是真心的。只是她那樣子怪親熱的，有時看在路人眼裡可叫得我臉上火熱，別人還以為我是大爺。

我要她叫別的，她才意識到連我的名字都不知道。

聽小波介紹，她就叫我小林。

小林煎餅。小波笑。

寶娜沒聽過怔住著。

隨便啦，小林老林都是林。我說。寶娜聽了也跟著吃吃笑，手就過來挽起我的手臂來，像是情侶似的自然。她渾身有一種自然，做什麼事都像是合該如此，包括她在飛機上竟大方邀我去她家過夜一般，像是老友，這在機關算盡的灘上簡直是怪異。

大概是一個月後，有一天我出門談機台的生意回到旅館，打開房間，嚇了一跳，寶娜靜靜坐在床沿不語，我不知她怎麼跑進來的，可能熟面了就編了個理由向櫃台拿了鑰匙開了房間。我靜靜地脫鞋，脫外衣外套，洗把臉……也沒開口問話，就這麼地做著平常進房間會做的一些事。寶娜忽然在我洗臉的背後抱住我，像是快哭了。

「你怎麼都不抱我呢？我不美嗎？你不喜歡嗎？」寶娜說。

我轉身面向她，心裡卻是竊笑，女人啊，禁不起吊胃口，我長年遊走花間的經驗告訴我，你愈對她的身體保持彬彬有禮，她整個心就發出自我疑慮，懷疑自己不夠美，懷疑自己魅力有問題。她的身體也愈是要你去碰她，她禁不起日日相處的人卻對她的身體視若無睹。

「妳是要的，早說嘛！」我開玩笑地說著，她聽了漲紅著臉猛搥打著我，我們兩個就從浴室一路追打到床上，然後倒在床上，抱在一塊。其實我比較奸詐，藉著一段時間的相處偷偷觀察她的私生活是否淫亂。

寶娜的身材是我這一生遇過的女人當中最好的，兩爿山涯山澗泉湧，她渾身有一種飽滿的濕意，像是從潑墨畫仕女圖走出來的女人。我摸到她的山凹處，竟是光禿一片，我猛然想起白虎少女，心裡一驚一喜地轉頭把床櫃的燈扭得更亮，她用細長的雙手羞赧地一遮，我撥開她的雙手，才發現她是將那片草原徹底清光了。

妳怎麼辦到的？怎能如此光滑？我問。唉呀，女人的事儂也興趣，她嬌嗔續說就是用最先進的雷射技術除毛的，最早我用剃毛刀，但剃不乾淨留下短髭更難受，短髭常穿過棉內褲搔得我癢死了。後來改用熱蠟膜除毛，撕開時簡直痛死我了，而且不久春風吹又生了，所以乾脆一了百了用雷射一根一根剔除，可花了我不少銀子呢。

一根一根除，那要花多久的時間啊？我難以想像這小妮子有這樣的閒工夫做這檔事，女人的瘋狂也由此可見。

很久就是了，分區施工，由上而下……好啦，別老問我這些雞毛蒜皮的事，很掃興。她一說就把燈又扭暗了些，我開始感到十分熱脹，如大理石光滑般的觸感總能激發我的內在激情，有人說男人是視覺動物，我以為觸覺更是，這就是為何我沒辦法和男人搞，一摸到男人的粗糙肌膚就讓我痙攣想吐。

火山噴出後，我一翻身就到浴室沐浴，這是我多年的習慣，任何沾黏在身上的液體都要快速除之而後快，也可能心理作祟，總得乾乾淨淨才行。她也沖好澡後，我們只穿上內衣褲躺著，窗外的大街好像有人在吵架，精刮的語言喧肆。

我問寶娜多久才習慣在灘上生活？

她盯著天花板，久久才說，直到我媽的生意賺了錢，錢從錢塘江滾滾流向我們的時候，我才喜歡上這座大城市。沒有錢，幹嘛生活在這裡，那簡直是自虐啊。

問她為何喜歡我，她說第一次看男人不把錢當錢看的。我想起我第一次去她老媽子的店光顧時，確實就把一疊錢往桌上一放，任女人們拿。

這樣就喜歡？我倒覺得自己像是土財主。

不不，你只是裝出來的，你那種財大氣粗的模樣都是裝的，你的本質一點都不是。

我聽著，忽然感到被了解，有點鼻酸起來。

光著身子忽然發涼，想起身套件衣服時，寶娜卻光著身子忽然又壓在我上方，親著吻著我的嘴我的唇我的胸膛。

她是好女人，她們都是好女人，就這樣一生默默地在某個角落我活過她們的人生片段。

9

今天我很懷念小吃，唉，在台灣最美好的事物之一，離開後才如此地想念。每一條街都有熱騰騰的好吃在等著嘴巴和胃上門。我躺在旅館想著華西街，那條街有我喜歡吃的東西，我常和小波一起叫一盤剁骨鵝肉和熱炒青菜、蛤仔湯搭配白米飯就吃一餐，然後再去對面的攤子吃碗熱花生麻糬和龍眼米糕粥。

有錢也是一餐，沒錢也是一餐，有錢睡一張床，沒錢也睡一張床……，躺在外灘旅館卻想著島嶼夜市。許多街其實像是地獄圖的入口，兩岸擺著的無非都是從我現在落腳的陸國大量輸出的東西，仿五帝銅錢、彌勒佛木雕像、玻璃做的仿水晶球、膠脂做的仿蜜蠟手珠（我的那群兄弟每個人手腕都戴著特大顆的佛珠、蜜蠟手環），那些正冒著水煙的招財金寶盆以及奇奇怪怪的各種色情內衣褲、還有四處寫著壯陽持久的湯湯水水、去毒藥膏藥霜……，鐵籠裡的蛇都盤旋著，直到一團團觀光客被招攬進屋，男子開始逗弄著蛇，展示著牠們不給人好感的身軀，接著男子的匕首一劃，蛇頭尚在搖晃，但其心臟已活跳跳地被取出。或者吃活魚活蟹三吃，或者吃孵一半還露出小羽毛的蛋……。

纏繞著恐懼與貪婪的島嶼人於今都來到這裡。

我推開窗，滿城的人頭在我的眼皮之下攢動。奇怪的是，台灣的醜陋在離開後都消逝了，取而代之的是我對它的懷念。即使像這樣一條充滿人與動物、男人與女人的殺戮戰場大街，我竟都感到一種無來由的感傷懷念。而我懷念的食物卻都是一些百吃不膩的簡單菜色，像是菜脯蛋、滷白菜、脆瓜仔肉、燙三層肉……，這些菜讓我遙想起我的父親，他年輕的城，美食與美色在人的一生裡載浮載沉。

10

再幾次的交易後，我就把剩下的遊戲機台全賣掉了。賣掉最後一架機台時，我太開心了，決定好好犒賞大家一番。於是我和那幫人去了遊藝場附設的酒店卡拉ＯＫ，陪酒女人小費都是大把大把的往桌上擱，妳敢拿多少，妳就自己看要脫多少。每個陪酒女人都瘋啦，搶著脫搶著拿，最後全光溜溜地坐在還穿著很多外衣的男人身邊磨蹭起來。然後我取出一疊鈔票往上空一撒，全部的女郎頓時從男人的下體躍起，爭搶如雪片的銀子。

錢可使鬼推磨，在灘上一點也不虛。要闊誰不會，擺闊誰不愛，就是闊上加闊，這可沒什麼。有錢人人都會花，有錢人人都會搶，我看著眼前這些不顧身體光溜的女人在搶鈔票的畫面不禁失笑起來。

我們很匪類，還把人民幣鈔票用打火機點著玩，看著人像在眼前化成煙。

通常我看著我手下那幫人和買家的黑白兩道玩女人玩到瘋魔時，我卻會退回一旁，悄悄地走出外面。不過要安靜一個人自處前得先打發在門口群集鵠候的各種叫化子，從老到少大爺大叔一逕地狂叫追逐不休；亦有眼盲老人戴著個油膩氈帽一路沿街賣唱，他總能眼盲心不盲地瞬間可聞到酒店走出「獵物」。我開心時隨意施捨個幾文，不開心時更是乾脆照人頭全給了免得囉唆。

他們散去，我才落得安靜。一個人在法國梧桐的夜霧下，遊蕩在馬路上。心想，不過煙花酒肉池林之地，對這些叫化子來說，倒像是個佛院聖地了。他們在此乞討比在佛寺或許還來得容易。角色易位，道德性頓轉。

倒是這晚，我聽見影子的身後有快步逐我之聲，轉頭見是酒店的一名女人跟出來，我停下腳步轉頭近看，才看出女人是剛剛在紙醉金迷裡唯一沒有脫衣服的公關經理，也就是媽媽桑。說她是媽媽桑其實也不過三十出頭而已，只是相較那些二十歲上下的女人，她是滄桑了。

林董都不找女人啊？她笑著問，不喜歡？

我搖頭，開玩笑說董事長得清醒地埋單，不能跟著糊塗亂喝亂玩，何況也還得做做樣子。對對，沒錯，你這樣就對了，做領導的人啊絕對不能和屬下幹一樣的勾當。像我也是也不能跟著瞎玩，還得清楚收錢呢。她跟著我的話語接著笑說。

我聽了心想還不錯的女人，算是能知他者之心。沒想到灘上最乾淨的女人是老鴇，我搖頭兀自失笑起來。

既然這樣，你要不要到我家過夜，反正這時候你的朋友也都各自在開房間了。

我聽了臉上約略露出猶豫，因為仙人跳可聽多了，一個陌生女子的邀約是危險的。她也馬上看出我的疑慮，她說，你放心，我只是覺得你全部埋單卻又玩不到還得一個人獨自走回旅館感到很心疼而已。

我看她眼神真摯，甚至說話時還流露一種不安。就隨手招了的士，到她家。她一個人住在中產社區的套房間，房間雅緻，竟有少見的書架，乾淨安靜。我隨手拿下一本書，《撒哈拉的故事》，台灣當年最著名的流浪女作家在灘上也曾很流行。

看到女人家的擺設，我就放心地坐下了。

聽見她在浴室放水的水龍頭聲音，我忽然湧上了一股深深的倦意，後仰在沙發上，打了個盹。

11

醒來時，一雙手在解我的鈕釦，女人跪在地上幫我寬衣解褲。

她幫我洗著肉身方寸之地，唯獨保留我的下體沒碰，她反不好意思地說這裡你自己洗囉。我聽了想笑，這海上花的外灘女人怎麼都一個樣子，到某個程度會故作矜持，真正是精明到某種境界了。

晨光時分，女人可能昨晚也喝了不少酒，我的睡眠竟是被她的鼾聲給橫生鋸斷，醒來，隔壁躺著的女人，她內縮成一個貝殼，從貝殼深處正發出陣陣悶響。我看著她光潔的背脊，想像著多少個夜這女人就這樣彎睡著。她每天幫她旗下的無數女子尋找帶她命運出場的芳客，而她自己卻總是孤獨地返回這個窩，然後躺成一只貝殼。

我扭開水龍頭洗了把臉，臨走前，摘下了手腕上戴的萬寶龍名錶放在她的化妝台上，推開大門，灘上的涼風吹來，踱步到社區。

聽見了機械錶的滴答響……舉凡收到我的錶的女人都是我心疼的戀人類型。

我高度懷疑自己的良知，竟如此濫情地心疼一個年輕的陌生媽媽桑，其本質良善，卻淪落暗巷。

社區外，上午的廣場有不少小孩在玩著大象溜滑梯和蹺蹺板，有些婦人在聊天，有老人在花圃旁看報。我納悶著，酒店的女人怎堪受得住在這樣表象美好的中產之區？這不是更顯得己身命運的孤寂殘破嗎？還是這樣的一家和樂之景是她的嚮往？

我連這個女人的名字都不知道。當然也沒想問，因為她工作的酒店很好覓得，問題只在於我去不去而已。我沒再去。只要心感覺有負擔，我就不再光顧那家酒店，去酒店玩就是要玩到兩造雙方都只是在當下，除了消費之外別無其他。一旦觸及了內在，即使只是一些些，於當時混世的我都是某種負擔了。我在父親年輕時的城，我不想複製他的流離命運。

12

這天我和寶娜疲累地和衣躺下。我摘下手腕上的愛馬仕錶送她，她戴著較大的男仕名錶顯得很氣質貴族，帶著英氣的好看。

她起身坐起來，將手伸近伸遠地打量著。你的錶耐看精美昂貴，讓人捨不得戴只想好好珍藏。她那個模樣讓我想起當送她香奈兒2.55菱格紋包包時，她那喜悅至狂的表情，「天啊！2.55香奈兒，這是我從少女時代看到女性雜誌就夢寐以求的，天啊！」

我曾經從大老婆那裡知道一九五五年二月發表的香奈兒方形菱格紋皮包被稱為2.55包，這個皮包瞬間就買到了寶娜的少女夢。她和台灣的我妻們說來也沒有不同，我送她東西不是為了買她的心，而是為了讓自己轉身容易。只要女人讓我看到她們戀物戀到連人格都失去時，我就會不愛她們了。

不愛了，當然就容易轉身。

隔天上午，我送寶娜去機場報到，換上空姐制服的她成熟甜美穩重，像是我第一次見她的吸引人模樣。我給她一個緊緊的擁抱和吻，她掙扎著，笑說同事看到會笑。

我心裡想，不抱妳以後會後悔呢。兩人揮手道別，我見到她刻意舉起左手，亮晃著腕上我送她的愛馬仕錶笑著吻著。

時間滴答滴答，女人好打發。

情人老了，不免也成了另一種妻子的變形了。

13

直到她的航班飛上天際，揚起離別的灰煙，我才招車離開機場。

我看看錶，決定去看場日間電影，我想起在台灣三十歲前我常一個人看電影的時光，我很喜歡走進電影院，且我從不排隊買票，要是遇到熱門電影，我是那種寧可向黃牛買貴一點的票而一點也無法忍受排隊的人。

我多年未曾一個人走進黑暗，吃爆米花喝可樂地觀看他者的人生了。電影院外有許多徘徊的女生，她們晃蕩到我身邊，輕聲說可以陪我看電影，我擺擺手微笑不語，僅用手指比了一，意思是別吵，我只想一個人。

有的女孩以為我是出價一百元，直到我走進電影院前還跟在身旁嚷嚷地跟著，我跟票務員說了聲才被擋下。

電影院正播著一部說著義大利語的歐洲電影，中途卻斷片換成色情電影。這時候跑進很多男女，我卻在那時候從後門離開了。後門窄巷正有個孩子在燒著蜂窩爐，鼻涕還掛著，黑得像炭。

走出窄巷，陽光露臉，我的眼睛不禁瞇了起來。從黑暗裡走出白亮亮的場域，像是鬼魅亟欲取暖。

我把電影票根撕成小小的碎片，握在掌中。走到外灘看河水時，我張開握緊的手掌，看著如雪花如蝶影的碎片隨風飛揚，飛到滾滾潮水、情侶腳邊、電線杆上、行道樹裡……一個乞討者的缽內。

我微笑著，任潮水般的人群和我錯身再錯身。

盪步回旅館，扭開水柱沐浴，沖好澡，泡了杯烏龍茶喝，並在這個我待了許久的房間每個角落蹭一蹭、窩一窩，躺在白色的床單上發呆一陣。然後我才提著一個簡便的手提包，扣上拉開不知幾百回的門。我留下在此地買的只穿一次甚至多是全新的幾十套西裝褲以及一些簡便電器物品，在櫃台保險櫃還留了封信給寶娜。信裡只說我回彼岸了，那些錢夠妳不想飛時可開家時裝店。裡面附著一張提款卡，密碼她知道，是她的生日。我這一生可以給人的東西都是物質，除了物質的贈與，我一無所有。我有很多的父母，我有很多的老婆，我有很多的女人，我有很多的錢財，但很多也等於沒有。

很多也等於沒有。

轉瞬間已是曾經。

我走出旅館，初春的斜陽打在法國梧桐葉上，橘色餘光篩漏在馬路上一個正在刮鬍子者的臉上，一張極其舒適的臉，讓我不由得想起寶娜有一回對我做鬼臉的頑皮小臉，還有她常因為我無法承諾她而流下的眼淚（帶著物質性的淚水）。

我最怕女人的眼淚，這讓我覺得自己是個壞痞子，但我其實也想潸然流淚啊。

我走在父親年輕的城，我找不到父親。

走著走著，感覺這介於女孩與女人之間的城市就像是青春消逝的甬道，她讓許多人踏上，然後離開。我在心裡忽然浮起一種少有的感傷，且這感傷還要命地帶著莫名的痛感。我這輩子因為常在遊樂場子之故，見過接觸過無數無數的陌生男人女人，但這一回卻隱隱有種痛感，難受著。

痛感後，我感到每個地域每個年代都有過寶娜這樣的女人。

當然每個地域每個年代也都有過我這樣的男子。

然後我心裡慢慢平靜了下來，很靜很靜，少有的平靜像是海嘯過後的那種寂靜。就在這時，我忽聞黃昏的空氣迴盪著鐘聲餘音，抬眼尋聲，才發現旅館上方的小丘上有一間隱在樹林的灰色小寺。

鐘歇無聲，混世兒女。

我在父親年輕時的城。

——原載二〇一二年十二月《短篇小說》雜誌第四期

愛我你會死

——臥斧

雄性。犬科動物但是屬虎，念醫學工程但是在出版相關行業打滾。想做的事情很多。能睡覺的時間很少。工作時數很長。錢包很薄。覺得書店唱片行電影院很可怕。隻身犯險的次數很頻繁。出了七本書：《給S的音樂情書》、《塞滿鑰匙的空房間》、《雨狗空間》、《溫啤酒與冷女人》、《馬戲團離鎮》、《舌行家族》、《沒人知道我走了》。喜歡說故事。討厭自我介紹。

「那個和弦是怎麼回事？」他這一問，害我被剛灌的那口啤酒嗆了喉嚨。

演奏會剛結束，我婉拒了主辦單位安排的餐敘。

這回主辦的基金會將演奏會行程規畫得十分完善，從前期宣傳、網路直播、全程錄影，一直到後續的影音紀錄發表企畫一應俱全，非常用心。按理說來，我應該接受邀約，和出資者們應酬一下；但我在台上按下那個和弦的同時，忽然覺得很想要找個人談談——不是對我未來極有助力的老闆們，而是一個和我早有私交、可以聽我講講心裡話的朋友。

所以我撥了手機給他。手機接通時，他還沒離開演奏會場。

我們認識很多年了，我會成為一個爵士演奏家，和他有很大的關係——我不確定有沒有對他提過這件事，不過我想他應該早就明白，因為他有些特殊的洞察能力，總會看出許多物事當中互相牽扯的線索。

記得有回我對他說：「有這種能力，你應該去當個神探才對啊。」

「神探只存在於虛構故事裡，現實人生不是那樣運作的；」他那時回答，「現實生活裡，徵信社承接的大多是跟監蒐證之類業務，手段不見得合法，還會占去我聽音樂的時間，沒什麼吸引力。」

雖然如此，但他現在的工作，的確有點類似偵探——他專門替人找資料。我一直搞不清楚是怎樣的人會請他找怎樣的資料，不過看他似乎做得很順利，也就沒什麼好深究的了。

只是，他再怎麼擅長找資料，也總有找不到的東西。

比如說她失去的記憶。

「發什麼呆？」他的聲音重新把我拉回現實，「別太在意啦，我相信會注意到那個和弦有問題的人應該不多。」

「先不提那個和弦；」我咳了幾聲，清清喉嚨，「我們認識多久了？」

「我們高一同班，」他想都沒想，就把問題丟回給我，「你不會算嗎？」

沒錯。是高一那年。那年，我重新開始彈鋼琴；不，應該說，那年，我才真的開始彈鋼琴。

「超過十年了，真快；」我眨眨眼，「當年總覺得三十歲就是中年人了，怎料到自己一下子也到了這個年紀？」

「年紀變大沒什麼好感慨的，你又不是職業運動員；」他聳聳肩，仰頭喝了口酒，「演奏家的職業生涯長得很，當然，不能出意外。」

「不是啦，」我替他重新斟滿酒杯，「只是覺得青春好像忽然就過了啊。」

「哦？」他一挑眉毛，一轉話鋒，「你和女朋友交往多久了？五六年了？」

「是呀，她是我退伍後和你去逛唱片行時遇見的，那時她在唱片行裡當店員；」我答，

「你不記得了嗎？」

「我當然記得，而且我還記得你臉上出現『啊啊我看見女神了』的表情；」他哈哈笑道，「只是當時你根本沒有採取行動呀，我剛問的是『交往』的時間，可不是『遇見』的時間啊。」

「等等，」我皺眉，「你為什麼忽然問起她？」

他盤起雙臂，「我只是在想：你忽然講起年齡問題，八成是要面對什麼人生變化；你的職業生涯一片光明，接下來要猜的自然是感情生活了。」

「這的確是我今天想要找你吃飯的原因。」我吁了口氣，「我會彈那個和弦，也和這件事有關。」

●

我從小就開始彈鋼琴。不過不是自願的。

父親是位著名的古典鋼琴演奏家，所以從五歲開始，我每天都得在鋼琴前頭坐兩個小時，練習基本技巧；上小學之後，父親會再為我補充樂理課程。

鋼琴的聲音好聽，但基本技巧相當無聊，加上父親十分嚴厲，這樣的訓練，完全沒有樂趣可言。

每次被迫去聽父親的演奏會，我就在觀眾席裡睡覺；從父親指尖流洩而出的樂句再美，我都覺得是種高高在上的做作。我一點兒都不希望自己彈出那樣的旋律，其實，我一點兒都不希望自己未來還得彈鋼琴。

年紀愈長，愈想反抗。升上國中之後，我已經明目張膽地停止練琴，還在外頭擺出一副流氓姿態。

我沒有加入幫派——我一向明白自己缺乏成為惡人的資質，所以只是學會惡狠狠地罵髒話、找同學麻煩之類虛張聲勢的技倆，剛好足夠讓師長認定我是壞學生。

國二上學期過了一半，她轉到我們班上來。

●

「你和她國中就認識了？」他邊吃邊問，「在唱片行遇見她時，你怎麼沒講？」

「別打岔；」我皺皺眉，「真沒禮貌。」

「你不講一定有原因；」他自顧自地猜測，「八成是她剛轉學過來，你就開始欺負人家，所以我在唱片行慫恿你搭訕時，你擔心她還記著這事，根本不敢行動。」

「這種劇情爛透了；」我搖搖頭，「完全不是這麼回事。」

那天導師把她領進教室講台，是我第一次看見她。

她的皮膚白皙，連嘴唇都沒什麼血色；雖然站得挺直，但看起來特別拘謹，好像縮在一個看不見的殼裡。她一直低著頭，只在老師講她的名字時抬起了眼睛，那一瞬間，我感到一陣迷惑。

不是靈動、不是溫柔，她的眼神裡有種安靜的反抗，好像對什麼事情充滿不滿，只是暫時想不到什麼方法解決。

有的時候，我會在鏡子看到類似的神情。

●

幾天之後，她還沒和任何同學變得親近，就有人因為她的膚色，背地裡說她看起來像鬼一樣。

取笑同儕就是中學生的全民運動，沒過多久，同學們的取笑就從私下的偷偷摸摸進化成公開的指指點點；她沒有回嘴，沒有告訴老師，但也更顯得孤單，因為沒有同學想要和鬼走得太近。

一天放學，我走過學校後門附近的垃圾場，聽見一些動靜。

平常就有些學生會聚在垃圾場邊，縮在圍牆後面抽菸或者傳閱色情書刊，但那天我悄悄探頭，發現兩個嬉皮笑臉的隔壁班學生，站在她身旁。

「鬼沒有腳，所以這雙腿是假的吧？」高的那個嘿嘿笑著，伸手要掀她的裙子。她閃了開去，冷靜地道，「住手。」

兩個學生先是一愣，矮的那個隨即哼道，「很大牌嘛？碰不得是吧？」

「喂，有菸嗎？」

那兩個學生和她一起轉過頭來，我才發現這句話是我講的。

「想要討菸？」高的那個皺眉，「沒看見我們在忙嗎？」

「我不是想討菸；」我不知道面對兩個體型明顯占優勢、心眼明顯不正經的男生，她為什麼還能這樣冷靜，但幸好我知道，這些人其實很好對付，「我剛才看見老師朝這裡走，所以我先過來通知一聲，如果你們身上有菸，就快閃吧。」

那兩個學生互看一眼，二話不說便朝後門走去。

我鬆了口氣，走近她身旁，「連聲謝謝都不講，真是壞學生。」

她看著我，「你怎麼知道他們有菸？」

「就算沒菸，」我聳聳肩，「他們也一定有別的違禁品啦。」

她瞇起眼，「真有老師要來嗎？」

我搖頭。

她笑了。

在垃圾場邊面對面站著，我突然覺得：她好香。

她家是學區邊緣的一棟舊公寓；陪她走回家、發現一樓門口掛著「專營二手鋼琴」的招牌時，我有點啼笑皆非。

我不碰家裡的鋼琴兩年了，沒想到會在這兒遇上。

只是這些鋼琴和家裡保養得宜的鋼琴不同。

有的琴身帶著擦傷，有的琴鍵泛著微黃，按下琴鍵的滯礙觸感，顯示有幾架鋼琴的內裡嚴重受潮。但這些鋼琴雖然嘴歪眼斜，看起來卻都比家裡的琴可愛。

「你會彈琴？」看著我的動作，她好奇地問。

「一點點。」我按了幾個單音，聽出眼前這架琴很久沒調音了。我滑動右手，彈了一小段旋律，接著放上左手，卻按出一個不對勁的和弦。

她噗嗤笑了，「你在彈什麼啊？」

「太久沒練習了。」我尷尬地笑著，覺得心情很好。

自此之後，我和她熟稔了起來。

公寓的一二樓都是他家租下的；一樓前方是店面，後方有個小廚房，二樓則是客廳及臥室。她的媽媽負責店面生意，爸爸在貨運行上班，也負責店裡的鋼琴收送業務。

她的媽媽比她還要蒼白，每回見到，我都覺得她的媽媽看起來很疲倦；相反的，她的爸爸身形壯碩，常常散著酒氣，有種豪爽的感覺。

我每天放學陪她回家，順便玩一下鋼琴。剛被賣到店裡、還沒重新整理過的那些鋼琴最有趣，它們幾乎都有點小問題，但我隨手彈幾段自己還記得的樂句，就會覺得有什麼故事從鋼琴內裡散逸出來。

離開的時候，我會重彈第一回到店裡彈的那個樂句，而且一定會按下那個錯誤的怪異和弦。

然後她會走到我身旁對我說再見。

我會再度聞到她的香味。

●

「小混混和美少女的愛情故事嗎？」他喝光啤酒，舉手又叫了一瓶，「讓我想起一首叫〈愛我你會死〉的歌。」

「我只能再喝一點點——她很討厭聞到啤酒的氣味；」我也喝乾自己的酒，「你說的是什麼歌？歌名好俗啊。」

「這是首本土搖滾歌，唱的是小混混無望的愛情；」他接過老闆送來的啤酒，「好勇鬥狠、讓女友擔心，最後沒什麼好下場的故事。」

「真是直接了當。」我翻翻白眼。

「這歌好就好在這裡。」他同意，「直白有力，不裝模作樣。」

「你不是最愛說搖滾樂的內涵深沉？」我揚揚眉毛，「怎麼又讚美這麼淺白的歌？」

「每部作品的主題都有最適合的表達方式，創作者處理得宜，就會是好作品。爵士樂也一樣，你知道的；」他理所當然地道，「下回我把這張唱片帶來借你吧。」

我點點頭，他替我斟上酒，續道，「現在先別岔題。你先前沒提這段過去，今天不但在演奏會上彈那個和弦，又特地找我吃飯，是什麼原因？」

想了想，我一口喝光剛倒滿的啤酒，長長地呼了口氣。

●

「我爸不知從哪聽說你很愛惹事，所以認為如果你常到店裡來，會影響生意。」

聽她這麼一說，我一愣，停下腳步。

陪她回家已是慣例，我從沒預料途中會聽到這樣的話。

「別急，」她快快地道，「我知道你不是那種人，我會再向我爸解釋的。」

「喔。」我不知該怎麼反應，也不確定還該不該繼續陪她走完剩下的路。

「今天別陪我回家了；」她看透我的混亂，靠得近了點，「晚上店裡打烊之後，到我家來吧?我有事跟你說。」

她的體香攫住了我的注意力,「打烊之後?」

「嗯,店裡十點打烊,你十一點來;」她輕輕地道,「我不會鎖樓梯間的門,你直接上二樓,走道最後就是我的房間。」

剎那間,我的耳朵裡全是心臟瘋狂跳動的聲音。

這聲音太吵,吵得我沒聽到她說再見。

●

當晚十點半左右,我已經在她家附近猴急地踱來踱去。

店面的鐵門已經拉下來了,二樓客廳窗戶透著日光燈白慘慘的光,後面幾扇窗都是暗的,可見臥室沒人在,倒是一樓廚房的燈還亮著。我不敢走近,遠遠地窺見她的媽媽坐在廚房邊的椅子上,歪著頭似乎睡著了;流理台上有兩瓶已經打開的啤酒,她拿著一個杯子出現,拎起兩瓶酒,關掉廚房燈,想來是要拿酒上樓給爸爸。

她怎麼不叫媽媽回房去睡呢?我暗忖:待會兒我得小心別驚動到她的媽媽才行。

喝掉兩瓶酒需要多久時間?我沒什麼概念。她要我十一點到,所以十一點的時候,她的爸爸應該已經喝完酒去睡了?

雖然我每天都陪她回家，在這段路程裡胡亂聊天，但我們在學校並沒有變得親近，也沒有講到對彼此的感覺——老實說，剛開始那幾天，我覺得她讓我陪著回家，只是因為我們都是不屬於校內那些小圈圈的局外人；但她漸漸與同學熟稔之後，我們的相處模式仍未改變，於是我想，或許她覺得我的陪伴還算有趣吧？

但我很明白自己對她的感覺。

這是她開口約我時，我突然臉紅心跳的原因。

十點五十幾分了。

我回到屋前，發現二樓客廳的燈已經熄滅。

這表示她的爸爸已經喝完酒、進房睡覺了？

我湊近店面旁的樓梯間鐵門，伸手輕輕碰了一下。

門真的沒鎖。

心搏的聲音又重重地轟擊耳膜。我深吸口氣，稍微用力，門被緩緩推開，安靜得近乎心虛。

脫下鞋，我靜靜走上樓梯。

快到二樓時，我聽見她爸爸的聲音。

我縮了一下，但馬上發現，這聲音和我沒關係。

偷偷探頭，我發現整個二樓都是暗的，只有盡頭那扇虛掩的門後透出燈光。那是她的房間。她對我說過。

但是，她爸爸的聲音，是從那裡傳出來的。

不好；我心裡暗忖：原來她爸爸還沒睡，而且正在她房裡和她講話。

該在這兒躲一會兒？還是應該先退到外頭去？我的腦裡還在混亂地盤算，耳裡卻聽見她爸爸的聲音愈來愈響，變成喝斥，「妳說什麼？妳再說一遍！」

雖然聽不到，但她的回答顯然沒讓爸爸滿意，喝斥聲陡地升級成怒吼，「妳給我過來！」碰撞、拉扯、布帛撕裂以及一個響亮的巴掌聲，接連從門後撞出來。

她爸在打她！這念頭倏地閃過，我熱血上撞，扔下鞋、跑向她的房間，在推開門的剎那大喊：「住手！」

喊聲凝在空中，我愣在原地。

家居服被扯脫袖子，她抓著破裂的領口，裸在燈底的肩白得很不實際，頰上的掌印紅得像在燃燒；氣溫有點涼，但她的爸爸只穿著一條四角內褲，轉頭看我時，從頸根到額頭全透著血色，不知是因為酒精，還是因為憤怒。

「你怎麼在這兒？怎麼進來的？」她爸爸瞪著我，接著像是從我驚疑的表情裡讀出了什麼，忽然圓睜兩眼，在向我衝來的同時爆出大吼，「你看什麼看？」

迎面而來的壯碩身形，讓我想遏止暴力的勇氣瞬間潰散；我轉頭就朝外跑，但一個踉蹌，酒氣已從身後欺近。沒來得及反應，我感覺到自己的脖子被一隻厚實粗糙的手掌攫住，身子一歪，就被抓著騰空撞向牆壁。

黑暗瞬間降臨。

●

「醒來的時候，」我看著酒杯，「我覺得好吵。」

「警察來了？」他問，「你撞到腦袋，救護車應該也到了吧？」

「對，但是，」我覺得喉頭有什麼苦苦乾乾的東西塞著，「救護車是為了她爸媽來的。」

「哦？」他的眉心擠出一個問號。

「我後來才知道；」我揉揉眼睛，「她爸爸不小心跌下樓梯，摔斷頸骨，警方趕來的時候，發現她媽媽已經被勒死在主臥室門邊。」

他皺著眉想了想，問，「她呢？她到哪兒去了？」

「我醒來的時候，」我想了想，「她應該已經被送去派出所了。」

「是誰報警的？」他又問。

「鄰居。」我回答，「她的尖叫驚動了鄰居。警察到達的時候，她的尖叫還沒停下來。」

「所以事情是……」他抓抓頭，「她爸爸打昏你後想對她施暴，她媽媽上樓阻止卻被丈夫勒斃，然後她爸爸意外摔下樓梯？」

「警察是這樣結案的沒錯；」我道，「不過警方原來認為，是我把她爸爸推下樓的。」

警方懷疑我的原因有二：一是樓梯間的門鎖上有新刮痕，顯示有人撬開門鎖進入屋內；二是我在學校裡的紀錄不佳，加上她曾對相熟的女同學表示，她並不喜歡我陪她回家。綜合以上兩點，可知我當晚心懷不軌、非法入侵。

我堅稱自己沒有撬鎖，警方在我身上也找不到工具；她家裡有這類功能的東西都收得好好的，上頭沒有我的指紋。得知她不喜歡我的陪伴，我很難過；但無論如何，當晚是她約我的，只要警方問她，一定可以得知這個事實。

不料，隔天醫院傳來消息：她失憶了。

因為她持續尖叫，所以醫師為她開了鎮靜劑；但她醒來之後，卻忘了自己為什麼會在醫院裡，也記不起自己是誰。

醫師發現她身上的各個部位都有新舊傷痕，顯示長期遭受家暴及性侵。醫師認為，這是她在長時間精神及肉體受虐，又在短時間內目睹雙親接連死亡，情緒崩潰後產生的自我防禦機制。

雖然她沒法子替我作證，但警方也沒刁難我太久。

畢竟他們找不到證據指控我入侵民宅，也沒法子指證我真的把她爸爸推下樓梯。

而且，我父親出面了。

●

父親沒有什麼地方人脈，但身為著名的古典演奏家，父親的確認識不少政商高層。我不知道父親動用了什麼關係，但在得知她失去記憶、無法替我作證的那天下午，我就已離開警局，回到家裡。

「這件事，」那晚，父親把我喚到客廳，問道，「你怎麼想？」

「關於她爸爸？」我回答，「我那時昏過去了，沒有推人下樓。」

「我相信你；」父親搖搖頭，「不過，我問的是你的事。」

「什麼事？」我聽不懂父親的問題。

「就是啊……」父親站起身來，開了一瓶紅酒，回頭問，「你要來一杯嗎？還是要啤酒？」

「呃……啤酒。」我意外地眨眨眼，補上一句，「謝謝。」

「我一直覺得，每個人的人生，都會有一套規矩。就像是樂譜上的音符和樂理，有了規矩，才能串出旋律。」父親從冰箱裡拿出一罐啤酒遞來，「相同的規矩，不同的作曲家會譜出不同的曲子；同一首曲子，不同的演奏者會有不同的詮釋。因為每個人都會在規矩裡加進自己的特色，規矩似乎沒變，但每個音樂家都創造了自己的規矩。」

我喝了口啤酒。第一次在家裡喝酒，味道似乎不大一樣。父親續道，「你不願意繼續彈琴這幾年，我想了很多。我想，我不該把自己的規矩硬加在你的身上。但你也應該找出自己的規矩，才知道怎麼繼續走下去。你要想清楚這件事。這很重要。」

「現在我已經有自己的規矩啦。」我答。

父親搖著頭，笑了，「你只是在反抗我的規矩而已。」

我轉了學校，重新面對課本，還是會彈彈琴，但不再刻意練習。輾轉聽說她出院後被一個阿姨收養，搬離了這城；我沒有追問後續，也沒再和她聯絡。

考上高中後，有天下課時，我看見一個同學坐在位子上，一面戴著耳機聽音樂，一面用手指敲著桌面；過了會兒，我發覺那個敲擊的節奏頗有意思，似乎沒有規則，但又自成韻律。

「你在聽什麼？」我問。

「一個北歐爵士音樂家的鋼琴獨奏；」他拿下耳機，看了我一眼，「試試？」

「這段跳過去吧；」他舉起筷子打斷我的話，「我登場後的發展，我都知道了。」

「如果你沒把那張獨奏介紹給我，我不知道能不能找到自己真正想做的事；」我拿起所剩不多的啤酒，「謝謝。」

「沒必要客氣，」他舉杯，「說起來，你會重新遇到她，也是我約你去唱片行的咧。那天她並沒認出你來，所以，她的記憶一直沒有恢復？」

「對。」我頷首，「她沒想起過去的事。她的人生在那個晚上歸零，從被親戚收養時重啟。後來我單獨見過收養她的阿姨和姨丈，談了這件事；阿姨和姨丈同意讓我和她繼續交往，但認為不該讓她想起那段可怕的過去。」

「她的阿姨應該叫你別再出現，」他的語氣就事論事，「一勞永逸。」

「就算他們這樣要求，我也不會同意；」我想了想，「況且，如果她問起原因，我們又不能實話實說，對吧？再者，現在我已經是個演奏家，名聲比當年好太多了，阿姨和姨丈應該也會比較放心吧？」

「男人的名聲和女人的化妝品一樣；」他笑了，「你今天彈的那個和弦，應該就是當年你在她家店裡彈的和弦吧？」

我點點頭，他繼續問，「你希望她想起過去的事？為什麼選現在？」

「因為，」我深吸口氣，「我想向她求婚。」

「哦？」他想了想，「這兩件事有什麼關係？」

「我們這幾年過得很甜蜜，我的演奏愈來愈受肯定，事業前景看好；」我轉著眼前的空酒杯，「我想，這是邁入人生下一階段的好時機。我希望我不用繼續瞞著她，我希望讓她知道我從國中就已經喜歡她。我不知道她有沒有聽到這場演奏會的網路直播，也不知道她聽到那個和弦會不會想起什麼。但彈那個和弦，其實是在叫我自己下定決心。我想把這些事告訴她。」

「嗯……我注意到幾件事；」他沉吟了會兒，嚴肅地道，「你得先把這幾件事搞清楚，不然我很難祝你好運。」

回到與她同居的租賃單位時，我的心情複雜。

我知道他說得沒錯。我其實還沒下定決心。不然我根本不需要彈那個和弦，也不需要找他商量。

「回來啦？」看我進門，她綻出一朵笑，「累了吧？」

「還好，」我也彎起嘴角，「吃飯沒？」

「吃過囉，」她從沙發上起身，「臨時有個朋友約我逛街，結果回來得晚了點，沒趕上你的網路直播，對不起哦。」

「沒關係，」我沒有失望，而是偷偷鬆了口氣，「過陣子就有ＤＶＤ了。」

她從廚房拿出已經裝好紅酒的醒酒壺，笑道，「但我沒忘了準備這個。」

「這是……？」我心裡蹦出小小的訝異——難道她察覺到我的求婚計畫，所以打算要這樣慶祝？

「我知道今天的演奏會很重要，會是你進軍國際的起點；」她把酒放上茶几，轉身去拿高腳杯，「所以當然要慶祝一下囉。」

原來如此。我放鬆下來，坐進沙發；她倒了酒，把高腳杯遞給我，順勢窩進我的懷裡，「喏，先喝點酒，我再給你看看我準備的其他慶祝活動。」

和那年一樣，她還是好香。

或許，自己把她放在心裡這麼多年，就是因為這個緣故？喜不喜歡，或許只是費洛蒙的關係？

我對她舉杯。

●

「你今天的即興獨奏裡，有太多前輩的經典樂句；」稍早我要回家之前，他發表了這段評論，「也就因為這樣，我才會注意到那個不搭調的和弦。」

「原來如此。」我恍然大悟。

「這表示你還不能真正敞開自己即興演奏，」他揚起眉，「或許是因為今晚你心裡有事，也因為你還沒準備好。」

「還沒準備好？」我不服氣，他擺擺手，「我講的不是技巧，而是心態。借用你父親的說法，就是你還沒完全建立自己的規矩。你用了大量前人的樂句，而且不自覺地模仿他們的詮釋方式，仔細聽就會知道，那些風格混亂不只是因為你心情不定，也是因為你還沒有做好自己。」

「哇，你什麼時候變成人生導師了？」我壓扁嘴角。

「你父親說每個人都該創造出自己的規矩，這點我同意；」他沒理會我，「想要創造自己的規矩，就要好好想清楚自己是怎麼樣的人，事情該怎麼樣安排，然後專心去做。你的即興演奏和你的求婚念頭一樣，都還沒有下定決心；否則你不用彈那個和弦，也不需要找我講這些。」

我沒說話，他做了結語，「你以為你已經創造自己的規矩，但老實說，那只是『以為』而已。」

「喂喂，你這話很傷人咧。」我皺皺眉頭，他聳聳肩膀，「抱歉。不過話說回來，我認為你還在進步，或許下回演奏，就會完全不同了。」

「說得真簡單。」我苦笑。

「這不是不可能的事；」他正色道，「人生是一種會在瞬間發生巨大變化的東西啊。」

●

我的確覺得身體有什麼變化。

手指可以動，不過麻麻的。但有什麼把我的手腕固定住了，動彈不得。

咦？

我猛地張開眼睛，發現自己癱在練琴室的地上，手腳都被綁住，後腦悶悶地犯疼。

這是怎麼回事？她在哪裡？她沒事吧？

我正想扭腰改變姿勢看看四周時，琴室的門開了；她走進來，腳步輕快，好像正要出門郊遊。

「醒啦？」她看著我，點點頭，「這回的劑量，我算得準確多了。」

好多問題卡在喉嚨，我張開嘴，衝口而出的卻像句廢話，「妳還好吧？」

「我好還是不好，」她慢條斯理地坐在鋼琴椅上，居高臨下地看著我，「得看看你記得多少過去的事。」

「什麼意思？」我不明白。

「別裝迷糊啦，」她眨眨眼，「你今天在演奏會上彈那個和弦，不就是因為打算提醒我這件事？」

「妳明白那個和弦的意思？」我吃了一驚，「妳什麼時候恢復記憶了？」

她眨眨眼，笑了。

「出事那晚，你在廚房窗邊看到她的時候，她的神情如何？」他問。

「我沒靠得那麼近啦；」我搖搖頭，「如果她的媽媽其實沒睡著，我靠得太近不就被看到了？」

「也對；」他繼續問，「那麼，她媽媽的屍體，警察是在哪裡發現的？」

「我沒問過，但一定是在主臥室門邊呀，」我疑惑地道，「不然會在哪裡？」

「所以你其實不知道，好；」他再追問，「你昏過去的時間，應該就是十一點左右，警察是什麼時候到的？」

「呃……」我想了想，「我不記得了。」

「這幾個問題，你得搞清楚；」他頓了一下，續道，「想清楚了，再決定下一步怎麼做。」

我蜷在鋼琴椅的椅腳邊，回想起他在小吃店講的這番話。

這個瞬間，我覺得一切都清楚了。

可是，我不知道下一步該怎麼做。

●

「這麼多年來，妳根本沒有失憶吧？」我問。

「當然。」她輕鬆地道，「幾年前你出現在唱片行時，我嚇了一跳，以為你有什麼圖謀；但你那天似乎沒認出我來，我又懷疑你是不是已經忘了那件事。」

練琴室的隔音效果很好，就算高聲喊叫，外面也聽不到；她就坐在眼前，我不可能在她不注意的情況下掙脫。目前唯一想得到的「下一步」，只有「拖時間」三個字。我道，「我沒忘。」

「我知道你沒忘；」她抿抿嘴角，「因為開始約會之後，我發現你常不小心洩露出早就認識我的線索，但卻又從來不提過去的事，讓我搞不清楚你想做什麼——直到今天，我聽見你彈了那個和弦。」

「所以，我不禁有點擔心；」她低下頭，盯著我的眼睛，「我知道你記得那天晚上的事，但你最近是不是想通了什麼？否則的話，為什麼今天忽然要彈那個和弦？」

「妳先告訴我，」我抬眼望她，「那天晚上，妳為什麼要約我去妳家？」

「找你，有兩個目的；」她用一種對笨學生講話的口氣道，「一個是幫我對付我爸，另一個是幫我把我媽從廚房抬到二樓臥室。」

「原來妳媽媽並不是坐在廚房打瞌睡；」我想起他問我的問題，後腦又悶疼了起來，「妳剛在紅酒裡放了什麼？那天妳拿給妳爸爸的啤酒裡，也放了一樣的東西？」

「那天你看到我在廚房？」她有點誇張地睜大眼睛，「所以你一直知道我先殺了我媽？」

「我能理解妳恨爸爸，」我問，「但妳為什麼要殺掉媽媽？」

「那女人沒阻止過我爸，這理由還不夠嗎？」她道，「其實我可以自己完成計畫，只是想要未雨綢繆，找個備案，沒想到出錯的不是計畫，而是備案——你實在太沒種了啊。不過，」

她想起了什麼，輕輕一笑，「你亂扔在樓梯口的鞋倒真的幫了忙——我爸踩到鞋、失去平衡的時候，我正好助他一臂之力。」

「所以妳爸爸是被妳推下樓的；」我舔舔嘴唇，道，「妳知道嗎？警察以為那是我做的。」

「你來得太早，我那時又沒算準劑量；」她聳聳肩，「如果藥效順利發作，根本不會出現那天晚上的驚險場面，我們可以一起把事做好，然後你先回家，我再找警察，一切都會很順利。」

「別騙我了；」我嘆了口氣，「妳在門鎖上做出假的撬鎖痕跡，是因為妳原來就希望警察會認為我是非法闖進妳家的吧？」

「那也是個備案，別這麼小心眼；」她笑了，「我這些年一面應付你、一面裝失憶，可從沒抱怨過啊！」

「時間差不多啦；」她看看錶，站起身來，「該進行下一步了。」

「下一步？」我緊張起來。

「你不會想知道的。」她眨眨眼。

「等等，」我著急地問，「妳不是想問我彈那個和弦的原因嗎？」

「嗯？」她偏過頭，想了想，「算了。你的原因和我的計畫無關，不聽無妨。上回我沒把計畫徹底執行，這些年來才會和你拖拖拉拉，現在還是速戰速決吧。」

「別這樣；」我慌了，「彈那個和弦的原因，是要說我愛妳啊！」

「唔？」她在門邊停了會兒，轉過身來，「我媽媽也說愛我，但卻從來沒保護過我；我爸爸也說愛我，但卻對我做出那種事。這幾年來，你說了無數次愛我，但你從沒坦承：你其實知道我是個怎樣的人、做過怎樣的事。」

「不，」我急急地道，「有很多事，我也是剛剛才想明白的啊！」

「那就表示你一直不懂我，」她嘆了口氣，「這樣的說法，沒有比較好吧？」

「我……」我想不出什麼回應。

「你真的愛我嗎？」她彎腰湊近，夾帶所有美好回憶的體香，剎那間將我沒頂。

「真的。」我答。

她站直身子，露出一抹笑。

——原載二〇一二年十二月《短篇小說》雜誌第四期

笑科人生

——薩　野

本名邱祖胤，一九六九年生於三貂嶺，後遷居台北，父母都擅長說故事，他經常將聽來的礦鄉舊聞、古道軼事，加油添醋，向同學炫耀，因上課愛講話，常被罰站。國中開始將課本裡的古文改寫成小說，代替枯燥的文白翻譯，從此愛上寫作。輔仁大學中文系畢，退伍後進入出版業，目前任職於媒體。

之一　愛笑

她步履蹣跚，正趕著路去為人接生。

一條走了大半輩子的路，此刻卻像沒有盡頭。想起少女時代一口氣就能直奔坡頂，只為追打偷掀她裙子的男孩；初戀情人在茄冬樹下吻她，說什麼也不肯讓她走，害她差點誤事；礦場崩塌，丈夫生死未明，她一路像個瘋婆子一樣恍神狂奔，雙腳鮮血淋漓；她的第一個孩子，就是在芒花遍開的時節，在轉角處那棵江某樹下誕生。

這段路，有太多記憶，壓得她喘不過氣。

一路上細雨紛飛，她聞到泥土濕濡的氣味，知道雨應該是從燦光寮山頭先下下來的，前天才從那邊經過，看到相思樹花開，攪和著油桐葉散發的氣味，激盪出一股淡淡的麻油香，讓她脾胃大開，這雨水就帶著這味道。但想到自己的不中用，沒走幾步路便氣喘吁吁，便覺得意亂心煩，而且想吐。

該歇手了吧？幹嘛這麼命苦？人家才不稀罕妳一個老太婆愛管閒事，又喜歡亂發脾氣。

她想殺人

今年八十七了，經過她的雙手來到世上的孩子，少說也有三千個，第一次接生的那年她才八歲，感覺好像昨天才發生的事，多少次想罷手，乾脆退休算了，卻都無法斷念，只要有人通報註文，嘴上雖然碎碎念，喊著不去了不去了，到頭來還是忍不住插手。

她怨自己拿不定主意，怨自己心臟不好，怨自己腿力大不如前，倒是脾氣完全沒變。

等等一定要找個人出氣才行。

總算走到這戶人家，一進門，卻看到小夫妻倆十指緊扣，哭哭啼啼，令人心煩，年輕時候要是遇到這種狀況，她會拿菜刀劈人，潑豬油放火，但這一刻實在累得快沒力氣，她只能輕聲：「出去啦！欲做事啦！」

小丈夫卻沒有要離開的意思，淚眼婆娑，央求讓他留下。她換一口氣，提高聲調：「給我死出去！」小丈夫仍不放棄：「阿嬸，我拜託妳啦，讓我留下來！」

她的嗓門本來就大，怒氣一來，中氣十足，罵人的話像連珠砲一樣停不下來：「你嘜來這套，恁一家人都是土匪，削世情，袂見笑，恁老母是恁老爸強姦娶來的，你三個阿嫂嘛是恁三個阿兄強姦娶入門的，現在這個呢？你自己說啊？生一個孩子有啥了不起，你給我死出去！」

這一喊，時空頓時為之凝結，彷彿全世界都靜下來聽她說話，是啊，這個村子還有什麼事是她不知道的呢？所有祕密都會自動送上門來，加上她的火爆個性與口沒遮攔，話一說出口就能置人於死地，眼下這兩個小孩都被她嚇住了，小丈夫全身都麻了，像被雷劈了一般，他的女人瞪大眼睛看著她，大氣不敢吭一聲，連陣痛都停了下來，不敢相信眼前這個兇惡的女人，是前來助她一臂之力的菩薩，前一刻還慈眉善目的，現在竟然說翻臉就翻臉。

「阿嬸，我拜託妳啦……」小男人還是不死心，泣不成聲，連他的女人都下床跟著丈夫陪跪，兩人哭成一團，場面完全失控，門外的大人卻沒一個敢進來相勸。

施展神祕法術

她嘆了氣，後悔自己口出惡言。

都一把年紀了，脾氣還是改不了，想想跟這一家人也算有緣，三代人都由她接生，眼前這隻，那天明明還看他光著屁股在田裡追著鴨子跑，怎麼才一晃眼，竟也將為人父？

但她就是打從心底不喜歡這家人，所有女人都是不明不白娶進門來，都是惹了事才叫人去說親，只要想到這些事就覺得噁心，但不喜歡又怎樣？這一家子對她還不是百般敬重，阿嬸阿嬸的叫著，該幫的忙也沒少幫。

轉念想，再討厭的人，總是活得好好的，再喜歡的人，卻通常短命，再說，自己還能撐多少日子？還能再接生多少孩子？算了吧，緊要關頭鬧這種脾氣，說不過去。想起師父說的：「要放下」，談何容易？

她嘆氣。

拿定主意，還是得準備幹活，她把兩個孩子都攙扶起來，叫他們就定位，手腳俐落為女人穿上生子裙，褪去她沾滿羊水的底褲，再用紗布巾拭淨女人的雙腿，一切就緒。

「過來，要就一起幫忙。」

她抓住小丈夫的手，引導他去撫摸他的女人，攪和著私處分泌的濃稠體液，來回搓揉她的私處，小丈夫一臉孤疑，太不衛生了吧？早知道就叫救護車就好，卻又不敢抗拒，怕她發火。

他到底從未這樣溫柔對待自己心愛女人，以至於聽到那既痛苦又略帶歡愉的呻吟，竟不自覺的亢奮起來，這個詭異的老太婆，不像在接生，倒像在施展某種神祕的法術。

這世道從不盡如人意

她對著女人的胯部呼喊：「溫溫啊來，溫溫啊來，查哺囝仔愛溫柔，查某囡仔才會快活！」沒多久，胎頭出來一半，她熟練的用臂彎勾壓著女人的腹部，咕嘟一聲，像變魔術一樣，孩子離開母體，卻是個女孩。

小丈夫目瞪口呆。他像在作夢一樣參與這一切。

「查某耶啦！」她咧嘴笑出聲來，有點不好意思，照例補了一句：「愛笑～」每次完成任務，她總會補上這兩個字，有輕蔑，有祝福，有一種「一切才正要開始呢」的無奈與釋懷。

她看得太多，看得有些煩，這些孩子，她只要多瞟一眼，就能預言他們的一生，知道他們總會幹些見不得人的事，有時也會做一些讓人感念在心的事，有時看了一肚子火，有時束手無策，愛莫能助。這世道從來不會順著自己的意思走。

不過，至少此刻，看這初為人父的小丈夫疼人的模樣，她相信這女娃終究會好命，至少在她招弟招妹之前，至少在她嫁人之前，她都會是這人世間最被呵護的寶貝。

就像她自己一樣。

之二　恰查某

她不服輸、愛爭面子，什麼都要爭到贏，從小就是個恰查某，天塌下來都不怕，玩伴們都怕她。

她和死對頭拌嘴。兩個八歲的女孩，說話像大人一樣。

她說：「我家那隻雞這幾天可能破病，聲音叫得好難聽，像蝦孤嗽，剛好我四叔也在破病，一下子雞在咳，一下子人在咳，有夠吵的。」

死對頭說：「妳笑死人，雞也會咳嗽，雞本來叫聲就是那樣，有啥稀罕，不然我也可以說，我家的豬會打鼾，日也鼾，暝也鼾，看誰較厲害。」

死對頭的家境較寬裕，知道她家裡沒養豬，故意堵她的嘴，她當然也聽得出來，故意扯謊：「我家的豬最近也感冒，但是伊真乖，都不會吵，也不會鼾，真正聽話，才不會像妳家的豬黑白鼾，主人要是撿角，飼的豬嘛撿角。」

死對頭回：「妳家有養豬啊？明天帶來給大家瞧瞧，不知是公的還母的？我家剛好欠一隻豬哥，妳家那隻如果是痟豬哥，明天牽來我家配種，我會包一個大紅包給妳！」

嫁給老阿爸是不要臉的事

她被搶了話頭，不肯服輸，整個人湊向前去：「真剛好，我家那隻是公的，但不是要配妳家的豬母，是要配妳，配妳！妳聽懂嗎？是配妳！」死對頭被逼得節節後退，差點跌倒，惱怒回嗆：「像妳這麼恰，嫁不出去啦，以後誰娶到妳誰倒楣。」

她回得倒也快：「沒什麼稀罕，我本來就是要嫁給我老爸！」

死對頭聽到這句話，整個人跳了起來：「大家有聽到嗎？笑死人啊，伊說要嫁給自己的老爸，真正袂見笑，笑死人，妳最好快出嫁，我來去幫妳扛轎，我叫阮四個阿兄也都來幫妳扛轎，不只扛轎，還幫妳捧橘子，拿竹篙，秤鹹豬肉，盛尿桶，歸去我來當妳的查某仔奉待妳啦……」

竹林裡的笑聲像炸開了一樣，死對頭愈說愈起勁，乾脆扯開嗓門：「大家聽到嗎？伊講欲嫁乎伊老爸喔！淑芬要嫁乎伊老爸喔！」孩子們聽了跟著瞎起鬨，彷彿要全牡丹坑的人都知道。

她氣得全身發抖，她從來不覺得嫁給自己的父親有什麼不對，自小父親就是這樣跟她說，此刻她才知道，原來不是人人都要嫁給自己的爸爸，從眾人的笑聲看來，原來嫁給自己的父親是不要臉的事。

但她更氣的是，平常跟她玩在一塊的同伴也嘲笑她，這些人她一向不看在眼裡，此刻卻沒一個站在她這邊，也沒人跳出來幫她說話，最傻的阿霞竟然笑得最大聲，淚都飆出來了。

忍無可忍，她回身從竹叢邊隨手撿起一塊石塊，就往阿霞的身上奮力扔過去，應聲正中眉角，鮮血直流，終於止住她的笑聲，也止住眾人的笑聲。

臉都土了。

她心中吶喊，該扔的人不是阿霞，是那個死對頭才對啊。

阿霞愣了好一陣子，摸了摸額頭的血，才知道痛，像作戲一般放聲大哭，讓她更心煩。圍過來看熱鬧的人愈來愈多，阿霞的媽沒多久也趕來，似乎並不怎麼著急，「閃啦閃啦，去做事啦，沒恁的代誌。」阿霞看到母親出現，再度放聲狂哭，卻反倒被性急的母親賞了一巴掌，眾人看了沒趣，也就紛紛散去。

最後竹林裡只剩下闖禍的人，獨自沉浸在嫁老爸之辱與弄傷人之怒的百感交集中，還沒回神過來。

放屎會缺一角

她被罰跪。

她哭，卻不傷心，眼珠子吊得老高，充滿怨恨，只恨那一擊，傷的不是死對頭，而是倒楣鬼。

母親罵她：「嫁乎恁老爸真稀罕，這下好了，全牡丹坑的人都知道了，全世界的人都知道了，連日本人也知道了，甘願了吧？等恁老爸回來，我來放炮仔，看是他是要娶妳這個細姨，還是要好好教訓妳一頓！」

心頭一震，她從未被父親罵過，但她看過父親發脾氣的模樣，那次是大過年，五叔在門埕前發酒瘋，父親走出房門，先是給他一巴掌，接著隨手抄起一根竹棒，就開始抽打，他看起來並沒有動怒，就是發狠了打，村子裡充滿哀嚎的回聲。小小孩透過門縫看著平日和藹的父親變成一個兇殘的人，全身顫抖，轉身躲進棉被裡，摀住耳朵。

該來的總還是會來，父親終於拖著滿身髒汙回家，看到妻子的臉色，再看看小可愛被罰跪的可憐樣，他乾笑了一聲。

「臭尻川，按怎？乎人罵啊？」

她就是知道父親會原諒她。

她知道把人弄傷不對，但心頭還是感到委屈。

「都是你害的啦！」她聲音很小，幾乎快聽不見了。

「妳講啥？誰害妳？」父親故意逗她。

「你啦。」

「誰？」

「你啦！」她大叫出來，破涕為笑，但接著又哭得傷心欲絕，像在唱歌仔戲一樣，要不是父親從小騙她長大要跟她結婚，今天也不會鬧這麼大的笑話，不怪他怪誰？

「好啦好啦，不要嫁阿爸，阿爸最臭了，放屎嘛臭，放屁嘛臭，不然嫁誰好？啊，嫁水雞，水雞不會放屎，也不會放屁，嫁水雞最好。」

「不要啦！」

「不然要嫁誰？嫁給水牛喔？牛屎很臭吶，又大坨……」父親知道她最喜歡聽跟放屎有關的笑話，只要她鬧脾氣，用屎尿逗她最有效。

「不要啦不要啦！我不要嫁啦！」

「不嫁，不嫁人妳要當老姑婆喔？」

她賭氣推了父親一把，撇過頭去，繼續唱她的歌仔戲，她知道母親還在生氣，母親沒叫她起來，她不敢起來，就算阿爸叫她起來她也不敢，但她知道阿爸一點都不怪她了，索性大膽耍賴，跟他鬧脾氣。倒是父親看到她腿上的傷痕，那應該是被妻子拿藤條打出來的，心疼，便轉身回房去拿傷藥。

「來，阿爸幫妳敷腳！」

「不要啦！」

「厚，腳不敷真難看啦，人家會說，這查某囡仔臉這麼水，腳卻這麼醜？」

「你管我！」雙腳伸直了坐在地上，還是賭氣，姿態卻放軟了下來，任憑父親幫她擦藥。

「妳看妳看，一塊瘀青這麼大塊，以後會怎麼妳知道嗎？」

她一愣，搖搖頭。

「以後放的屎會欠一角啦！」

她噗嗤一聲笑了出來，連鼻涕都噴了出來。

父親繼續推拿，推得她哇哇叫，大腿處的血痕愈發明顯，逼得她想逃，口中直呼喊：「好了啦！好了啦！」

「不行，要推乎好，這塊沒推好以後會怎樣妳知道嗎？」她搖頭，父親說：「以後不只腳會變彎彎的，連放屎都會變彎彎～」她又開始搥打父親。

衣服下的祕密

父親這麼疼她，她非常快活，卻驚覺，父親的雙手佈滿密密麻麻的傷口，有長有短，有新有舊，有的還鑲嵌著碎石煤渣，有的還在淌血，再看父親的臉，一模一樣，才發現過去父親對她又親又聞的磨蹭，那貼身的粗糙感，竟都來自這些傷口，而非自那些會扎人的鬍渣。

她第一次近距離看到心所愛的人，身上竟有這麼多傷痕。

父親得忍受多少的疼痛，才能換來一家子溫飽，回來卻還得受這個孽女的鳥氣，比較起來，自己的傷，算什麼？她隱約看到父親的汗衫底下還在滲著血，但她不敢想，也許父親今天晚歸，正是發生什麼意外，也許差一點就回不來。他到底做的是什麼工作，得受這種折磨？覺得阿爸好可憐，卻又不知道怎麼報答。

不嫁就不嫁，讓我來照顧她一輩子吧。她流淚。

父親見她又哭，問她，卻又不回答，不禁嘆氣：「妳就是這麼條直，才會被妳老母修理，阿爸沒辦法一直跟在妳身邊，妳自己目睭就要殺乎金，嘴甜一點，以後嫁人才不會吃虧。」她聽到嫁人，哼的一聲。你知道什麼？我才不嫁。

父親端了碗飯來陪她吃，你一口我一口餵著，就著夜色，兩人不發一語，她就直接癱在他懷中睡去，待他將女兒抱回房裡睡，自己一沾床，也整個人像爛泥一樣潰散，趴在床上，再也不想起身。

之三　臭尻川

他總是叫女兒「臭尻川」。

他最喜歡聞女兒屁股的屎味，就算她已經長成亭亭玉立的少女，兩人還是經常卿卿我我調笑，像對小情侶一樣說著傻話，多半童言童語，不涉猥褻，卻常惹得母親醋勁大發。女兒的火爆脾氣，完全得自母親。

他永遠記得女兒出生那天，一個人獨自從礦坑裡連奔帶爬鑽出地面，顧不得全身的髒汙，直向工頭借了一輛鐵馬，趕忙衝回家裡。望著產婆手中美麗的女娃，他呆立半天，不知所措，直到產婆咆哮：「抱去啦！」他一伸手，才發現自己滿手都是煤渣，趕忙到廚房舀了碗水，就著菜瓜布認真搓淨，卻又在身上東擦西抹時沾滿衣服上的塵土，有洗跟沒洗一樣。

一大家子都晾在一旁看熱鬧，臉上掛著奇怪的笑容，就是沒人要插手幫忙，只想看這個笨手笨腳的男人出糗。

女兒的大便是甜的

他是這個家的大家長，老實不多話，十八歲那年，礦坑落磐，父親身故，母親失蹤，他一肩挑起家計，跟著妻子一起打拼，車養六個手足，轉眼八年，三個弟弟都已成家生子，妻子卻接連小產，無法順利懷胎，後來靠著鄰村一位寄藥包維生的長者介紹一帖祕方，好不容易懷上，孕吐卻長達半年，搞得不死不活，妻子對他怨言頗多，他卻對新生命充滿期待。

總是第一次抱自己的小孩，他痴痴笑著，生怕手滑，小孩掉到地上，又怕手不乾淨，弄髒了閨女，抱得頗不安穩，小娃兒也感受到大人的惶惑，輕輕扭著，嘴裡不住發出哼哼哼的聲音，才沒兩下，傳來一陣屎味，便嚎啕大哭。

「放屎啊啦！」眾人大笑，紛紛走避，他掀開包布，發現孩子的兩腿跟下體都沾滿胎便，竟也不嫌臭，粗糙的大手摸著糞便，還在孩子身上抹啊抹的。這胎便的味道其實並不強烈，微酸，帶點秋日久嚼不爛的桂圓的甜味，又帶點豆腐將壞不壞的腥味，讓他忍不住嚥了口水，這是父親對初生女兒過度美化想像的開始。

「大哥我來！」二弟的媳婦看不過去。

她臉上堆著怪笑，心想怎麼會有這麼笨的男人，她自己生了兩隻，自己的男人面對新生命時，可是老神在在，哪像大哥這樣六神無主，完全失去大家長平日的威風。

她將孩子接過手來，他卻沒有放手的意思，「我來洗就好！」「你自己先去洗清氣，全身軀癩哥哩囉！」「我來啦！」就這樣推拖半天，他還是把孩子搶過來洗。

這是面子問題。

床母作記號

還好天不冷，容許他這樣溫吞摸索，輕輕撥弄這個美麗的小女娃，一面仔細欣賞自己的傑作，小娃在溫水中感到舒坦，身體也乾淨了，不再吵鬧，任憑他擺佈，待翻過身來清洗，他赫然發現女兒的右臂有一塊巴掌大的瘀痕，心頭一震，一時不知該如何下手。

「床母作記號啦！」弟妹輕描淡寫，提醒他，那不過是塊胎記，沒什麼好大驚小怪的，她的小孩並沒有胎記，她心中想的是自己身上那塊只有自己的男人看得到的記號。

他隨手輕捏，小孩也無太大反應，反而咯咯笑了兩聲，再捏，她再笑，緊繃的心情此刻才完全放鬆，眼淚不禁流下。

「以後嫁給阿爸好嗎？」他對著女兒說著傻話，小娃娃一雙清亮水汪的眼睛也脈脈看著他，嘴裡咿咿嗚嗚的答應著，像在說：「好啊好啊！」他緊抱著女兒，死命嗅聞著她身上的氣息，彷彿一輩子都不想放手。

他喜歡一個人自言自語碎碎念，有了女兒之後，這症頭更嚴重，和以前不同的是，他不再對著空氣說話，而是跟一團肉球說話。

「誰的尻川最臭？」他總是將女兒抱得緊緊，有時還故意將鼻尖湊在她的私處或肛門使勁嗅聞，逗得小娃兒咯咯的笑，「是阿爸啦！」「不是臭尻川嗎？」「不是啦！」

有時會換個話題：「誰最會放屁？」「是阿爸啦！」「不是臭尻川嗎？」「不是啦！」

聽到屎屎尿尿，女兒的反應最大：「誰最會吃屎？」「是阿爸啦！」「不是臭尻川嗎？」「不是啦！」

父女間的嬉鬧，通常會這樣收尾：「臭尻川以後要嫁給誰？」「是阿爸啦！」「不是要嫁給溪邊的水雞嗎？」「不是啦！」

他的女人聽得心煩，總是在父女倆的嬉鬧聲之間摔門摔碗摔鍋盆，搞得乒乓作響，外加連珠砲式的詈罵聲：「恁父與子兩個最好攏去死死咧啦，不要在那邊削世削情，是怎樣？怕人家不知道嗎？去說啊！去說給厝邊頭尾聽啊，去放送啊！最好是整個庄頭的人都知道啦，每天在那邊屎屎尿尿，見笑呆啦，去死死咧好啦！」

我才不嫁！

男人看女人發脾氣了，依然抱著女兒玩鬧，「噓，不要吵，恁老母在生氣了，卡小聲咧！」兩人憋著笑，偷偷從房間輕聲細步躲到前院去，「噓，阿爸叫妳卡小聲咧妳是沒聽到嗎？」「我又沒講話啊？」小孩子不懂輕聲細語，這一喊，聲音可響亮了，其實是他故意在鬧，女兒根本就沒說話，「叫妳卡小聲咧沒聽到嗎！」「都是你在講啊！」

他得意。

直到有一天，女兒沒來由回了母親一句話：「我才不嫁！」他像被五雷轟頂一樣，全身都麻掉了，外面的世界跟他隔絕了，他什麼聲音都聽不到了。他知道，真正疼女兒的父親，就算再捨不得，也只求她嫁個好人家，跟她的男人兒女成群，就算做死做活，也好過留在身邊誤了幸福。把女兒一輩子都留在身邊，實在太自私了。但這些日子以來，他也的確動過這樣的念頭。真是該死。

於是，趁女人還沒發火之前，他趨前將女兒抱走，一路走到村外，心頭酸，想哭的感覺滿到咽喉，情緒隨時都可能崩潰，女兒彷彿也知道他的心事，沒說一句話。

他不敢問女兒為什麼說那種話，童言童語不作準，卻又害怕她真的不嫁，到頭來真的一輩子都嫁不出去。

又想跟她解釋，父女是不能成婚的，但以女兒的個性，一定又會問「為什麼」，他這麼笨，又沒念過書，一定回答不出來，因為他自己也想問為什麼。

雖然他知道，自己娶了心愛的女人，不能再娶第二個，但女兒也是自己所愛，應該說更愛吧，為什麼不能娶她？是了，他不能跟女兒做出亂倫的事，他和女人之間的快活，對著女兒做，是不可以的，但這些事他說不出口，即使說了，小孩子也不會懂。

「阿爸！」女兒喊他，他心頭一驚，他真的不知該怎麼開口說話，心裡沒有準備，只能不安的應和：「安怎？」

「我欲放屎～」

頓時鬆了一口氣。

他緊緊抱住女兒往竹林裡跑，口中咒罵：「妳這個臭屁川！」煩惱也就隨著女兒的這坨屎，煙消雲散。

想這麼多幹什麼呢？不如什麼都別說了。

他決定等她這坨屎拉完，好好找她算帳，逗她哭笑不得。

——原載二〇一二年十一月二十六日～二十八日《中國時報》副刊

女屋

——郭強生

台大外文系畢業，美國紐約大學（NYU）戲劇博士，目前為國立東華大學英美語文學系教授。著作小說、散文、戲劇、評論等近二十部，並主編有《九十九年度小說選》、《作家與海》台灣海洋書寫文集等。

小說近作為《夜行之子》（二〇一〇）與《惑鄉之人》（二〇一二）。

走出捷運站，傍晚的台北街頭其實與地面底下的人潮擁擠並無二致。明明應該重見天日的，卻感覺四面黑壓壓，整個城市就像是疊了又疊的走道電梯商店櫥窗，不過是從一層樓爬進了另一層，在一座永遠繞不出去的轉運站裡，人們不停地茫然走動著。

這念頭讓人覺得分外疲憊，索性在出口階梯旁站定，盲目地注視起彷彿流離失所中的人潮。

比預定時間早到了。我不知道該如何打發這多餘出來的三十分鐘。瞄見對街一座新起的住宅大樓，二十來層幾乎全黑。記得當初預售推出便開出紅盤銷售一空，如今落成，似乎真正入住的屋主不多，才會在本應華燈初上的時分，全靠著大樓本身特殊投照的外觀燈光撐場面，否則這棟每坪售價不菲的美廈，看上去無異於黯然的水泥巨碑。

難道是，住戶們都還在馬路人潮中徘徊，或在餐廳中排隊候桌？

這些年，這種怪現象看多了。擁有近百萬一坪的新居，卻仍在外面蹉跎遲歸的大有人在。工作慣性使然，走過這些造型氣派、飯店式管理的新成樓宅，我總要抬頭望向那一扇扇黑空的窗戶，暗忖著還有多少這樣的新成屋仍待室內設計的加持？趁著這一波房市景氣，我還能有幾年的好運？

下午原本的行程，是帶木工去看那間剛談好的裝潢案子，位在萬華區一棟都更後的新落成大廈。

遇上奢侈稅課徵上路，屋主想買來投資用的現在不能轉手，只好裝潢自用，說是這樣南部父母可以常上台北有個落腳處。

這種說法聽聽就好。被奢侈稅上路卡到，兩年內暫不能脫手的炒房客，成了我最新的衣食父母。原本不必投資任何裝潢費，立刻轉售就有得賺的好康沒了，這些炒房客多半就會動起腦筋，想藉裝潢費來抬高未來可能的售價。感謝奢侈稅，這半年來我的案子明顯成長三成。

入行五年，雖沒打出什麼設計工作室的響亮名號，至少還可養活自己，每年還能出國度度假，順便抄回一些設計好點子。每一間屋子的裝潢圖對我來說，全靠摸索著屋主的心眼繪製，這成了我最重要生存之道。

屋主當初會聽信售屋人員（一趴抽成）的推薦，找上我這個連一間個人風格化辦公室都無的「室內設計師」，不外乎兩種可能：因為自己早有一番主見想法，我的任務無非只是施工；要不就是對裝潢一事極為外行，我只要拿出我的平板電腦，讓他們看看其實很簡單就可以畫出的3D透視圖，他們多半就會相信我的專業，不懂得圖中的隔間擺設通常就是幾種公式化的排列組合。

我自己都驚訝，五年來沒有客戶發現，我並非室內設計科班出身。

經濟系畢業，原在某資策研究中心擔任助理，拜房價大漲之賜，大家都急如熱鍋螞蟻買屋賣屋換屋，獲利了結追價看漲改建拉皮，讓我在這場炒房熱潮中，憑著一部電腦，一對搭檔的土木老師傅與電工，（另外，還有我不願再提的，時任於房屋代銷廣告公司的初戀女友），在惡補參考了十餘種國內外設計雜誌後硬著頭皮上陣，竟也轉業成功。

跟客戶周旋時，最重要的，是如何聽懂他們的如意算盤。

譬如，他們都會強調裝潢後的住宅是自用，怕我看穿其實想要出租，擔心我因此拉高費用。可是三間臥室都要做書桌和衣櫃？這八成要拿來雅房分租。浴室改裝免治馬桶？那鎖定的租客鐵定是日本人，他們對廁所可是出了名的挑剔。

●

今天這個萬華案的屋主是個四十歲女性，能搞定她這樁生意，我本來一直還頗得意。大建商大坪數，難得的案子，將來可把完工成品po上我正在架設中的網站當作廣告。

四點到了那裡，原計六點離開，然後六點半與暱稱「花兒」的女大生網友見面，時間算得恰好。沒想到事情出現變化，害我已在街頭晃蕩了快一個多鐘頭。

被擺了一道，現在回想起來，只能怪自己太胸有成竹。

裝潢新屋，說是為方便南部父母北上，我壓根就沒有信過她的說法。老父老母需要掛運動腳踏車的車架？套房臥室內需要把浴廁隔牆打掉，換成出浴風光可一覽無遺的大玻璃？她的退休父母會不會也太懂生活情趣了？

那時候就應該懷疑了。

但，我的職業道德就是，不多嘴別多問。

但，每一張裝潢圖的完成過程裡，我都會非常善解人意地，為他們真正的生活需求，添設貼心規畫。我默默觀察，耐心聆聽，為什麼四十歲熟男總有同性好友同行加入討論，而不是嬌妻或女伴？推著娃娃車的少婦，為何開口必稱我先生這樣那樣，卻從未見過其人？

會心的我，於是在前者的設計圖中，刻意不留全家人圍坐用餐的空間，藉此對他不會走入世俗認定的婚姻，表現出我的理解與見怪不怪。而在後者的設計圖中，則將一般客廳內才見到的視聽櫃移往臥室，對於也許不能朝朝暮暮的兩人，約會時或許需要更大私密空間與視聽情趣助陣，他們不必明說。

我總能夠預見，到時候他們眼中的喜出望外。他們的面子顧全了，我的開價也得以順利過關，彼此心照不宣，互惠雙贏。

當然，我也有不太誠實的時候。

見過太多客戶，興奮地在新落成的空屋裡對我比劃著，說哪裡要打掉一面牆，哪裡要裝一排櫃子時，完全不會考慮實際在那空間中生活的情景。要等他們入住一段時間後才會發現，視覺的舒適與居住的方便，完全是兩回事。屆時他們才會知道，原來花了哪些冤枉錢。

想像著小倆口一起喝茶看夜景的陽台，鋪了檜木地板，掛了進口的垂燈，到頭來一年卻沒用上幾次。台北不是酷熱就是濕雨，不濕不冷也難保不會空氣品質太差。更不用說，小倆口早出晚歸，天天加班。其實陽台大可推出去，安放一個小書桌，因為老公最希望夜裡能躲進自己的空間偷偷上上網，看看十八禁的色情網站；要不，就搭出一個洗衣間，因為老婆會發現，自己其實很需要一座不美觀但實用的大型洗衣烘乾機。

在真實的柴米油鹽展開之前，聽他們說著對未來起居生活的浪漫想像，教我這個得替他們依樣實現的外人，一面忍不住在心底偷偷搖頭，一面卻也難免竊喜。

我得再三警告自己，絕不可以佛心提醒他們，實用為上的教訓。那些將來會讓他們後悔、但眼下卻得意不已的巧思，不才正是我的利潤所在？

沒料到，下午來到了康定路上那間某大集團興建的樓宅時，竟然發現女屋主正陪著房屋仲介在屋裡參觀。

她不住跟我道歉，她的資金在股市被套牢了，如今不得不售屋換現。我聽了先是腦袋裡一轟，但下一秒悟出了道理，開始心裡暗自冷笑。

她絕非玩股票那種人，從她跟我訂約時的小心翼翼就可看出，她對商業遊戲並不在行。反正合約訂在那裡，違約的損失她得自己承擔。只是想當初，我對這個案子多麼信心十足……沒錯，我本可一副買賣不成仁義在的輕鬆，走出她那間從預售到交屋到轉手，不過一年半時間就幸福破滅的城堡。

她從未提過是否曾有過婚姻，但要說目前是單身，我恐怕也不會相信。

既非商場上打滾的豔妝熟女一型，亦非黃臉棄婦，什麼都跟你斤斤計較那種菜籃族。我會說，她彷彿還帶著一點涉世未深的味道，挺有禮貌。依我的閱人經驗，這種女人不是在大學教書，就是家裡有點底子。

事後想來多麼後悔，我幹嘛在電梯口突然轉身，對她說了那句：我知道妳沒有玩股票。

她當場變了臉，眼眶裡隨見豆大水珠滾動，彷彿一不注意，那張臉會因淚崩而如裂牆碎垮掉似的。

而我見狀不得不吞下了後面半句……是因為男朋友吧？

●

如果有任何女人以為，因為我的工作是室內設計，我一定就會把自己的小窩佈置得極有品味或情調，那她可要大失所望。誰說，室內設計師一定喜歡拿自己住的地方當樣品屋？

我的住處不過是間十二坪大的小套房。住了五年，吃喝拉撒需求滿足了，也懶得再搬。如果被客戶發現，我都在早上九點走到巷口的平價連鎖咖啡店，找張角落的桌子插上電腦開始工作，他們會不會大吃一驚？

我後來再也不帶女性回我自己的小窩。

我所謂的後來，就是幹了室內設計這行之後的後來。我一直在摸索著工作與生活中間的那條線，它們彼此到底應該是互補？還是最好壁壘分明？尤其，當我的工作無非也在向情侶或夫妻販售一個假象，那就是「一間新居的裝潢是兩人關係的起步」，我豈能不格外小心，掉進了自己的謊言？

曾跟一位房屋銷售員開玩笑說，想把男女朋友的關係搞定，沒事就要常常去逛像IKEA那樣的地方。

最好男生那天還穿上一件洗過多次、舒適但倒還不至於顯得破舊的名牌運動衫如Polo、Nautica，女生則要聞起來像剛剛走出浴室那樣清新，頭髮都最好是剛洗完半乾不乾，然後兩人在一間間擺設齊全的樣品客廳臥室飯廳中牽手流連，讓商品型錄畫刊copy下來的模擬居室，激發對擁有另一個人的亢奮想像。

不，根本不需要自己動腦去想像，只要照著模型樣品的指示繼續走就好——

如果你還相信愛情的話。

四十歲終於有了愛情的女人，多的是願意掏出積蓄放手一搏的賭徒。

違約的女屋主，儘管她的裝扮始終中規中矩，但是仍透露出企圖逆轉歲月的心機。仿東洋妹的挑染金髮，Uniqlo的帽T，低腰的七分牛仔褲，這些我全看在眼底。

如果要我進一步猜測，愛上的極可能還是一個比她年紀輕的男人。

曾經與比自己年長熟女交往長達五年，我總能嗅到她們肌膚毛孔微微汗蒸出的費洛蒙。如同一個憂鬱症病患，很快會在同屋子的一堆人中，發覺另一個同病相憐者；或是一個老菸槍，從另外一人掏摸口袋的方式，不難立刻猜想得到，對方正為遍尋打火機不著而感到不耐。世俗的男女養成過程，讓我們很早就被制約，對超出年紀範圍的異性略而不視。但初次見面時，匆匆打量彼此的神情中，那多出的一兩秒目光的滯留，便已洩露了我們的感情頻率波長。那發生過的，或正在發生中的戀情。

她讓我又想起了某人。

剛成為那家頗有知名度的房屋推案廣告公司的新進員工時，我喊她：「佳玲姊。」一年後，佳玲姊成了Jennifer。隨著稱呼的改變，她為我一手規畫出兩人聯手的售屋後裝潢服務；當激放的肉體關係慢慢降溫，她開始耐心地計畫著我們共同未來的樣子。只是至今我仍不理解，究竟是我始終長不大，成不了她期望中的男人？還是我的成熟太快速，讓我失控，變得愈來愈無從適應人生中過多的設計與安排？

而對方滯留的目光，又是想在我身上尋找什麼呢？

或許，是她小男友過去的影子吧？小男友會長大，會開始要有自己的事業，會開始想玩股票，會不耐煩像同齡男生一樣還在蹲一個月兩萬八的工作，會漸漸不願再公開承認自己女友竟比自己年長十歲——

那我就先告辭了……保重！

在與她相視無語十秒後，我擠出一個自己都不知道算是同情，還是看起來是為她加油打氣的尷尬微笑。

做為一名室內設計師，我仍然在學習的一件事就是，不要介入客戶的生活。

儘管，你可能在設想他們所需要的空間時，無意間已經知道了太多的祕密。

美眉說，她的暱稱應該這麼發音來著。

「是花儿，」北京腔捲舌音。父親是台商，在大陸念的小學。她說得理所當然：「因為父親長期不在身邊，所以我喜歡比我年紀大的男人！」

「嗯，那就是我了嘛！」

「你看起來還不錯，是我的菜。」

但是說實話，我還不確定她是不是我的菜。沒關係，這一晚尚早，還有的是時間再多觀察多培養。走出餐廳，我提議可以去唱一下KTV。

網路約砲再怎麼方便，我還是有一些起碼的，或說是偏執的篩選標準。譬如，我無法忍受戴著濃密假睫毛的小女生，給人的感覺就像是酒店的小姐。第一次跟這樣一個美眉出來見面，整個晚上我就一直盯著她鬃刷似的濃睫，好似醒獅團的舞獅眨個不停，害我必須一直克制自己伸手去撕掉那對睫毛的衝動。

再者，還住在家裡的，那也免了。算是我的怪癖也未嘗不可，因為陌生的女性臥室總讓我比較來勁，哪怕只是那種學生分租的四坪大小套房。

這個花儿很擅長言語挑逗，但是我卻始終沒有明顯的反應。

不知為何，我一直心神恍惚不定。

「欸，你一直沒跟我說，你到底是做什麼的呀？」

「我是個室內設計師。」

「這樣啊。」美眉興奮地睜大了眼睛：「我對室內設計也超有興趣的耶，小時候我爸買了一個好漂亮的娃娃屋給我，那種按實物比例縮小超精緻的有沒有？小時候我就幻想過長大專門來設計娃娃屋！」

我鬆了一口氣。還以為她真的要來討論Mario Buatta還是Norman Robert Foster。

「妳又是念什麼科系的？」

「ㄘㄢ ㄌㄩˇ。」

「啊？摻什麼鋁？」

「餐飲旅遊啦！白痴喔！」

我彷彿看見她穿著女僕圍裙制服站在自助餐桌旁鞠躬的模樣。

就當她不顧自己的音域極限，與一首當紅的搖滾歌姬暢銷金曲聲嘶奮戰的時候，我口袋中的手機傳來了簡訊鈴聲。

房子我決定不賣了。到了這個年紀，應該懂得捍衛自己擁有的。

很想跟你說聲對不起，我們按原計畫進行，好嗎？p.s. 我的確沒有玩股票

「看什麼簡訊看得那麼開心？」美眉一曲唱罷，往包廂沙發一倒躺平：「天啊你怎麼還在用這種古董機？我以為你們這種社會人士都在用哀鳳了說——」

如果不是她在嚷嚷，我還不會發現，自己嘴角的肌肉正微微被拉扯上揚。明明心裡有點惱的，以為臉上正掛著躊躇的表情：這樣的簡訊該怎麼回？

暫時不要回。

我轉身低頭，朝沙發上的花ㄦ臉頰上突擊一吻。她隨即大方地伸臂過來，用手在我的大腿內側摩挲了一會兒，下一秒又冷不防對著褲襠抓住要害。「鼽——終於有感覺了喔？還以為我今晚被打槍了說……」

如果她沒傳這封簡訊？

如果我回了這封簡訊？

一年前與Jennifer分手後，我獨立門戶接到的第一件案子，是位在三峽的一個新社區。原本興趣缺缺，想到路途不便，又加上那陣子心情不佳，在電話上跟那位先生起初聊得不甚投機。

講到了一半，電話被轉到了他太太的手裡。

「江先生喔？對不起，我先生他可能沒有把意思說得很清楚。是這樣的，房子才蓋好，但是我先生的公司就要調他去上海了。我決定一起過去。因為你是代銷公司的李小姐介紹的，我也跟她說了這個情形。她說她可以幫我再賣出去，但是我們這個社區裡空屋還不少，當初很多戶也都是買了投資用。所以她建議我把房子裝修一下，會比較好賣一點。……我們也是覺得，既然李小姐跟你是朋友，這樣大家都省事，如果有買主希望房子做一些什麼改變，你也許就可以幫忙一併處理了……你看這樣好嗎？」

對方有話直說，乾脆俐落，不像她的老公，說得語焉不詳，好像這年頭隨處都會碰上壞人騙子似的，吞吞吐吐不知道到底在防衛什麼。因為客戶不是自住，我接下這個聽起來相對單純的案子，甚至連這對屋主夫婦都不曾打過照面。等他們去了上海，我從Cindy那裡拿了鑰匙便進屋動工。

三個月後，Cindy來電，問我還記不記得三峽那個房子。

我問怎麼了？賣不掉嗎？

「呵，那個太太從上海回來了，又不賣了。」Cindy說。「她問你有沒有時間再幫她看一下？她打算住進去，所以有些地方她需要改變一下設計。」

「媽的——」

「欸，你有一點同情心好不好？你聽不出來嗎？這兩人婚姻鐵定出了問題，太太自己跑回台灣療傷，八成就是這樣。」

我第一時間就想起了那個老公當時跟我在電話上的語氣。我還以為他是對我不信任，所以把話說得兜來轉去。原來他在聲東擊西。說來話去，其實就是不願意老婆跟去上海，故意想用房子的事把她絆在台灣。

我的猜想與事實相距不遠。

過去三年，老公一直常跑上海出差，有了女人。

她跟我說明這個尷尬情況時，態度倒是一貫的坦然大方，與我們最早通話時她給我的印象一致。她不是那麼年輕了，但她選擇離開，選擇重拾婚前的鋼琴教學，重新開始。

我真心為她感到慶幸，房子是寫在她的名下。還好房子還在。鋼琴送進重新隔間的客廳那日，我特地準備了一瓶香檳酒為她慶祝。

雖然我們心裡都清楚，這不是認真的，不過是室內設計與屋主太頻繁的接觸後，很難避免的一時互相取暖。

我為她打造了新生活的庇護，她賦予了我的作品一個美麗而哀愁的故事。我們在這個借來的空間裡，偶爾營造出一點浪漫的惺惺相惜，訴說著彼此感情上的傷痕。我告訴她關於Jennifer的事，以及我怎麼開始做起室內設計。她透露了她與她的男人在捷運上邂逅的愛情故事與對未來的打算。我每天忙完工作便會騎著一台破機車飛奔到遙遠的三峽，不知不覺，自己的私人用品一件件開始留在她的屋子中，沒注意到才沒多時，竟已經可以裝滿一個小旅行箱。

直到那天走進她的客廳，我發現小旅行箱已經整裡好放在鋼琴旁，正在等候著我。我看著彷彿被主人遺棄的寵物犬一樣蹲在地上的旅行箱，在心裡默念著這一點也不意外一點也不意外

一點也不意外……但是卻又很不爭氣地佯裝檢查行李箱，避開她的目光遲遲不能抬頭。

她依舊維持著我一向欣賞的直率坦然，彷彿覺得她的人生中，不可能存在著她說不清楚講不明白的事。

「他明天就要回台北來了。他甚至已經辭了工作，要我相信他真的跟那個女人斷了，希望我原諒他。」

我說那很好，妳現在跟他扯平了，妳這幾個月也沒閒著。

話一出口便換來一個清脆的巴掌。

「婊子——臭婊子！」臨走時我狠狠丟下我的結論。

有一種東西叫做職業風險，我想，室內設計這行也不例外。

出了那棟集團造鎮硬生生在山坡地上開出的千坪社區大樓，我才想到，我第二次的裝潢費一直沒有跟她開過口，現在也泡湯了。

我明明有自己的窩，但是為什麼卻會被這樣難堪地趕出別人的家門？從三峽騎機車回台北市區足足五十分鐘的路上，我的腦子裡不停閃著同樣的問號。

我想到了那種叫寄居蟹的生物。潮來潮往的沙灘上，牠們的人生便是忙著找尋下一個空屋。

花儿很盡責地製造高潮的模擬哼唧，我也專注地掌控著自己抽動的節奏，等到終於聽見自己每射必喊的那聲歐賣尬，我倆同時都感覺如釋重負。她一個轉身跳下床便小碎步跑進浴室裡去，留下我獨自與她的Kitty貓抱枕躺在床上，無聊地打量著她這間被衣服電腦便已近乎塞滿滿的學生小套房。

翻身取過枕頭旁的手機察看時間，卻不由自主又打開了「已收訊息」，把之前的簡訊又看了一遍。

凌晨一點半。什麼樣的人會在這種時間回覆簡訊呢？

改日再約，希望妳一切都好。

這樣的回覆肯定會讓對方今夜失眠。

按下發送，我不禁對自己的文字天分感到不可思議。

美眉從浴室出來，難掩滿臉驚訝。

我趁她在洗澡的時候，把她的床與電腦桌重新擺放，並發揮了我收納置物的本領，將散落的書籍與衣物放進了不同角落可以騰出的格架，原來擁擠的小房間，頓時多出了一塊小小空地。

「妳看，以後這裡可以放個小茶几，吃東西就在這兒吃，哪有人把電腦桌上搞得全是湯汁的？」

說著，順手還把鍵盤旁的保麗龍速食麵空碗丟進了垃圾桶。

即使是再破、再不起眼的殼，寄居蟹都不會不屑一試。我就曾看過一幅攝影作品，一隻倒楣的螃蟹揹著一只聚乙烯養樂多空罐，毫不知羞地混在一堆其他有著漂亮貝殼為家的寄居蟹之中。我不知道自己是否還會跟花儿聯絡，她也許會期待，但就算我再也沒了消息，我相信她也一定會記得我——特別是每次坐在小茶几旁的地上吃起泡麵的時候。這就是室內設計師贏過螃蟹之處吧！

「哇大叔，真有你的！」美眉笑嘻嘻地在她的窩裡走了一圈，然後來到床邊坐下。「睡覺吧！」

「我明天一早還有事，回家去睡得比較好，才會有精神。」

「喔。」

花儿的臉上，難得展露了今天晚上首度的懂事表情。

「摳我？我週四一天都沒課。」

「ＯＫ。」

我知道我有一種吸引女性的氣質，不太多言，善於扮演聆聽者，而且做愛之前與之後都會沐浴讓身體很好聞。而這些女人通常都有一種習慣，就是當我挺入時她們喜歡用她們小小的白牙咬住我肩頭的那塊韌實的肌肉——

我的手機這時突然像是盹中被驚醒，發出了一串怯怯的嗚聲。

嗚嗚嗚，嗚嗚嗚。還來不及辨出聲音的方位，只見花儿已經閃速從枕頭旁把手機撿了起來，好奇是哪一個寂寞的人，在半夜裡欲言又止。

嗚嗚嗚，嗚嗚嗚。

女人喜歡看到我臉上忍耐著那輕微的疼痛而出現的抿嘴表情，慢慢也摸透了她們的溫柔施暴所帶給我的興奮。嗚嗚嗚，嗚嗚嗚。

那該死的手機還在發出擾人的來電訊號。握在花儿手中，那玩意兒還真像男性的堅挺。

「不要管它。」我說。

在女人獨居的屋裡，性愛往往被賦予更大的空間與自由。嗚嗚嗚，嗚嗚嗚。那不是夫妻倆的生活室，也不是男性狩獵完後拖回斬獲的洞穴，那是由她們自己掌控的環境，讓她們更能夠拋開其他空間所帶給她們的無形拘束吧？嗚嗚嗚，嗚嗚嗚。這也是為什麼我喜歡在她們的房間裡做——

「齁，原來你很花喔，還真看不出來呢！八成是女的打來的吧？——」

花儿千不該萬不該，在下一秒做出了我生平少數幾件絕無法容忍的事。她按下通話鍵，用她那故作天真的聲音對著話機發出了長長一聲「喂——？」

我衝過去不廢話就著實朝她一拳。

壓住怒火，撿起地上的手機，看到了號碼顯示。

一個晚上心思掏盡才挽救回來的生意，就在花儿的那一聲慘叫後已經飛了。

——原載二〇一二年十一月十二日～十三日《自由時報》副刊

可可可可

——李嘉淋

一九八七年出生，居於香港新界，依山傍水；家有六兄弟姊妹，排行第二，自小天籟人籟不絕於耳。香港中文大學中文系畢業，尤好創作散文與小說，曾獲香港青年文學獎散文首獎，以及台灣聯合文學小說新人獎首獎。

可能是因為可可的香味，我最近經常會夢見童年。

我一度非常好奇，阿麥已經多年不喝可可了——不知從何時開始，「頭會痛。」他說。阿麥嗅到可可就頭痛，於是家裡再沒有買過，反正可可本來是阿麥的專利，我也不愛喝這種甜膩得噁心的玩意。可能更小的時候，我也會盼望得到那麼一杯，但我實在記不清了。

「你頭不痛嗎？」

你知道，阿麥只會對著我傻笑，什麼也不說。

1 我們過馬路

每天放學回家的路上，我們都會經過一段長長的斑馬線。我說的「我們」，指的是我和阿麥。阿麥不姓麥，他的英文名叫Matthew，所以大家都叫他阿麥，我們也就叫他阿麥；這裡的「我們」，指的是我和爸爸。

每次過馬路，我都要牽著阿麥的手——戴國每次看到，都會對我怪笑，但他不敢說些什麼。如果他膽敢胡說八道，我第二天一定把他打個半死，而且他的爸媽從不追究。說回這道斑馬線，我真想知道是誰設計的？我敢打包票，設計的人如果不是腦內缺了點零件，就是腿上多了點零件。他的腿八成安裝了馬達，在綠燈時呼一聲就滑過對面去了。媽媽老叫我別抱怨，但難道這件事合理嗎？六條行車線！你知道綠燈有多長？十秒——也許還不到。我對媽說這是她的過錯，因為她生我的時候漏了一台馬達，結果我忘了帶出來的馬達不合時宜地發動了，她巴啦巴啦地說了我五分鐘，是的五分鐘，幸好她太忙了，沒時間發動下去。

其實有時候她是對的，我知道。即使我真的時速八十里也沒有用，正如我剛才所言，我要牽著阿麥的手，像隻樹懶一樣慢慢地、慢慢地、慢慢地、走。

你知道什麼是樹懶嗎？阿麥就是樹懶。學校要我們逢星期一、三、五都帶課外書在早上看，戴國昨天帶了本動物圖鑑，我的書和他交換了，因為我的書是匆忙間從廳裡的書架上取下來的，回到學校才看到——喎！《存在主義是一種人道主義》。我沒有翻開過，一種主義已經夠人頭皮發麻，一個書名包含兩種主義，那還得了？我當機立斷地送給戴國享用了。總之，我從動物圖鑑翻到了一個怪模怪樣、奇慢無比的生物，就是樹懶——我立即就明白了，阿麥，就是樹懶。這是個不幸的故事，他在投胎時走得太慢了，別的樹懶都投胎了，只有他停在原地；趕著投胎的我一不小心被他絆到，滾呀滾，就一起滾到人間，變成了兄弟。

我有說過嗎？阿麥是我的弟弟。

也許你會疑問，為什麼我要牽著阿麥的手？其實我也經常問這個問題，答案因應對象有輕微的更改。

如果我不牽著阿麥的手，他就會一頭撞在車子上，然後就死定了。這是我爸說的。

如果我不牽著阿麥的手，我就會被家法伺候，然後就死定了。這是我媽說的。

其實我什麼都不怕，不管是阿麥死還是我死。上個月C班的趙晴沒有來上課，原來她死了。其實我不認識她，但我認識趙雷，趙雷是她弟弟。他說起初有點不習慣，雖然現在仍然不習慣，不過已經好多了，而且零用錢也好多了。

話說回來，為什麼我還要牽著阿麥的手呢？因為爺爺說，只要好好完成我的責任，每天就給我二十塊。當然，這是祕密外快，爸媽都不會知道——雖然爺爺從三年前開始賒帳，要下輩子才能結算了，但我還是很有職業道德的，每次都把阿麥的手抓得很緊。

其實我不太喜歡這份工作，阿麥的手總是汗津津的，你能想像嗎？不，你沒有握過他的手，不過你總吃過芒果吧？吃芒果的時候，總會有幾滴果汁從手指流到掌心，黏黏的，很噁心。不過你知道，工作是工作，如果有什麼選擇的餘地就不叫工作了，這一點我比爸爸清楚得多。

我覺得每年的夏天都愈來愈熱——媽媽聽到的話又會說：「我不指望你變成畫家、教育家，可你也別給我變成抱怨家呀。」為什麼每次我說出事實，她都認為我在抱怨呢？就像現在，沒有人會反對這個事實：我們都快要溶掉了。站在我們旁邊的女人右手拿著手機啪啪啪啪地按著，左手在為手機擋太陽——其實她更應為自己的臉擋太陽，因為汗水一直從她的臉滑下來，而且她顯然沒有第三隻手去抹汗。有一次，阿麥在畫畫時打翻了水，水彩畫的筆跡慢慢地暈染開去，她的臉就像那層被水覆蓋的畫紙，五顏六色緩緩化開，其實挺可怕的，我幾乎以為她要變身了。

剛才想說什麼？對了，紅綠燈，其實走過來的時候，我看到綠燈在閃爍——轉了紅燈之後，要等三分鐘才能走！如果不是因為阿麥，老實說，我早就跑過去了，才用不著流一身的汗。可是阿麥，一如以往，從不知道自己犯了什麼錯，還在不安分地蠢動著。

「不要扭來扭去，你是女生嗎？」

「我不是！」阿麥不高興了。雖然他總在傻笑，但也很容易就發脾氣。不過我可不吃他這一套，開始對著他瞪眼。阿麥最怕我瞪眼，我一瞪眼，他就不敢說話了。

不過三十秒，他又開始扭來扭去，還試圖甩開我的手。

我曾經和戴國說過，有時候我真想放手，由得他自己走。又或者——我沒有告訴過任何人——假如阿麥被車撞倒，其實也不是一件壞事。算了吧，當作我沒說過，其實這也不是我所希望的，我可能也會傷心。只是有時候會忍不住這樣想。

「停下來！」我再次朝他瞪眼。好吧，我得承認，這招有時也不太靈光。他不樂意了，突然用力抽出手，然後在反作用力的驅使下，一頭撞倒了旁邊的女人；她的手機摔在地上，安靜地分裂成幾瓣，電池彈到馬路上，剛好被一輛呼嘯而過的貨車輾過。

阿麥猶有餘悸地坐在地上，一動不動，眼巴巴地看著我。然後，你知道，他只會對著我傻笑。

2 我們愛

「關於『愛』。」老余說。

戴國開始怪笑起來。這次不只他，大半班人都在怪笑，還有一小撮人（大多是女生）面無表情，裝作沒聽見。

「戴國，你來念第四節。」

戴國慢吞吞地站了起來，不情不願地念：「愛是恆久忍耐、又有恩慈。愛是不嫉妒。愛是不自誇，不張狂，不做害羞的事。不求自己的益處。不輕易發怒。不計算人的惡……」

我挺喜歡宗教及倫理課，說出來會被嘲笑得面目無光，不過事實如此；上週的課題是墮胎，這週的課題是婚姻，我總覺得兩者互換一下才恰當。每節課都有三五個同學被指派出來，大談自己的經歷與感悟，例如戴國，分享了他表哥的故事。他在年輕時逼女朋友墮了胎，被大家鄙視，後來後悔莫及了。最後一句是重點，起碼值四十分。事實上，我和戴國從幼稚園起已經同班，我敢保證他只有表姊，表弟倒是有好幾個。看別人怎樣創造一個故事，這就是趣味所在。

「好了，坐下來。你們的父母陪伴你走人生的前半段路，你一起漫步人生後半段路的呢？是伴侶。當然，還有各種的愛，愛是人生中最不可或缺的一部分，戴國同學，你對此有什麼體驗呢？」

戴國說：「我還沒到法定結婚年齡。」

哄堂大笑起來。戴國見老余臉色有異，連忙改口道說起父母的故事。「分享」完後，戴國要指定下一位同學，於是理所當然地指向了我。

我無所謂地站了起來，我早已想好一個故事，例如，我有一頭狗，名叫波比。我很愛牠。

有一天，波波——不好意思，是波夫死了。我非常傷心。

「我有一個弟弟。」

開口以後，我才意識到自己說了什麼。

糟糕了，我想。

或者我可以繼續說，我弟弟有一頭狗，名叫波比。但是我沒有。我覺得自己彷彿被催眠了般：「愛是恆久忍耐……我覺得我忍夠了。所以談不上愛。」

從小學畢業後，我就沒有再牽過阿麥的手，不過他沒有一頭撞在車子上死翹翹，我也沒有死於家法之下。為什麼阿麥不死呢？有時候我會想。如果忍耐是愛，我想我已經愛了阿麥很久。但愛是忍耐嗎？我可不覺得。假如阿麥忽然倒在地上死去，我覺得我不會太傷心。只是，阿麥從出生起就是我的弟弟；雖然沒有人詢問過我，是否同意承認他的身分。阿麥是一部分的我，如果他死掉了，我覺得會有一部分的我會就這樣死去，但同時一部分的我也會因而重生。

也許我不是抱怨家，而是哲學家。但這些問題我不可能說出來，單是想想，我的雞皮疙瘩都已經冒起來了。我幾乎能想像戴國的反應——不是怪笑就是爆笑。其實我也覺得挺可笑，如果是戴國問我的話，我會覺得他不是瘋了，就是被外星人附身了。不過你知道，大腦如此奇妙，有時總不受人控制。

我成功把話題扯到「弟弟的狗」身上，無論是「弟弟」還是「弟弟的狗」，對大家而言都是一樣的。下課是我抹黑板的娛樂時間，我很喜歡這個活動，像這種密密麻麻、五顏六色的字，到底最快能用多少時間抹走呢？

背後的幾個女生一直在格格地笑鬧著，其中一個突然說了一句：「別傻了，妳是真光走出來的嗎？」

我覺得自己的心臟像手中的黑板擦一樣，被緊緊地捏住了。

真光在我們學校的對面，這所學校是——嗯，怎麼說呢？總之，阿麥就在這所學校念書。我不知道爸媽是不是故意的，可能想方便我去接阿麥，但老實說，我情願拐一點遠路。

我拿著黑板擦，無數的愛字被我一一抹去；但老余的筆力是這樣的深，總有些發白的痕跡始終無法消除，彷彿本來就存在似的。

3 我們跑

戴國在我的對面壓著腿，突然開口說：「我也想要個兄弟。」

「像阿麥這樣也要？」我努力把手伸到腳尖，愛理不理地回他一句。

「阿麥不錯。」

我詫異地抬起頭，其實我看不清他的表情，因為陽光太猛烈了——就像我說的，夏天一年比一年熱。不過他的聲音很認真，起碼不是平日那種，嗯，伴隨怪笑發出的怪聲。老實說，我分不清他是不是在諷刺，不過我覺得不是，雖然我不知道他對阿麥的好印象從何而來。

「屁，如果你真的有這樣的弟弟，你就不會這樣說了。」這句話我沒有說出口，因為——

好吧，其實我也不能確定。

「都過來站好！」Tiger Lo大吼一聲，戴國倏地跳了起來，自發地走到第四線起跑線上。今天是千五米練習，下個月就是學界比賽了，但我們都無法打破自己的紀錄，還隱隱有點倒退的跡象。Tiger Lo很著急，脾氣也愈來愈暴躁了。

「你猜你能跑幾秒？」戴國回頭問我。

「九秒九。」

「預備，三、二、一！」

大家都知道，長跑絕不可以一開始就全力以赴——為了贏得賽跑而放慢步伐，真是一種悖論。戴國說他跑步時腦子總是一片空白，我和他恰好相反，放任雙腿自己運作，然後腦子裡老是胡思亂想，比如說，Tiger Lo為什麼還沒有女朋友？比如說，為什麼要我照顧阿麥呢？我總不能一輩子抓住他的手吧？比如說，如果我當初投胎時小心點，沒有被阿麥絆倒，是不是可以一開始就沒有阿麥呢？又比如說，沒有阿麥的話，我會怎麼樣呢？

「我比你快三秒！」戴國躺在地上，一邊咆哮，一邊喘氣。

我沒搭理他，繼續小跑著緩衝。Tiger Lo走過來，拍拍我的背，差點把我拍跌在地上。

「Lo Sir，今天太熱啦——」

Tiger Lo難得地和顏悅色道：「行啦，不是來揍你的。收拾東西去保安亭吧，你家人來了。要人陪你去嗎？發生什麼事了嗎？」

「我家人？我也不知道。」真是莫名其妙，我和戴國說了一聲就趕緊走了。

我和保安陳叔打了聲招呼，和他一起進了會客室。

「他是你弟弟對吧？」

是阿麥。他把作業本鋪在桌上，很認真地寫字。然而，他總是無法把字擠進小小的方框內，有時候一個字可以占了三格。

他看到我，露出了笑容，然後又皺起眉頭，顯然是嫌我骯髒了。他的衣服總是很乾淨，樣子又挺不錯，像現在這樣坐在一旁不說話，誰都看不出他有問題，起碼不會像戴國家的Rocky一樣口水滴滴答答的。當然，這得歸功於我教導有方，但我這刻實在高興不起來。

我不知道他怎會跑到我的學校來。我只覺得腦袋一片暈眩。

「你來幹什麼？」聲音一出口，沙啞得嚇了我自己一跳。

阿麥一直在笑，沒有說話。倒是陳叔對我說：「他們今天早放囉，他是你弟弟？」

我沒有理會他，把阿麥的作業本、筆、橡皮擦全都塞進他的書包，拉起阿麥就要走。

離開學校時會經過體育場，硬著頭皮走上前，戴國和宋高他們在向我揮手，大吼：「沒事吧？」

我也朝他們大吼：「沒事，我先走啦！」

然而宋高不識時宜地跑了過來，問：「你弟？」

「嗯，我弟。」

不要說話。我心想。不要說話。

然而阿麥開口了。他說：「嗯，我弟。」

宋高笑了起來，阿麥也笑了，他一笑就露餡了。他看起來是這麼的傻。

我也勉強笑了兩聲，往宋高肩上一拍就走了。

這沒什麼好丟人的。這不是我的錯。我一把捉住阿麥的手，頭也不回地離開。阿麥乖乖地任由我拖著走，一直在「哈哈」地笑著。

求你了。我想。

4 我們浮沉

阿麥向著我跑過來，興奮地說：「我給你說個祕密。」我向他的老師點點頭，很快就離開了。

「有什麼祕密？」

阿麥竊笑著，把手伸入大衣袋子。這件大衣是新買的，因為天氣涼了，所以給他買了件保暖的大衣，顏色是他最喜歡的綠色，配上他的黃帽子，走在街上，活像一棵發育不良的聖誕樹。幸好阿麥已經長大了，不需要隨時拉著他的手，也會慢慢跟著你走，否則我可鼓不起勇氣去拉一棵聖誕樹。

阿麥大衣有八個口袋，胸前兩個，腰側兩個，腿旁兩個，身後還有兩個；這出於我小小的壞心眼，但當他老是忘記自己的東西放在哪個口袋時，我又覺得自己在自討苦吃。

「不見啦。」阿麥一遍又一遍地掏著他的口袋，他的聲音帶了點哭腔。這倒是很奇怪，他老是笑，即使你隨手打他幾拳（當然不可以太用力），他仍然會在笑。

「不見了什麼？」

「你不見啦——」

「我不見了？那誰在和你說話呀？」

阿麥嚎啕大哭起來：「哥哥不見啦！」

簡直是不可理喻——當然不可理喻，我怎能奢求一個可以理喻的阿麥？

「回去吧，我在這裡，別煩了。」

他仍然放聲大哭：「不見了——老師給我的——」

「是什麼獎勵嗎？算了吧，等會給你買——」四周的人都看過來，我硬著頭皮哄著他，希望他立即停下來。但他只是一遍一遍地哭喊著：「不見了——」

敬酒不喝喝罰酒，阿麥就是這種人。我恨不得給他一拳，但我沒有。我突然想遠遠地逃離，以後不要再見到他。又不是我樂意當這個哥哥的，憑什麼？

我頭一次沒有等阿麥，自顧自跑了起來。我跑得很快，甚至覺得自己快得如此驚人。在這一刻，我確信自己能跑到很遠很遠的地方，沒有阿麥的地方。

不知過了多久，我躺在河邊的水泥地上。如果之前比賽時能跑得這麼快就好了——我不無遺憾地想。

我的呼吸聲很雜亂，心跳聲卻維持著一個強而有力的頻率。這時候，在視線的盡頭，一個人影摔進了這條小河。河水是如此的淺，即使他跌坐進去，整個腦袋也仍在水面之上。

我從沒如此驚訝，阿麥，這是阿麥，他怎可能跟得上來？與此同時，一陣恐懼就如淺河裡的阿麥，從心底緩慢地爬上來——難道我就不能擺脫他？

「你怎樣——你怎能——」

阿麥看著我，傻呼呼地笑地，意圖站起來。

「不許上來。」我向他瞪眼，他不高興了，坐在河裡一動不動。

我就這樣坐在河邊。每次他想走近，我就把他推回河裡。

「我冷——」阿麥抗議了，我沒有理會他，繼續把他推回去。

阿麥再次走過來，我伸出手，他握住我的手，用力把我拉下去，然後得意地竊笑著。

河水很淺，天氣也不冷。即使阿麥浸上幾小時也死不去。這算是一場愚蠢的意圖謀殺嗎？我也不知道。

回家的路上，我們一直在發抖。

「發生什麼事啦？」有人問我們。

我沒有理會，但阿麥似乎想回答。我一把拉住阿麥的手，快步走回家，不准阿麥停下來說話。我身上沒帶錢，即使有錢，也沒有哪輛出租車願意載我們。我和阿麥一樣，全身都濕淋淋的，被風一颳——那種刺骨的寒意，即使後來我有機會到南極一遊，也無法與這種極致的要命的冰冷相提並論。不時有水珠從手臂滑下，一直滑至手中，有點黏稠，彷彿血液在掌心交融，而這交握的掌心，也是唯一能汲取的暖源。

回到家後，我不由得慶幸家裡永遠沒有人，剛才想的種種藉口也派不上用場了。我趕緊替阿麥洗了個熱水澡，再把我們濕透的衣服一股腦兒塞進洗衣機，按下「開始」，聽到轟隆轟隆的聲音，方有種毀屍滅跡的安全感。

「這是個祕密。不要告訴其他人。」

阿麥用力地點點頭，髮端的水珠像下雨般甩到木桌上。

我把可可粉的罐子從冰箱頂取下來，作為獎勵。如果有可可喝的話，他就會乖乖聽話。然而，阿麥突然興奮地跳了起來，把可可粉的鐵罐搶過來，不停尖叫：「找到啦！找到啦！」

我本想說：「還回來！否則不讓你喝。」但卻又忍不住問：「找到什麼？」

阿麥一手抱著鐵罐，一手故作神祕地捲起作傳音筒，在我的耳邊說：「我給你說個祕密。」

「說吧。」

「看！這是你！」

「我是個鐵罐？為什麼？」

「這是你。這個字不知道，」阿麥興高采烈地指著「粉」字，然後把手指移到「可可」，說，「哥——」

5 我們

我媽曾經對我說過，阿麥沒有什麼問題，只是步伐比我們慢了一點；我們三歲時學到的字，他可能要在六歲才能認到，但這沒什麼大不了。像我一直堅信那樣，阿麥是樹懶，比人慢才正常。直至現在我也這樣覺得。

其實慢一點沒什麼不好。例如我爸，跑得太快了，不到六十歲就跑到地府，重新開始他的旅程。我好像流了兩次眼淚，倒是阿麥，在那個艱難的月分中，逮著機會就哭，就連我瞪他都不管了。

「戴國為什麼不來玩呢？」

「他沒空，今年年底要結婚了。」

阿麥張大了嘴，驚奇地問：「又結婚啦？」

「對呀。又結婚啦。」

接下來的路程，阿麥一直在追問我，可以結這麼多次嗎？他會不會被警察抓起來？在我分別扔出肯定和否定的保證後，阿麥還是一副驚訝不已的樣子。

所謂「又」，指的自然不是第一次。事實上，這是戴國第三次的婚姻，對象是他上一間公司的同事，認識還不到一年。他早早就搬離了父母，第一次結婚時我很為他高興，第二次我也繼續當伴郎，而第三次，怎麼說呢，像以前吃冰棒時，他總能吃到「再來一枝」。我總覺他的「再來一枝」尚未完結，何況他還那麼年輕，也許他會在晚年「再來一枝」，然後才真正享受或忍受婚姻生活。

一次我和戴國都喝得醉醺醺，我忍不住劈頭罵他：「你他媽的結這麼多次婚有病呀？」

戴國雖然快要結婚，但臉上卻沒有一點喜氣。他含糊不清地叫嚷著：「我也覺得我有病，但我就是忍不住，你明白嗎？」

我大著舌頭數落著他：「你安安分分地同居不好嗎？反正——反正早晚都要分手。結婚多麻煩呀，費時——費事——還有，費錢！還有，結婚手續——下次結婚，再找我當伴郎？作夢吧你！還有什麼？還有，離婚。你不煩嗎？我都煩了！」

戴國用力一拍桌子，突然痛哭起來：「你不明白的，起碼你還有阿麥。我誰都沒有，你明白嗎？你明白嗎？」

「明白個屁——就是因為阿麥，我——我都不敢請女孩到我家。」

「如果我有個兄弟，我也不結婚了，我只是不想一個人過，你明白嗎？」

戴國平日老是怪笑，但每次喝醉酒都會哭哭啼啼。被他這樣一說，我也糊塗了，想反駁說是我陪著阿麥，不是阿麥陪著我，不過腦漿早就和酒混作一團，想了想，覺得好像也沒什麼差別，於是竟不知該怎樣說，最後乾脆倒頭大睡。

說到阿麥，還是阿麥，似乎從出生起，我的命脈就和阿麥扣在一起。各人有各自的步伐，但我只能和阿麥一起走。我媽永遠走得最遠，我爸突然走得很快，戴國也慢慢地快步走了，只有阿麥，仍然走得很慢。他似乎沒什麼變化，可能因為走得太慢了，時間的流逝對他而言，幾乎沒什麼意義。他現在還是十幾歲時的少年模樣。當他坐在一旁不說話的時候，就像老家裡的一幅畫，一直安靜地掛著，存在於我熟悉的環境中。

每年的夏天都比去年熱，不過現在已經是十二月的隆冬——雖然我已經很少抱怨，不過我還是得說，每年的冬天都比去年冷，這是事實。和阿麥大衣下裹著三層毛衣不同，我只披著一件風衣。我把拉鍊扯到最高，颯颯的風從袖子裡灌進來，使我不由自主地哆嗦了一下。

看到街頭有間咖啡店，我問阿麥：「要不要進去喝點東西？」

阿麥不停地點著頭，笑得像個傻子。

我替阿麥點了一杯熱可可，再隨便點了杯咖啡。可可很快就上來了，我還來不及阻止他，他已經灌了一大口。

「吐出來！」

阿麥不知所措地望著我，然後立即張開口，滾燙的可可沿著桌子洩了一地，像一道突如其來的瀑布。我連忙扯著他闖進廚房，讓他含著冷水，不要亂動。

總會有點意外。離開咖啡店時，我忍不住這樣想。阿麥不知道自己闖禍了，一直在旁邊「嘶嘶」的，像蛇一樣吐著舌頭，然後，你知道，阿麥只會對著我傻笑。

回家還要一段路，我拉緊袖口，才看到袖子沾上的顏色，由於湊得太近，還能嗅到可可的甜味，這使我有點安心，又有點噁心。其實我也搞不清楚，自己到底喜歡或討厭可可，但在這樣的冬日，被這種熟悉的香味繚繞著，或多或少，總有點奇異的暖意。

——原載二〇一二年十一月《聯合文學》雜誌第三三六期

本文獲二〇一二年第二十六屆聯合文學小說新人獎短篇小說組首獎

金花

——黃淑假

本名黃淑真，一九八七年生，現就讀東海大學中文所。曾獲時報文學獎、中興湖文學獎、東海文學獎。

阿春姨說，她金花上各處拿東西，是為錢。

她說她有個神祕攤位在鎮市裡，緩緩湧出的井水般隨人們腳跟挪移，販售她得手的各樣物品，而這，便是街裡人上市場總買相同物品的原因，像她，就前後買了四雙樣式相同的立體雕花玫瑰拖鞋。阿春姨說，定是金花讓她把丟了的鞋又買回手。

滿妹的兒子治輝，則說金花東拿西取是為報復。他在一次中秋節聯歡晚會上，大講金花早年喪子、中年守寡、晚年生嫉妒，最後看紅眼所有有後鄰居——特別是有兒的，像他家四兄弟，就遭了四次毒手。

「老成這樣還總偷，不要臉！」治輝給這事下結論時滿嘴酒氣，而金花想著，就算自己兒子活著該像他這般大，她也不要治輝。

她金花，是街裡最少上市場的，沒機會在擁擠的小小方地裡故佈疑陣，況且，她伸手進滿妹機車籃裡撈東勾西才不止四次。一共，是二十六次半！至於阿春姨，不過是個會喝自家觀音像瓶水的神經病，她金花也沒拿她三雙拖鞋，只取了兩雙。

這街裡，無人不曉她金花除生來兩手外更厲害的第三隻，那手是專惹事要犯，提它的人無不緊皺鼻尖把張臉擠出苦瓜皮，但金花從不以為意，反倒責怪這些鄰里不識貨，老把黃金和糞一塊挑扔出門，她摸一把也只是剛好而已。

這些年來，金花總是街裡起得最早的，她趕在種菜人晨起鋤草前替他們省去不少收成的麻煩，她也常出門散步，不為健身散心，而為幫鄰居清理廊上門前的小型廢棄物。她金花什麼都拿，且對生活雜貨與農產品情有獨鍾，客廳雜物堆裡不僅有阿春姨的兩雙大紅立體玫瑰花拖鞋，廚房流理台上還滿是各家失蹤的青菜蘿蔔，更多的是一小把九層塔、一小撮蒜頭、幾顆紅得刺眼的朝天椒，伴她日日煮麵炒飯稀哩呼嚕吃下肚。

「可惜啊！」在發現遭棄置的寶貝時，金花總這麼嘆。

「浪費浪費，浪費鬼！」

她會在連串咒罵中把東西捧回家去，也不管這鞋是不是放在門前等晒乾，不管她拿回的是不是街尾三春嬸不小心飛身上路的大內褲，反正，它們總歸是離了所屬，可憐沒人要的物件。也許，她金花常錯拿，但總比讓這些物件獨晒日月好些。金花說她從不偷，是在救，救這些可憐物遠離不知珍惜的浪費鬼，救那些不知珍惜的浪費鬼用失去學珍惜。雖然，誰也不信她說。

鄰里知她這習慣已久，只是從不好說，也無從舉發，因金花的拯救行動正像阿春姨形容的神祕攤販，人們從不曾目睹她下手的瞬間，好像她是用影用魂，用神在偷。

就著鄰里情，誰也不曾因丟失物品報警調監視器，她金花畢竟還住這街上，失主丟的又盡是些小物，他們從不為金花三餐裡多出來的自家青蔥或辣椒生氣，彷彿她金花不存在。只是上月，滿妹兒子治輝不見了兩輪車胎，竟衝上金花藏身巷內濃影裡的矮房，撞破她門、踢翻她椅，還拉她在門前絆了一大跤。

「哎唷哎唷，救人哪！」金花撲跌在冷冰水泥地上不斷喊，喊來里長伯、鄰居與平時難得現蹤的警察，哭得一身一臉水。

「她偷東西呀！」

哀叫著被送上救護車時，金花聽見治輝與警察邊爭邊喊，一口咬定她竊走他的兩輪車胎。金花覺得好笑，治輝竟以為她金花——一個六十七歲的老人——有力取他的寶貴車胎，好像她是歌仔戲裡揮袖就能移山轉河的老嫗妖。更何況，比起治輝的鍍金輪框，滿妹菜園裡將熟的小黃瓜更討她喜，如沒跌傷腿，她早去拗它幾條了。

摔倒的金花腿沒斷，扭了，在家靜養好一段時日。她不在，街裡人和街景都沒為她的傷腿掛心，仍舊。

這天，腿已癒的她睽違許久首度出門，不需再在陰暗窄小的房裡搥腿拍肚使她心情愉悅，她看巷裡給遮雨棚弄得狹窄的一線天，藍得呢！是個再好不過的晴日。

她右腳仍有不適，醫生說是因她久未走動的緣故，只要多走，很快就能恢復以往的敏捷。金花覺得多走便能好得快，便決定這天在街裡盡量的走。

近中午，街上無人，火辣陽光毫不留情把條街烤得熱又黏。

金花緩緩出巷，在街與巷交會處將十指交扣，雙掌內向外的往前推，伸了個彎彎的懶腰。她手舉不直已久，約莫是先生死後第三年，她有天驚覺自己竟需墊板凳才能為神明上香，這才發現自己不但背駝，雙臂也已舉不高。

雖然她金花過去並非美人胚，但仍會傷感老這事，最近跌傷腳，更讓她意識到自己年歲累積出的高牆鐵壁。給她診察的醫生不止一次對她說腳踝不好不壞，沒長肉也沒歪，裂的地方還裂著，而復原進程之所以慢得像灘上擱淺的水波，只因她老啦！像她活該老來受罪。

年輕時，金花在田裡一跌跌去兒子和子宮，先生則在她中年時跌去性命，她挺過這些年，但這回卻有種感覺。治輝的一拉，像已令她跌去僅剩的生命力。

扭開巷口大戶人家設在屋邊的水龍頭，金花任水流嘩啦啦溜過指縫，讓清澈廢水積滿槽。開鐵工廠的陳家從不肯街裡人用這的水，但金花認為，水龍頭裝在路邊不正是方便人用的嗎？於是她每日早早起床，特地來這用他家水梳洗，沒事就來沖沖手，花他陳家錢。她並非唯一這麼做的街裡人，但只要水龍頭一沒關緊，全街人都會指她鼻子罵。

今天日頭好，雖有些烈，但不影響金花喜樂的心。她拄著總帶的那把大花傘走著，經過幾盆被晒得萎下的茶花，往種著三葉松的里長伯家方向去，握傘柄的五隻手指上，滿滿金戒指和陽光糊成片。

出門時把最好的穿戴在身，這是金花打年輕就有的習慣。她過去身材算豐滿，身高更是標準的一六〇，但隨年紀越大就越顯瘦越乾扁，整個人的存在也變得薄弱。於是，衣櫃裡亮麗不再的服裝她套了，就像給誰蓋布袋一樣，布料從她肩上、腰上四處垂落，看著是座布做的瀑布。然而就算她心愛的服裝早退流行五十年，有些看著當時昂貴的布料更被蛀蟲吃了幾圓洞，她還將它們往身上套，像沒了它們就失了身分。

腳傷好不容易復原的這天，金花特地套上珍藏幾十年沒穿的一襲土黃細格長裙，外罩縫了魚眼大水藍亮片的鮮黃墊肩短外套，頭戴她愛用的白色鐘形帽，風風光光出門去。老來身高倒退的她，肩膀歪斜地拖了結成團的裙襬在身後，若解開那結，格子裡的蛀蟲洞便會透光，隨風閃出幾抹豔陽。

沿路，她掐去一截鄰居都安門口，只她沒有的長方白盆金魚草，金戒指襯著青綠，好看極了。

金花陶醉在指間的美裡。

她指上金戒有父母傳下，有結婚時阿發打給她，更有自己這些年來存錢一分分買回的，食指上那戒尤其大，上頭還鑲了龜殼形紅寶石。曾有人對她說那定是假貨，因她生張扁皺的臉，還總偷，指上怎可能套個真品呢？

金花不理那人，寶石是真是假一點不重要，她只要它們安手上，像蓋章。

遠遠的，金花見到老愛晒東西的沈家媳婦又在樓頂翻棉被，即使逆光，她臉上嫌惡的表情仍清楚。金花不知自己有沒拿過她家飛下的衣物，畢竟落下樓來的物件全生張沒人愛的可憐面，她根本分辨不出它們來自哪個樓頂，只記得幾年前她上沈家借拖鞋，那媳婦給了她又破又鬆的壞東西。

誰都知道，她金花有借無還，即使她那回鞋真壞了，也借不到丁點愛心。

沈家媳婦撇過頭藏身棉被後，金花將傘尖伸進路旁建地的草叢裡，翻到單隻不知誰落的拖鞋。

「可惜啊！」她說。

「誰這麼浪費？活該天打雷劈。」

她依傘彎腰，捏起那隻孤伶伶男鞋時，手上皺褶幾乎垂進綠草裡。家裡櫃上還有隻上回撿自巷口的紅色女鞋能和它配成雙，大小雖不同但正好一左一右，至少還有邊能繫得牢腳，比沈家媳婦拿的好多了。

這天，金花收穫不錯，取了不知誰晒在路邊的蘿蔔乾幾條，從春伯菜園裡扭了條發育不良的細蛇瓜，還救了兩株被集中種在菜園邊角等死的小青江菜，又在不給人用水龍頭的那陳家門口領養了幾顆蒜頭。

救下的物品全被放進花傘，在未束緊的傘骨間隨金花步伐輕晃。手上這把傘敲地的喀喀聲，比金花的來訪更擰人耳。金花有時甚至覺得，這把傘已替了她位，成了街裡人。

正物色著里長伯家洗衣台上的衣刷，金花見街口一列戴橘帽的小學生正過斑馬線。她喜看小孩，也愛和他們說話。從前，有群孩子總會在放學時等她一道散步，那時她走路還不需花傘，阿發沒死，她兒還給她抱懷裡。那群矮孩子都說她兒可愛，說她年輕又氣質，她總羞澀笑笑。

金花帶著一傘豐收杵街口，看群小學男孩邊走玩邊說要在回家路上繞去便利店。

「誰有多的錢？借我。」一個晒得黝黑的小個男孩吸著鼻涕說。

「不要，才不借你，你都不還。」看上去帶頭那位高大男孩，頭髮抓得齊天，一口回絕。

「借我嘛！」

「窮鬼！沒錢，就不要想買東西。」他衝小男孩黑得幾乎不見五官的面吼，邁大步帶其他人遠遠跑開。

「幹拎娘！」

金花本想上前去給點安慰，沒想到被留下的黑臉男孩竟蹲了馬步，擠出全身氣力怒罵跑開的同伴。

「幹拎娘！死老鬼妳看什麼？醜八怪！」他發現金花站路邊愣愣的看，便也罵了她幾句，追著同伴腳後跟跑了。

「死囝仔，沒禮貌、沒禮貌！」金花憤用傘尖戳地，挑開塊讓陽光晒得又薄又裂的黑色柏油，讓路露出不實的內裡，也搖響傘裡她本想掏給男孩的蒙塵三十元。

沒錢，就不要想買東西。從前阿發生意失敗時她也給這句話搧過面，當時，街裡還有兩間店仔，其中一位總是燙頭高聳捲頭的老闆娘，在她手攀上櫃檯討過期品時就這麼說，一臉尖嘴利牙的看來像鬼。

說沒錢就沒格站店仔櫃檯前的那夜，捲髮老闆娘傾了整車過期品進垃圾車，讓金花在旁浪費唷浪費唷直哭喊，夜裡心痛得睡不著覺。自那天起，她金花不再靠人施捨，開始拯救這條浪費的街，也從此失了在巷口聊天的固定座位，和站另間店仔櫃台前的資格。

金花本要掏給黑臉男孩的三十元，是她用傘從剩下那間店仔椅子下鉤出的，一個蒙了油塵，另兩個還晶亮晶亮，三個圓像三個快樂的眼，夠他上便利店買瓶甜滋滋飲料喝，在櫃台前找回自己的位。

她想起她早逝的兒，如他還活著，她定不讓他在黑臉男孩的歲數滿嘴髒話，就算成人，也不會像治輝那樣個性惡劣。

以傘尖撞擊熱騰的地，金花決心繞去滿妹菜園裡拗條菜瓜。

滿妹愛吃菜瓜鄰里皆知，但這是她欠她的，誰讓她有治輝這兒，活該為他倒一輩子楣。

踩進小菜園，金花馱著布料的身影下彎成垂頽的老榕樹，以指尖扭去棚上就可收成的翠綠菜瓜一條。

其實，她從沒在四處拿東西時刻意閃避，但這麼些年來，她伸出的手總這麼好運氣，不但沒給人見著，還連一次蜂螫針刺也無。也許，是天公伯命她下的手，讓她做街裡的影子，不讓她安位。

肥大瓜體滑進花傘，變沉的傘身讓金花手腕有些疼，過去從未這樣過。

走進來時的巷，金花一身汗，純白鐘形帽吸飽她額上的水，和傘一塊變得沉重。她記得，以前剛從路口乘涼椅上救回這頂過路人落的帽時，還曾得意於它的輕又巧。

「像老電影裡淑女戴的，真有氣質。」——

已逝友人阿清嫂還這麼誇過，那時，她金花還未拄花傘四處走，也還未喪夫。

像電影裡的淑女，放屁。

一條巷還未過半，金花已喘吁吁靠著手裡的傘稍作歇息。她金花額頭往昔總高高對天，現在卻能在瞬間把額印上自己握傘的手背，甚至能一頭撞上彎彎傘鉤。

以前，這條巷似乎沒那麼長，她也從沒走出一身汗過。

到底是這巷變長，還是她變得小了？

抬眼，她見到陳家大面反影玻璃上的自己。頹背、下垂頰肉和四散披落的細格子衣料，將她金花整個人扯向地面，襯著頂上圓白帽成了朵異常矮短的雨菇，像自汙料裡喝廢水長出的那樣沒形而扭曲，剛才令她陶醉的滿手金戒此刻在窗玻璃裡給指上的垂皮拖得幾乎落地，而她金花臉面在泛黃白帽下是面垂皺門簾，沒眼沒口，更不見鼻。

她已老得不能再老了，映在玻璃窗裡的身長，竟只剩一柄傘的高度。難怪不只街裡人，連不認識的學生也看她不起。

背彎得幾乎與傘垂直的身影，讓金花想起以前還常上市場時曾見過的畸形小偷，一個五十幾歲的老男人，右肩比左肩高兩倍，常在擁擠時推撞進人群，藉身高之便摸走人們的買菜錢。人們都說他心術不正，才會身子跟思想一塊長歪。

金花身骨雖未歪如他，卻愈活愈近地面。也許，她這些年來在街裡是愈活愈矮、愈活愈小、愈活愈卑，終於得依靠滿指金戒與誇張服飾才能確認自己，但她金花終歸活著，比她早去的兒，比阿發，比捲髮店仔老闆娘的命都好。

更何況，她傘內總是豐富！

瞥著傘裡和花色混成塊的收穫，滿妹的菜瓜好整整給夾在傘骨間。金花心情又好了起來，細碎念著藏在傘中的今晚菜色拖著腳往家裡去，忘了黏膩的汗身。

離家還百餘公尺時，金花見自己收得一點雜物不剩的門廊上，竟給人扔了東西。約能容三瓶醬油的土黃紙箱不大，靜靜躺在她金花家門前，箱裡滿滿當當裝了碎布，彷彿深海蚌舌上的珍珠，在陰暗巷底發著薄薄輝光。

「浪費！浪費！」金花搖頭咬牙，加緊腳步前進。

就在她距家門不到五十步時，箱裡有了動靜，她以為是碎布的團塊竟舞了起來，挺起身子朝天，綠毛蟲那樣歪扭著嘗試找個憑依。

貓。

第一時間閃過金花腦海的，是上星期在她金花窗前吵著要貓咪的對門邱阿猴孫子。至今，她已聽邱阿猴孫子跟他爺爺吵著要過不知多少種寵物，大小活物不斷進出他家門，只可惜全是豎著進，躺著出。

這回，看是丟到她金花家門前來了。

「還以為我什麼東西都拿是嗎？我又不是要飯的。邱阿猴！姓邱的！快出來收你的垃圾！」

金花大聲嚷嚷，聲音刺耳，像刀刮鐵板。

貓看來不僅一隻，箱裡舞動的碎布分作兩團，凸出箱緣的生命不斷扭動。

「姓邱的！姓邱……哎唷！」

腳才觸及門廊緣，金花給箱內物嚇得踉蹌退步，花傘因過沉菜瓜不再可靠，反而絆了她，讓她新癒腳踝一拐重重跌進自家門廊，水泥溫度冷冷撞入金花腰臀，但她身卻有當年懷了兒時從腹部緩緩蔓生的暖。

沒叫疼，金花靜靜撐起身體，將手搭上紙箱，掌上皺皮在箱緣紅幕般披下。她看進一雙沉默卻毫不黯淡的晶亮黑眼。

箱裡裝的不是碎布，不是邱阿猴孫丟棄的貓咪，而是個軟綿綿嬰兒。方才被金花錯認作貓身的，是嬰兒仔細包裹布料的手。那雙手那樣小，小得什麼也握不住、抓不牢，卻還使勁伸出紙箱朝外揮著，努力想碰觸金花擱在箱緣皺褶滿佈的掌。

金花將嬰兒抱了起來。

離了箱的嬰兒顯得更小，所處的巷因他而膨脹。他奮力揮動手腳，在金花懷中不斷、不斷扭著，踢蹬力道大得令她胸疼。

金花想起以前，自己曾這麼抱著唯一的兒，他也這麼踢著自己。

「這嬰兒哪來的？」

抬眼，金花見到不知何時站在廊前的邱阿猴，他圓頭上滿滿白髮。什麼時候，他也變得與她金花一樣老皺了呢？

「不知道。」

「金花，難不成……妳真去偷兒子？」

「才不是。」沒好氣的瞪他一眼，金花面泛潮紅。

「是別人丟的。」

這樣啊。邱阿猴有些嘆息的說，呆立金花面前看她哄著紅通通嬰兒。

他已許久沒注意這位對門老鄰居，幾乎忘了她容顏，但此刻，她金花卻像迷霧散逸的田野，在泥灰簡陋的屋前形象鮮明而濃麗。

「阿猴，你去，去叫里長伯過來。」

低頭安撫嬰兒的金花突然抬頭，眼濕潤著裝滿躍動的生，讓邱阿猴不自覺退幾步，愣在巷的陰影裡。

雖不記得她面，但他記得金花的背已駝了多年，而此刻懷抱嬰兒在他面前皺皮散一地的老女人，身子卻挺直而姿態凜然。

「呆在那做什麼？快去啊！」金花揮手趕他。

邱阿猴踩著再不能快的步伐出了巷，踏入街上大落燦爛的陽光時，金花懷中的小生命哭了起來，起先是細聲的貓般哼叫，接著愈來愈響亮，厚實哭聲推開了半巷窗門。

見鄰居紛紛探出頭來打量，金花也不憂，只抱著嬰兒坐原地不斷搖哄。

嬰兒哭著，嗓音宏亮，大聲對宇宙宣告他的存在，帶著憂傷、不耐，和一絲憤慨。

「別哭、別哭，你還年輕呢！」

金花笑笑，提起自己皺又垂的手臂，在他光滑的面皮前抖了抖。

「看看我，多老。」

懷裡的嬰兒不看不聽她金花，兀自哭著，把陽光喚了進來，從棚頂唯一一隙伸手觸摸她與他。

金花一張臉在光裡浮動，晃著搖著，搖成了她從未收過的母親畫像。

——原載二〇一二年十月二十九日～三十日《中國時報》副刊

本文獲二〇一二年第三十五屆時報文學獎短篇小說組評審獎

靜到突然*

——賴香吟

一九六九年出生於台南市，國立台灣大學經濟系畢業，日本東京大學總合文化研究科碩士，曾任職於誠品書店、國家台灣文學館籌備處、國立成功大學台灣文學系，現專事寫作。著有短篇小說集《散步到他方》、《霧中風景》、《島》，長篇小說《其後》，散文集《史前生活》。曾獲聯合文學小說新人獎中篇小說獎首獎、吳濁流文學獎小說獎佳作獎、台灣文學獎短篇小說獎首獎、九歌年度小說獎、台灣文學金典獎等。

*關於此題，詩人李進文曾有佳句：「對愛／靜到突然擁有一切喧囂」（《靜到突然》，寶瓶文化，二〇一〇），不敢掠美，特此註記。

週末早晨的南北急行列車，自由席車廂比平日擁擠些，麵包、飯糰、蛋餅、蘿蔔糕，種種早食氣味，在筆電、手機與財經、八卦雜誌之間流竄，相形之下車廂讀報風景已不存在，倒是懷舊的鐵路便當還有人賞光，唐涓涓澀著一雙眼，瞄了瞄身側便當的內容，一個發育中的少年，也許就要這樣的飯與肉，才會飽足。

昨晚雖然特意早點上床，仍因夢境徒勞終夜。夢裡又出現許耀仁，她還是不懂，這個人和自己什麼關係，老在夢裡撥弄她。夢裡舊宅大肆整修，師傅用電鑽將壁面刨除，露出潮濕而變色的磚牆。（這是肌肉，裡頭的鋼筋是骨骼。）他指指地上剝落物：（這些不過是皮膚，化妝品。）繼續叨念如果只處理批土和外漆，不過是將皮膚封死，內裡壁癌難以根治。唐涓涓蹲下來審視那些碎片，有人撫摸她的後頸，彷彿感謝她的辛勞，那人理應是張明倫，但並不是張明倫，夢裡光陰瞬息，那個撫摸彷彿回到與張明倫剛認識的時光，彷彿將她帶往幸福高處，俯瞰世界，內心充滿希望，覺得人生好事總該也有一天發生在自己身上。

這一天，剛過了端午，她抵達公婆家，按門鈴，卻無人應答。猜想也許帶孩子出去玩，在門口站著等出一身汗。整整一年，她每逢週末便往高雄跑，張明倫幾個月前已從愛丁堡回來，工作與她各分兩地，不知不覺繼續分居之事實。她寫過信，我們把孩子接回來吧，我通勤，你也不用接送我。然而，事情還是沒成。

以她現在的情況，帶孩子很辛苦，但沒有似乎更加苦澀。或許她依賴孩子。愛丁堡那些年，霧雨綿綿的天氣裡唯有孩子芳香溫暖，她不明白為什麼張明倫對她視若無睹，如果彼此不滿，為什麼不說出來，房子那樣小，兩個人懷著巨大的心事。張明倫逃逸而去慘淡淒涼的長日，屋裡四處奶粉、尿布、嬰兒用品的人工香氣、食物攪成碎泥的味道，乾淨有時近乎噁心，她把娃娃放上推車，去廣場坐著看人，去公園看人掃樹葉，雨，要下不下的。

等不及張明倫拿學位，她帶孩子回台灣，工作未安頓前，把孩子放在高雄，一路就到今天。最近幾個月，愈來愈多理由看不到孩子，和鄰里出遊，打預防針，出門看親戚，請她不用多跑一趟。她早該有預感。吃過晚餐又在附近蹓幾圈，夜深，屋子仍無動靜。她開始往壞處想，有必要做到這地步？公婆一把年紀，換住處不嫌折騰？她撥打張明倫手機，沒應答，不死心又撥，還是沒接，繼續按門鈴，通通沒有回應。

去電郵質問張明倫，隔一日，回信來，輕描淡寫說去親戚家住一陣子，請她別找。這是什麼意思？她打電話找到他。「你是存心藏小孩嗎？」一如既往，她愈激動，張明倫愈不理會。「妳可以小聲一點嗎？」張明倫彷彿摀著耳朵。「我可以，但我怕你聽不見……」她又慌張：「因為我聽不見你的聲音，線路有問題嗎？我不知道，張明倫，你講話聲音實在太小了。」光一個聲音問題，他們就可以吵起來，跟其他很多事情一樣，吵到後來已經無法追溯到底為何而吵，只消幾個點觸動引信，便即時爆炸。他們原非浮躁之人，也絕無意料自己有朝一日如此吵鬧。他當然因為她有些不同才追求與她的婚姻，但後來彼此的不同卻未必為婚姻生活帶來更好的品質，現在，他們開始落入通俗劇，再怎麼想演得優雅，做出來的事還是差不多。律師要她記得帶錄音筆、攝影機，存證他們確實帶著孩子不告而別。

「你竟然用不讓我見孩子，逼迫我離婚。」她邊哭邊說。

「並沒有。」張明倫說：「妳每次把孩子帶走，也沒有告訴我們去哪裡。」

在幾乎遊蕩過高雄所有適合小孩吃食玩樂，不受風吹雨打的地方之後，這一年，她經人介紹分租了公寓房間，星期六到公婆家接孩子，週末假期不過在公寓裡圖點家常生活的甜蜜，星期日晚上時間到再把孩子送回去。大人之間確實沒有什麼交談，沒法交談。不過，事已至此，她得和張明倫正面交鋒。他的口吻很平靜，好像這只是一件小事情。

「我需要知道孩子在什麼地方。我隨時都有權利行使我的親權。不是你方不方便，不是只有你方不方便的問題。」

「對，但我也有權利行使我的親權，當我們的權利牴觸的時候，……」

「你不能用不讓我看孩子的方法，跟我談事情。這樣做是行不通的。你要這樣讓我投降嗎？不可能，我不可能會投降的。」

「這樣對妳有什麼好處呢？」

「你用阻絕我和孩子的親情，來達成你想要的目的，不可能的。」

「沒有。這是兩回事。」

「你為什麼要把它弄成一回事呢？」

張明倫不回答，她知道他並非出於理虧，而是認為她不可交談。戀情甜蜜往往無聲，婚姻沉重亦是無聲。以前是張明倫迴避她，現在，是她躲著張明倫，因為她知道他要的答案是什麼，而她無法應允那個答案；她從來談不過他，儘管他的聲音細穩而平靜，但他就是有本事讓她失控叫喊，落得一個歇斯底里之名。

一切請找我的律師談。一種奇怪的安靜。公婆帶著孩子回到原住處，兒子天真粉嫩：媽咪，媽咪，妳怎麼都沒來看我？張明倫的說法很文明，彼此先把婚姻做個解決，不要干擾孩子。法律用字也很文明：顧全孩子人格成長。不管是主訴還是答辯，法律用語能把人間世情寫成另一種小說，一樣虛實難度，一樣充滿便宜與曖昧的詮釋。

聖誕節，她帶孩子回吳興街住幾天，老公寓裡始終擺著玩具、塗鴉、照片，彷彿孫子從沒離開過。母親忍不住叨念，這樣一個好對象，也可以搞到離婚，再說，「要告也應該是他告妳，怎麼會是妳告他？」母親眼中，張明倫比她正常一百倍。母親和張明倫都喜歡講正常兩個字，一個四處聽見、卻不容易明白的說法。父親重聽倒是愈發嚴重，「啥，妳說啥？」張明倫那人絕不大嗓門說話，她卻經常朝著父親耳朵叫喊：「爸，你吃飽了沒？」「吃過了，吃過了。」父親無時無刻不在看政論節目，以前他是那種會寫萬言書寄給總統府的人，現在，好老好老，看了半輩子的家庭醫生幫他照完攝護腺，故意捏一把：「喲，看看你這老妖精，那麼誰誰誰都死了，你還活著。」回家掀開桌上剩菜，悽悽慘慘，老人吃的菜色比他們的臉色還暗沉。她恨母親就不能弄點新鮮東西給父親吃，直到今天，母親還不停止懲罰父親，且因他愈來愈老，折磨得分外入骨。

有些事不是她能說上話。屋子杵在這裡三十幾年，從三張犁變成基隆路再變成吳興街，從四處陂塘、農田，到市場、眷村、公車總站一一出現，博學多聞的張明倫說，那全是用垃圾填成的。小時候，吳興街常常淹水，母親又急又氣，也是那些年，母親發現調職宜蘭的父親幾乎已在那兒有了另一個家。背叛本就傷人，矇騙時間如此之長更讓母親顏面盡失，彷彿要比父親更狠心摧殘這個家似的，小學三年級，母親把她送到基隆外公外婆家，自己帶著哥哥在吳興街過活。基隆的雨日日夜夜下得比吳興街更密，可是，水，卻沒有淹起來。那些雨，都往哪裡去了呢？童年的她經常納悶。再回到吳興街，她已是國中生，莊敬路開始整頓排水溝，淹水一年一年少，父親也調回台北，這個家，看似又完整了，但誰也不向著誰，母親偶爾煮飯也不讓父親同桌吃食，婚姻之可悲，她不讓他走，留下來也不可能好過，她折磨他，因為你曾經使我那麼難過。

如此怨恨而仇恨，婚姻與家庭還是在，孩子還是大，時代還是一步一步往前走。世紀末的好事是，昔之荒郊僻壤吳興街，劃入新興信義區，地價不可同日而語，不過，房子沒拆，家庭沒垮，屋內依舊囤積數十年大大小小、過時、發霉、褪色、變形之垃圾，那些幾千幾百萬甚或上億的房地產值，只是心理數字，沒真正脫手賣掉，幾千幾億都不會變成真的。

新的一年開始，唐涓涓邊打官司邊找房子，辦公室工作量好大，長官不斷刁難，她漸漸沒有信心，同事鼓吹她去算命，搞不好運勢恰恰走到內外夾攻的時刻。第一次在法庭和張明倫碰面，長方桌，各自帶個律師，法官居間，彷彿大學打辯論賽，她竟緊張到手心發汗。張明倫一如既往，眼神冷靜，看不出是好是壞。狀子裡某些生活蛛絲馬跡被放得很大，陳述她何年何月何日何事未盡母親照顧義務，云云。她詫異極了，以為張明倫全不關心她，沒想他記住了他要的。開庭回來，見老父跌傷了腿，方回神察覺他上下樓早已愈來愈慢，又是拄傘又是拐杖。腳傷之後父親更不出門，反正聊天打牌、磕牙論政的對象也一年一年老了，死了。不僅屋子關著發霉，生命關著也發霉。唐涓涓開始換算房價，好大數目，心底暗暗吃了一驚，不過，左手進右手出，舊公寓換新大樓，只圖一個電梯，並不保證能換到更好的，除非他們退出台北。

母親哪肯離開台北，她的退休生活正開始呢，打牌，跳舞，泡溫泉。她沿著方便母親的磺溪尋找，士林石牌天母北投，買得起就行。所謂三二九檔期，仲介帶她看了五六處房子，負擔得起的範圍內，都不合意。某個又是徒勞的星期天，餘光向晚，她漫走靜巷，瀏覽隨時代變易之公寓、華廈、集合住宅參差交雜的建築風景，眼前一棟完工新屋，顏色素樸，規模不大，沒設招待中心，但還樹著幾支歡迎參觀的布旗。

她仰頭，一，二，三，四，五，六，七，頂樓陽台倚著一個男人，視線交接，沒說話。

再一會，「看房子嗎？」男人朝下喊。

她會意過來，原來男人是銷售點，方才她以為是個搬家中的住戶。

「房子多大？」她隨口問問。

「權狀六十八，三房兩廳。」

她心裡換算，坪數東扣西減，差不多合住，但價錢是完全不可能的吧。

「就剩這一戶了。」男人對她說：「要上來看看嗎？」

這類話十之八九騙人，她很清楚；再說，沒有上去看的道理，沒條件。偏偏不曉得哪來一股氣，她起心動念，看就看，仲介不過仲介，不買也不吃人。

男人下樓來接她，迎面片刻，微微愣住，但也只是一下子，繼續介紹房子。她聽得多，答得少。男人看出她意興闌珊，停了話，卻又打量她，幾乎不客氣，然後，往胸前口袋掏：「給妳一張名片吧。」

她接過來，內心一驚，名片上頭印字：許耀仁。

對方忍不住問：「妳不記得我了？」

她抬起臉，舉重若輕，不過是多年未見的小學同學：「記得呀，你變得完全不一樣。」

「當然不一樣，都幾歲了？妳倒是沒什麼變。」

「這是讚美還是消遣？你怎麼會在這裡？」

「我們公司蓋的房子。」許耀仁回到原題：「妳找房子？」

「對，不過，你們這房子我可買不起。」

許耀仁笑了。接下來，她以為許耀仁會繼續推銷房子，不總是這樣子嗎，老同學一旦賣起保險、推銷化妝品、鼓吹臍帶血，同樣沒法把握哪句話真哪句話假。不料許耀仁樂得輕鬆，說自己最近在此駐點，大半時間還是留在基隆。今天好巧。我雖不管銷售，但工程品質歸我管，所以，還是可以給妳作點保證。我們最近有個建案還上了報，基隆顏家的地，顏家妳知道吧，礦大業大，宅子也大，偏偏叫陋園，不過，現在只剩一小塊，我們標下來了。正在蓋。有老同學還來問我呢。留在基隆的多半還碰得上。對了，班長姚平後來跟徐雙美結了婚，想不到吧，我去喝了喜酒。陳立立，妳有印象嗎？一個莫名其妙的高燒竟然就掛了，真讓人說不出話來……

許耀仁的口吻聽起來頗不同於兒時桀驁不遜的印象，那時候，他老做些讓人費解、也招老師處罰的行徑，搞得同桌女生哭哭啼啼，老師無可奈何把剛從台北轉學過來的唐涓涓放在他旁邊，不知是因為安靜，還是因為陌生，倒沒起什麼糾紛，他沒欺負她，她也沒打小報告。

「妳還記得那個楊素貞吧？」

「當然記得。」

「她現在可是女企業家。」許耀仁說：「基隆的第四台全是她家的。」

因小兒痲痺而延遲就讀的楊素貞，基於進出方便的考量，和他們一樣老坐在教室最後一排。她每天總把額頭梳得精亮，往後紮起一根大馬尾，彷彿為了顯露自己比這一室黃毛鴨大上幾歲的威嚴，很少笑。女企業家？想想也不奇怪，她的管理能力有跡可循，除了少數幾個女生能置身事外，大多數人在楊素貞的領導下成一陣營，而她，唐涓涓，就是該陣營經常把玩、對付、處理之人。

那些年，每天上學她看到楊素貞就背脊發涼，許耀仁則完全不在乎，甚至可以說，幾乎只有許耀仁，楊素貞還畏他幾分。兒時井水不犯河水的兩人，現在反倒在事業上有了幾分聯絡。

「她還記得妳呢。」許耀仁故意這樣說，但她沒辦法回應。類似楊素貞的角色，在後來人生裡多多少少總出現，然而，許耀仁倒是沒再有過了，除了夢中。

唐涓涓把夢這個字從舌尖險險吞了回去。說出來，實在太怪異。將近三十年沒見面沒聯絡的人，反覆現身於她的夢，次數之多到她不免猜想這個人，這麼多年過去，不知已做了幾個孩子的父親？發福了？和善了？還是精瘦如昔？她沒篤定夢中許耀仁真在現實大街迎面走來她會認得出來。結果，她還真沒認出來，她看著這個與夢中不大相似的人，說不上夢中比較深刻，還是現實比較可靠。

繼續上班，週末南北急行。許耀仁答應代她留意房子。張明倫用完所有耐心，甚至開始被激怒，可他的怒意表現出來還是冰冷的：我沒時間和妳爭執，也無須動之以情，歇斯底里更是不敢領教。張明倫所流露的冷峻、武斷，甚至鄙夷，一次一次戳傷她，否定她，她沒法如張明倫那般自信，她得抵抗，否則就要落入自慚形穢的深底。她往往因為急而愈說愈快，音調愈來愈高，直到張明倫別過頭去：唐小姐，請降低妳的音量，否則只有耳鳴，沒有溝通。

「請你告訴我現在孩子在哪裡？」

「他在我身邊。」

「他在你身邊？我要跟他講話。」

「他剛睡著。妳也知道，現在是他的睡覺時間。」

「我不知道。我連他在哪裡，是生是死都不知道。」

「他很好。」

「我不能只是聽你說他很好，我需要地址，我要見他，我要單獨見他，我不要在他面前跟你爭吵。」

「那是妳的說法。我不放心，我怕妳把他帶走。」

「我不會把他帶走。你不信任我，我也不會信任你。」

「……」

「你不能不讓我見孩子。」

「……」

「張明倫，你不能不讓我見孩子。」

「沒有不能見，只要妳promise不會把他帶走。」

「我promise，promise，張明倫，promise的中文叫做我承諾，我發誓，不會把他帶走。」

「Ok，you promised.」

promise，這個字反覆在她腦海播送，夢中亦生回音，promise，這話原該什麼時候說？張明倫你何必踐踏你我至此？喪禮屬於黑，婚禮屬於白，那個叫做許耀仁的人，握一握她的手，在人群祝福來臨之前轉身走開了。她望著他的背影，花的香氣，感覺婚紗裸露的手臂好冰涼。

I promise you to lay my heart in the palm of your hands.

I promise you, me.

她醒過來。靜如詩歌的夢。I do. I do.

許耀仁打電話來那一天，她請假去出庭，張明倫提到她的舊病歷，她很難過，即便只是同情，更甚對路邊小狗的憐憫，張明倫一絲一毫沒有嗎？沒有，也許真的沒有，世間不是人人都必須一樣。她想著，在過去這段爭執裡，張明倫好幾次說：「妳這樣太野蠻了。」那是什麼意思呢？她不可理喻？她不顧慮別人立場？她沒有腦袋？張明倫眼中的她到底有多醜陋呢？無論如何，婚姻不該把人化到如此地步，他們表現給對方的自己，想來實在極壞極壞，在生活其他狀況，他們不可能對人如此冷漠、憤怒、毫無耐性，甚至他們從來不曾有一時一刻願望自己成為那樣的人，可是，為什麼，他們卻使對方也使自己成了這樣的人？回家公車走得好慢好慢，這平地起高樓，滿地荒野搖身一變成為時尚奢華、物慾橫流之心的信義計畫區，無時無刻不在阻塞，金樹銀花，喧喧囂囂之間，許耀仁聲音聽起來非常超現實，彷彿小學生穿越時空，被叫起來念課文般地跟她羅列房屋資料，她感到非常疲倦，任性打斷：「對不起，耀仁，我現在心情很糟，聽不進去。」

許耀仁愣了半晌，沒多問，俐落幾句話收了線：「好，等妳有空，再找我。」

公車緩緩行過海市蜃樓，幾個轉彎，好不容易回到尋常百姓生活，乘客一站一站拉鈴，一站一站稀疏，婚前她曾充滿情感跟張明倫描述過這一段路，整個中學記憶，從公園路一窩蜂上車的綠制服把公車擠得滿滿，沿著仁愛路、信義路等精華地段，精華女孩們陸續下車，她會等到位子坐，並且還會坐上很久，久到霓虹愈來愈稀疏，車內愈來愈空，等到公車駛進彼時尚屬松山區的吳興街，全車幾乎只剩下她一個人了。

那些時光，遲歸的夜總像含著露水似的，最後幾班公車在總站迴旋，一匹一匹如愛睏的獸舔舐整理自己的巢位，然後，就把引擎與燈都熄了。她走得很快，腳步聲連自己都覺得詭異，不遠處的四四眷村或有幾聲狗吠，燈暈下驚起成群飛蚊，家裡那排公寓盡頭就是山壁，那時山上還沒有別墅，除了月與星光，暗得讓人以為天際線就到那裡而已。

張明倫聽得出來她想說什麼嗎？她自己又能否真正說清其中有些什麼？對，她太野蠻了，過分細微的東西足以使野蠻人發瘋，但文明人張明倫呢？他能懂得一切細微並信心滿滿地掌握住自己嗎？她不知道。很多時候，張明倫留在她心裡的印象，就像愛丁堡那些鬧鬼的古堡，森冷，陰鬱，她懷疑張明倫在那其中自己能看得清楚自己。

不是只有她在夢與現實之間遊走，人對自己的了解終究也是一場夢與現實的折衝。此時此刻，她走過台北醫學院周邊熱鬧市集，吳興街已經醒來了，她還在夢著舊夢，方才電話裡的許耀仁，想來早從那些遲歸的夜晚，就曾一次、兩次恍恍惚惚穿梭於夢，她不以為意，隨著人生愈往後走，許耀仁沒有愈發淡薄，反倒愈發明晰。明明青春消磨殆盡，細胞老化不再新生，夢卻執著回到如同稻苗直直抽長、身體永遠跑得比衣服快的歲月。她在作夢，自己也不理解，淡淡哀傷，或者，強烈驚奇的夢，夢裡人帶著狡黠而溫柔的神色，她往往於一瞬間，因那一抹狡黠而意會到夢裡人是許耀仁，然後，就醒來了。許耀仁是誰呢？光陰迢迢，人海茫茫，她根本不知這個人身在何處，人之內心懷著如許神祕之情，卻指向一個人生毫無相涉之人，一個不相干之人，過去，她曾因為這不相干感到安全，現在，不相干使她生起愁緒。

事後幾天，她回了電話。許耀仁帶她去看公司另一個建案，二手轉賣，品質還行，但臨著大馬路，實在太吵。另一件是別人介紹，遇好則貴。她說：「抱歉。」

「這有什麼好道歉。」許耀仁皺眉，見她無話，又說：「妳看起來比上次差多了。怎麼了？」

她嘆了一口氣，彷彿為了要拋開害羞甚或羞恥，藉那聽起來就庸俗的嘆氣做一點偽裝，她講了張明倫的事，故意講得庸俗，用庸俗的口吻把故事一倒而盡。

「我不明白他為什麼這麼恨我。」她長吁一口氣，喝掉一整杯水。

「沒什麼恨不恨的，他只是想解決問題。」

她看他。他笑一笑，補上：「用他的方式解決問題。人不過是自私。沒什麼恨不恨的。」

她遲疑著，不知道該不該點頭，現實中她沒把握這個人想些什麼，然而，在夢裡，他總能使她安靜下來。

「上次你提到楊素貞，」她說了不相干的話：「你記得吧，她那時候老欺負我，是為什麼呢？」

「她只是要找一個比她更弱的人來欺負而已。」

「她哪裡弱？她強到班上女生全聽她的。」

「不，她很弱，所以她才要欺負妳，使自己變強。妳不懂，是吧？到現在妳還是不懂。」

許耀仁看著她笑了：「妳真的跟小時候一模一樣。」

他的口吻讓她忽地接不上話。什麼叫做跟小時候一模一樣？那些女孩故意撞她手肘，扯她頭髮，丟她書包，或把水倒在桌上，使她慌張失措，當她們圍在楊素貞身旁，爭相以尖酸刻薄的口吻嘲笑、譏諷她，更能使她紅了眼眶。那種時候，許耀仁若非露出一種不屑、嫌棄妳們女生就是這麼麻煩的表情，就是若無其事和他的徒眾繼續交換那些被禁止的紙牌、報紙或雜誌剪下來的小圖，間或故作成人說幾句兇狠的話，有幾次，上課鐘聲響了，男孩女孩散去，老師還沒有走進門的一兩分鐘空檔，許耀仁彷彿使什麼新奇詭計似的，從書包抽出一本書：「喏，借妳。」

那通常是些洋溢外國風的書名：《簡愛》、《咆哮山莊》、《蝴蝶夢》、《黛絲姑娘》，也有一兩次，許耀仁抽出不知從哪裡弄來的《紅樓夢》、《金瓶梅》，捲得黃黃舊舊，即使小學生也似曾相識的書名。許耀仁的口吻難得稚氣：「我姊姊的。」她沒敢在學校看，埋進書包裡，帶著一種奇妙的重感，走回家，在經常下雨的窗前，翻過來翻過去，像玩具，而不是書。過個幾天，許耀仁把書要回去，然後，直到下一回她又被楊素貞欺負到哭了，許耀仁也許有，也許沒有，變個一兩本書出來。

許耀仁還記得這事嗎？老說跟小時候一模一樣，是指她幼稚全沒長大？她早不是當年那個哭得靜悄悄的小女孩，她抵抗，但不過是胡亂喊叫，這算長大還是更幼稚？她懊惱自己情緒浮躁，且還不會隱藏，就像上回電話，一句我在忙不就好了，什麼心情糟不糟的，一點都不成熟。也恨自己想太多，沒什麼恨不恨的，張明倫不過是想離婚，不過是彼此作錯了夢。如此簡單劇情，何必向人傾訴？眼前這個人不過是可憐她，像小時候看她被人欺負，多招呼她幾句罷了。她當真幼稚到以為夢如現實？

那天終了，她對許耀仁說：「官司搞得人好煩，買房子我也不急，過一陣子再說吧。」她讓自己加上一句：「謝謝你。」

許耀仁消失了。夏天來臨，熱浪頻頻，暴雨連連，全球暖化，無一倖免。偏偏，紅橙黃綠藍靛紫，花花世界愈熱愈美，徹底的藍，徹底的白，徹底的綠，徹底的紅，原色晶瑩之美，熾熱衝突之美，琉璃幻象之美。

一個許耀仁消失，無數個許耀仁回到夢中，而且，這次，他是真的人，有線索的人，連帶著使作夢的她變成一個真實的人。如果，夢比現實還真實，那醒來之後的現實是什麼呢？她擰著自己，回神踩上現實的節奏，她還有官司要打呢。她和許耀仁之間什麼都沒有，不過一起看了幾間屋子。激情存在於想像，日常生活負責輾平人與人之間的幻象，是的，幻象，這是幻象吧。在那些童年的書裡，不都寫些孤獨寂寞的人如何被激情所毀，這些所謂經典到底是歌頌幻象，還是揭穿幻象呢？不懂，許耀仁借給她那些書是在裝大人，但等他們真的變成大人之後卻很少再看那些書了。

除了愛丁堡，那些陰霾而濕冷的秋冬午後，好不容易哄睡了孩子，她給自己沖一杯茶，從滿屋子屬於張明倫的書裡，挑幾本似曾相識的小說，讀得很慢很慢，一頁，一頁，不時停下來去查字典。屋裡又潮又靜，她有時要去摸摸孩子溫熱的臉頰，才放心他還活著。愛丁堡的雨讓她想起過基隆，卻不曾想起過許耀仁。那時，她想的只是張明倫，她當然也因為他有些不同才追求與他的婚姻，但後來那些不同到哪裡去了呢？婚姻生活裡，他成了一個和其他男人沒什麼不同的人，若有些不同，只是那不常見的冷靜與殘酷。她一行一行讀著那些緩慢而細節的描述，心想，有餘裕這樣追根究柢的心靈，是幸還是不幸？張明倫曾抱著什麼樣的心，讀過這些字字句句？他們既讀了同樣的字字句句，一個屋簷下為何還是如此隔閡？曾幾何時，愛的幻象：當她忘我談著喜愛的電影，張明倫的神情使她覺得自己變成了另一個人；當張明倫說：我們在世紀結束之前結婚吧，她想人生最好的事情也許正在發生；她甚而孩子氣地問：老了以後你還跟我約會看電影嗎？什麼叫做老了之後？她忽然醒覺，她很久沒進電影院了。

張明倫的答辯狀已經寫好。在那份以法律用語所構成的小說裡，她對婚姻的信任與傾訴成了舉證材料：和母親關係不睦，讓人懷疑她能否成為一個慈愛的母親；精神科就診紀錄，間接證明她人格偏頗；她的經濟相對處於弱勢，孩子長期由公婆照顧亦是事實。庭末，張明倫詢問下次孩子出庭的可能性。法官做出思索貌，然後說：「嗯，孩子的意見也是很重要的。」她簡直驚駭，說不干擾孩子的不是張明倫嗎？絕對不該把問題丟給小孩，絕對不該讓小孩二者擇一，她堅持，做一個母親她得強悍也得柔軟，她不忍心。然而，倘若孩子日後發問：為什麼當初妳放棄我？為什麼？為什麼？每個孩子都喜歡問為什麼，但不是每個大人都答得出為什麼。

她打電話給律師：「我沒辦法接受孩子出庭。」

和解日。無和，亦無解，不過是明定條件切割兩造不再滋生後續交涉。兩造，張明倫早已不再稱呼你我，代之以兩造，台端，貴方，故意隔開距離的嫌惡，種種狀似教養實則陷阱處處的說辭。禮貌。程序。文明。這回現身的調解委員是位受過總統表揚的績優志工，（她想起訴訟開庭前的調解，一個被認為非常有愛心的退休校長，以老派紳士的口吻說：二位，我們是只調合，不調離的。）面對她與張明倫為一年探視幾天？過年過節以及寒暑假如何處理？電話或視訊是否須經張明倫同意並在場等問題而僵持不下，績優志工打斷他們，如做導覽或演講，把事情順了一遍，然後，以年長女性對年輕女性的眼光，微微帶著權威，做個小結：「所以，妳實在也沒有盡到母親的義務，不是嗎？」

有些話聽起來很老套，但老套傷人往往最自以為是、理所當然。她離開，跳上捷運往反方向走，來到踏查多次的磺溪，遙遙望見那間遇見許耀仁的房子，她知道，自己是真喜歡那房子，但是，買不起，事實非常清楚。

她徘徊，旗子還在，沒人在那裡照料，她心想，自己指望什麼，巧合只在通俗劇裡發生，日常人生不會，不會有那麼多的巧合，就連運氣也不怎麼樣，連張統一發票都沒對中過，母親挖苦她說：還買什麼樂透。

春日勃勃生長，夏季萬物熾熱，渾身內外地燒，逃無可逃，躲無可躲。她收拾下班，日復一日塞車，台北曼哈頓，她的吳興老宅，老父依舊看電視，藍綠依舊對立，物價依舊飛漲，人人笑貧而不笑娼，文明的貪婪猥褻比野蠻還要不堪，活著不就該懂得這些？痛與暴力的搥打，猛烈的澆熄，一次不死，一百次總也該疲了，生之動能消耗殆盡，微微弱，呼吸著，熱度什麼時候降了下來，一陣風吹來，空洞的涼，秋天到了，她哀哀之想，消滅到底，消滅到底吧。

優質社區，管理優良，出入單純。明星學區，百貨商圈，豪宅比鄰。景觀電梯華廈，離塵不離城。仲介打開門，有些壞到可怕，不知前人怎麼生活可以把屋子住成這樣；有些冷得像岩窟，連蟑螂都跑光的霉味；有些像發生什麼可怕的故事連收拾都來不及，東西胡亂擺著就走了。綠蔭環繞淋浴芬多精，近公園，近古道，近市場，近圖書館，仲介硬中帶軟：「屋主剛移民，理想價格才肯脫手，妳知道，現在房子放著也不賠嘛。」

徒勞終日。她跟仲介說再見。隔壁巷子是遇見許耀仁的建案。她走過去，旗子已經撤了，沒有人。

正要走出巷口，一輛摩托車掃過她身邊，又繞回來。

「嗨。」摘下安全帽，是許耀仁。

秋風瑟瑟，她一下說不出話來。

「房子已經賣掉了。」他說。

她還是說不出話來。我消滅了自己，難道沒有消滅了你；她哀哀之想：你從哪裡冒出來的？

「陪我去做檢收吧。」

上樓電梯有點尷尬，許耀仁又像念課文似的：「上次跟妳講的那個基隆建案快完工了，怎麼樣，有沒有興趣，雙併七樓，三房兩廳，有電梯，有陽台，完全符合妳要找的條件，同樣是信義區，還加個名字叫君悅，妳說，是不是把妳們家的要素全備齊了。」

他故意要逗她笑。她笑了。

「要搬來基隆的話，我幫妳留一戶。」

許耀仁打開屋內所有門窗與電源，又轉進廚房、廁所去試水龍頭。屋裡的垃圾清了，灰塵也大致掃過。她看著他忙，想起過高而顯瘦的兒時許耀仁，比大多數男孩更短地理著三分頭，卡其色制服不知舊了還是泡過漂白水，顏色很淺，他老想把話說得下流，但她看他簡直像有潔癖。

「你姊姊後來如何？」她說。

「妳問哪一個？」

「小時候你偷她書的那一個。」

「這種事妳也記得？」

「我就記得這個。」

「那是二姊。相不相信，後來她去當演員，沒成氣候，現在又老了。」

「誰？我看過嗎？。」

「很難。」許耀仁把燈全打開，又把燈全關上：「那些書妳真看了？」

「看了。看了也不懂。長大以後才知道，那本紅樓夢根本假的，哪有那麼薄的紅樓夢。」

許耀仁不好意思摸摸頭，笑得特別大聲，那就是他小時候的模樣。

「走吧。」許耀仁把門打開：「帶妳去走走。」

他給她一頂安全帽，她全無猶豫接過來，戴上去，好像非常熟練似地，事實上，大學畢業後她就沒坐過摩托車了。

他們離開小巷，社區，商店街，大風大沙承德路撲面而來，她把手環上許耀仁腹間，內心忽地湧生什麼，靜到突然，她打了個冷顫，感到滿天沉默如龍捲風狂掃那些折磨許久的模糊揣測、不安，眼前八線大道馳騁而開，不是幻象，但沒有目標，不復期待，卻也停不下來，直到北投，大同公司商標的拆卸作業，片刻驚醒他們。

高空作業車正懸吊在老式的橄欖綠大樓身側，危顫顫又彷彿毫不在乎地，切割肢解那許多台北人已經熟悉至極，成為地景的紅白二色商標，地面上路人如螻蟻仰望，有誰喀嚓按下快門，啪，俱往矣。許耀仁回神，左轉，馳騁大度路飛過台北最後綠地，盡頭的關渡大橋和老大同一樣褪了色，河面觀音倒影亦被八里高樓切碎，無數淡水寫生所描繪過的藍天、白雲、綠樹、紅瓦、黃貓、黑狗、灰色的人，已隨光陰流向大海，二十一世紀的人類正匆忙趕赴最後的夕陽。許耀仁停下來等紅燈，握一握她的手，暮色如狼似狗，亂雲層層翻湧。她沒說話，一句話都沒說。塵埃細細，色壞形空，萬事萬物糾纏沒有盡頭。她不知道許耀仁要去哪裡，也許越過淡水，轉過金山，直到基隆也不一定，許耀仁似乎沒有什麼做不出來，她浮生這樣的念頭，但瞬間又覺得可笑，她哪裡了解他呢——

一念之間，秒差距，光年迢遙，她哪裡了解他呢，一個巨大碰撞終結所有聲息；未被命名的天體以難以解釋的角度撞擊了地球，兩者碎片拋射於太空，經過數百萬年擦撞，形成了月球；她低下頭來抄寫筆記，卻彷彿有誰，有誰，靠近她，且堅持要她抬起頭來：（妳看，這是阿波羅計畫從月球上帶回來的岩石標本。）攤得直又平的手心裡放著一片小碎石：（它裡頭含有很多和地球相同的元素。）這握有碎石的手，魯莽而不氣餒地，往她眼前直直逼近而來：（相信我，真的，這是真的。）

——她忽地張開眼睛，巷弄依舊，旗子已經撤了，沒有人。某扇窗點上燈，打開了電視，拖鞋啪噠啪噠跑過木地板的聲音。這是夢。相信我，真的，這是真的。她慢慢走出巷口，月牙正浮出天際，靜到突然。

——原載二〇一二年十月《短篇小說》雜誌第三期

尺蠖

——李家沂

一九六六年生，文學博士，台灣交通大學外文系教師。二〇〇九年曾以〈殘像〉一文，獲台灣教育部文藝創作獎教師組短篇小說項「特優」。另有科幻小說譯作一部，威廉・吉布森之《神經喚術士》（*Neuromancer*）。

崇牽著女孩的手，走在夏日午後的騎樓下。

剛滿三歲的小女孩，額頭結著纍纍汗珠，輕快踏步，唱著胡亂編排的歌曲。

崇沒什麼反應，目光朝前，緩步移動。偶爾揚起濕暖的風，吹拂女孩濡濕的頭髮，飄散出微帶酸腐的氣味。

汗臭也會遺傳嗎？長大後應該會很煩惱吧，一個女孩子家。

崇緊握一下牽著的手。

起床時，已近正午。崇關掉房間裡所有開著的機器。

多久了？六、還是七個月？

電腦主機，液晶螢幕，不同平台的遊樂器主機，無線基地台，印表機，喇叭，控制手把充電器。不同顏色、粗細和大小的線材爬滿牆邊。紙張與碟片散落地上和桌面。隨身碟、外接硬碟和燒錄器隨處堆疊。

兩坪不滿的房間一角，打著簡陋地鋪。

崇醒來時，耳朵嗡嗡作響。昏沉沉起身後，先把整夜未停的抽風扇關掉，再把立扇對準自己按下強風。確定沒人後，崇迅速進入浴室，簡單盥洗，再溜回房間。沒多久，突然想起什麼，又溜回浴室，刮了刮鬍子，閃身回房。

立扇前呆立十分鐘。少說也有三十四度。崇看了看腕上的黑色腕錶。全黑面盤上，若隱若現微紅數字。

該死的軍武系列，被網購的圖片騙了，這種配色只是拍照好看，真的拿來用，根本無法判讀。

崇瞇起眼睛，眼鏡推至額際，吃力辨識錶盤上的讀數。老花眼似乎愈來愈嚴重。十二點十分。起得太早。身體一切機能仍在漂浮。不過今天沒辦法。

崇把腕錶的貪睡鬧鈴改回平時設定的午後二點。撈出一件勉強像樣的襯衫，穿上後，動手關掉所有機器。

半年多來，除了跳電必須重開，從未關過的機器。

崇牽著女兒的手，左彎右拐繞過騎樓下的腳踏車，密密麻麻停著且參差不齊。這個城市健康的人，或是想要變得健康的人，越來越多。腳踏車陣列的形狀，像成長有問題的牙齒，長短不均位置不一。

一陣涼風從右側襲來。崇停下腳步，看見一間銀行張開自動門。

「進去吹冷氣好不好？」

女孩點點頭。崇抹了抹女孩額頭上的汗珠，挺了挺胸，牽著女孩走過門前警衛，踏進銀行大廳，不等服務人員主動迎上，逕自找了離空調口不近不遠的一排椅子坐下。

途中行經一面落地鏡時，崇瞥見寬鬆襯衫下，朝前隆起的肚腹。崇感覺到時間，如衰老的落塵，紛紛落在他身上。

昨晚妻子現身崇的房間。

他手握控制器，頭戴耳機，燈光昏暗的房裡，盯著發光的液晶螢幕，正一步一腳印，走在廢棄的無人太空站內，踏著滿地血跡和散落的斷肢，躲避不知名生物的獵殺，一寸寸的摸索逃生之路。

「叫你聽不見，敲門也沒人應。有事要跟你說。」

女人環視崇的房間，微微皺眉。已經習慣了眼前的景象。

崇聽見聲音，抬頭看見妻子的剪影，受到一點驚嚇。左手脫下耳機，右手拇指按下暫停鍵。儲存點還沒到，辛辛苦苦活到現在，還不能死。放好控制手把，崇有些意外。

是什麼時候的事？上次跟妻子說話。或者，妻子跟他說話。

「雖然被公司裁員，也不是嚴重到活不下去，況且你還在零星的寫些稿子，加上我賺的，也還過得去。就算是為了工作，但像你這樣每天關在房裡打電動，也太不正常了。你女兒打電話回來，在電話裡哭了……」

妻子站在房門口，突然沉默下來，像在等待崇的回答。

那是什麼時候的對話？失業後四百天，還是六百天？

銀行的電子號碼看板，數字緩慢遞增。崇看著自己空空的雙手。

在外地住校的大女兒，最近一次見面是什麼時候？

當時崇手裡拿著各種顏色線材，正努力研究接續順序，讓液晶螢幕可同時支援不同遊戲平台。該死的HDCP，該死的HDMI。

妻子沉默下來後，他停下手，等她繼續說。

安靜持續幾秒後，崇的手恢復作業。

妻子轉身離去時，崇輕聲說：「就讓我一個人吧。」

妻子停下腳步，不清楚是因為聽見別的聲音，還是崇說的話，然後離開。

那天之後，妻子未再踏進崇的房間一步。

而那天深夜，崇終於接好設備。在機器運轉所產生讓人無處可逃的熱能中，進行八小時連續殺戮，血腥到崇的夢只剩鮮紅，並且因不斷出現的肉塊而嗚咽。

隔天下午醒來，崇去附近五金行，買了差不多尺寸的工業用抽風扇，裝在房裡唯一一扇窗上，再進主臥室打開壁櫥，抱出幾件舊寢具。回房後用腳踢開地上一干雜物，清出一塊足以躺平的空間，然後關上房門。

崇房裡所有的設備從此未關過機，就像啟動了一季永遠不會結束的夏天。

崇喉嚨乾渴。看見大廳右側牆角有座開飲機。

「要不要喝點水？」

小女孩前後晃動套著粉紅涼鞋的腳，用力點點頭。

「那妳坐好，不要亂跑。爸爸倒個水就來。」

站在開飲機前，崇先灌下兩杯水，回頭看看小女孩，取了新紙杯，裝水，走回來。小女孩很快伸手來接。

「小心喝，別灑出來。」

伸手摸索褲袋，掏出一張皺皺的面紙，仔細擦拭女孩後頸髮根，兩邊鬢角，前額瀏海。頭髮濕濕的吹冷氣容易感冒。

崇看著專注喝水的臉。大女兒面容模糊，小時候是不是也跟眼前的小女孩長得很像？崇無法想像大女兒哭泣的樣子，只是因為和同學聊到父親這個話題。

崇望著眼前的小女兒，像第一次見面的陌生人，不知道她在想什麼。

「好喝嗎？」

女孩點點頭。

安靜的小女生。

不戴著耳機，或者不接上喇叭，崇的房間不會有任何人聲，只有不同頻率的低音。中央處理器和遊戲平台的散熱風扇聲，硬碟旋臂的讀寫聲，光碟讀取的轉盤聲，抽風扇的嗡嗡，和立扇的刷刷。

無一刻停歇的低頻，隔絕房間外世界的聲響。

有時外頭的電視聲，沒人接的電話聲，妻子的喝斥，小孩的哭鬧，妻子女兒的笑聲，太大，崇便戴上耳機，轉強風扇。

過濾掉聲優以外其他的人聲，隔絕掉機械聲以外其他的類比音，世界就變得安靜。

崇費盡力氣起床後，關閉所有機器，愣坐桌前。房間似乎空了許多。發覺只剩立扇在轉，他伸手切掉電源。無聲開始蔓延。

崇站起身，套上皺巴巴的襯衫，走出房間。

看了看錶，十二點半，時間差不多，該去接小女兒了。

「明天中午麻煩去接一下女兒。」

妻子沒有抑揚頓挫的聲音，迴盪在昨夜黑暗的室內。

崇按下暫停鍵。

「幼稚園要做環境消毒，必須停課半天，我下午有事走不開。你接了她後，可以帶她去逛逛。傍晚我會提早回來。」

妻子頓了頓。

「只有一個下午，沒問題吧？」

崇看著妻子胸腹一帶。

眼睛還無法適應液晶螢幕以外的環境亮度，聚焦有些困難。

崇點了點頭。

「那就這樣。」

妻子轉身離去。崇戴上耳機，拿起控制器解除暫停，空洞的足音重新迴盪開來。

抵達儲存點重新調整裝備時，崇想起剛才妻子的人聲，頻率很不真實。

女兒無處可去，並且需要他的照顧，這種情況，就像電腦的硬碟和記憶體同時出現壞軌，對崇來說，算是罕見。

「該走了。」

電子面板數字顯示412。崇牽起女孩的手，走向自動門。

離開銀行前，崇避開門口服務台後面監視的目光，把紙杯揉成一團扔進垃圾桶。

無風的熱襲來。往前走，經過連鎖咖啡廳。看起來很涼快的室內，乾淨小桌上擺著許多小筆電，不同的臉專注照著不同廠牌的鏡面。

崇一隻手摸摸自己的臉。鬍髭很短，頭髮很長。大片的玻璃窗擦得很乾淨，映出來的面容，模糊得像不認識的陌生人。

走過賣傳統飯糰的攤子，因為牽著小女孩，走得很慢。崇第一次注意到捏飯人的性別。或許是粗壯到有點肥胖，身體的性徵變得曖昧不明，崇無法判斷是男是女。

雖然飯糰好不好吃，跟性別沒有關係，崇對這樣的發現，仍覺得有些驚訝。之前來過幾次，替妻子女兒買早餐。當時精神昂揚，即使沒睡幾個小時，仍起得很早，精力多得無處發洩，會自告奮勇替家人買完早餐後再去上班。

崇排隊時，常入迷看著捏飯人流暢運作的手。用飯匙從大木桶剷起一團糯米，在包著厚布的塑膠袋上將米鋪平，用手指揀出大小適中的油條，或許修整一下長度，再用湯匙舀起魚鬆和蘿蔔乾，有時加上蛋皮、起司片，或者培根，然後平舉雙臂，用手掌捏出飯糰，丟進小塑膠袋，快速轉兩圈縮緊袋口，再交給客人。

一切都如此井然有序，節奏快慢適中，什麼程序該細膩處理，什麼程序可以迅速跳過，都了然於心。去除了不必要的動作，剩下來的只有效率。

這是生產的節奏感，崇感覺自己體內飽滿著一種力量，隨時準備發動。他回去跟家人說，你們應該去看看，比握壽司還帥。

後來有幾次崇偶爾經過飯糰攤子，在早餐尖峰以外的時間。

捏飯人套著及胸的藏青色圍裙，坐在小板凳上吸菸，頸脖處掛著汗珠，眼神茫然看著牆角十四吋電視螢幕上的股價圖，失去了盯著手中糯米時，那種銳利與專注。

雖然只是一瞥，崇可以感覺那身影散發出來，不想與這個世界對話的疲憊。

崇未注意過捏飯人的性別，那與程序的運作與完成無關，只是留意到捏飯人用來直吹的固定式電扇。

小型工業用電扇，崇很肯定，馬達看起來很強，吹起來應該很涼。

崇牽著小女孩的手走過飯糰攤子，看見捏飯人的汗水滴在尚未收束成筒狀的糯米上，然後被魚鬆安靜的吸收。一顆鹹飯糰。

崇想起躺在自己房間裡的風扇。

性別曖昧不明的捏飯人，提高生產的工業用電扇。自己已經停止生產，或許再也生產不了什麼，卻用了規格幾乎相同的電扇。是否我的什麼部分，也漸漸變得曖昧不明？

崇突然對這樣的類比，莫名的焦躁了起來。

崇裝好抽風扇那天，意外的不想碰任何遊戲。只是坐在窗前，聽規律馬達聲，望一小片天空發呆，到超商買食物，到廁所盥洗，再回來繼續坐著。

電玩齋戒日。

夜半躺在地鋪上，崇枕著交叉的雙臂，在眼瞼內側無數光點中，看見有什麼好像可以想通，有什麼正在快速崩解。

至少可以，崇翻身側躺，張開眼睛，看門縫下家人活動的亮光消失，可以很久很久不說話。

用世界除以自己的聲音，然後只剩下耳朵和眼睛，說不定正構成了一則完美的除式，沒有任何餘數。雖然商是多少，崇或許永遠不會知道。

隔天起，崇開始嚴謹而規律的生活。下午二點起床，早上七點就寢。

崇不玩線上遊戲。對社群與色情，他如今已不感興趣。

一個人單機的電玩，純粹，乾淨，不流汗，不會老，像是永遠不會被汙染的純真。

崇有時玩著玩著，也會很感動，畢竟到了這個年紀，漸漸明白這個世界上能夠抵抗時間侵蝕，而且不會衰敗變質的東西，其實少之又少。電玩裡的世界與人物，不受這個世界的時間所約束，HDMI訊號傳輸下顯現的膚質與肌理，其實已經接近永恆。

崇會哭也會笑，但也已經與生活的這個世界斷了線，找不回情感上可以維持的聯繫。

除了需要補充零組件，崇幾乎不出門。出門，多半去電子商場。

以前，崇常去。從橋下的擁擠雜亂，到臨時搭蓋的鐵皮長屋，再變成寬敞明亮的大樓。隨著商場翻新，崇也跟著變老。商場不是只賣商品，還有介面，但崇一直搞不清楚，這個介面到底是要用來連接什麼。

夜深人靜時，崇會展開匿蹤行動。持防水筆式電筒，腰掛迷彩戰術包，按下軍武系列腕錶按鈕，確認妻子女兒在主臥室熟睡，然後潛入無人的客廳。

翻閱茶几上攤開的童書，檢視飯桌上的剩菜，打開電視迅速切成靜音，確定出現的台號再關機。她們今晚活動的痕跡。腳踏車鑰匙換了位置，應該騎過車帶女兒去附近兜風。沙發上衣襪整齊疊好，是女兒明天準備穿的衣服。汽車鑰匙圈的圖案翻面，妻子大概去領了失業津貼，或者去面試，還是已經開始上班了。查查廚房的冷水壺存量，多少知道今天有沒有人待在家裡，待了多久。有時順便燒壺水，如果冷開水不夠。但盡量避免這種無謂的舉動。要用小火壓低笛音，還必須在爐邊待命，等水燒開，關火，耗時很久，會影響行動時間。

回房前，崇檢查大門門鎖，綁好從自己房裡拿出來的垃圾袋，塞進家用垃圾桶，蓋好，再順手拿些牙線棒和捲筒衛生紙。為了節省開銷。

還是需要剔牙，要用衛生紙，還是會留下必須處理的廢棄物。想要像幽靈般不留下任何痕跡的活著，其實出乎意料的困難。

行動時間終了。停錶。

耗時十八分三十九秒。

情報取得率百分之七十。

完成等級C。

獲得稱號Inchworm。

崇不認得這個字，他查了查手機的電子字典。

中文名，尺蠖。

媽的。

崇感覺手從後面被人微微拉住，低頭看見女孩停下小跑步，喘息著。自己不知不覺走得太快。

「休息一下吧。」

阿婆的乾麵。是她喜歡的店。

「要不要吃點東西？坐一下好了。」

店外騎樓下擺著兩張桌子。一張桌前坐著一位中年女子，桌上擱著一只黑色大肩袋，裝滿書籍文件，袋口附近有紙張散置。女子吃著麵與小菜，不時停下筷子說話，側頭專注聆聽，還是在思考什麼。應該是免持聽筒吧。另一張桌子空著。

雖然喜歡坐戶外，但太熱了。崇牽著女孩站在兩口大鍋的熱氣前，準備點完菜就逃進店內的冷氣座。

中年女子用完餐，揹起肩袋，胸前抱著文件，走到大鍋前結帳，轉身離去，繼續說著話。崇注意到女子上半身沒有垂著耳機線，兩只耳朵附近也沒有耳機。鍋口熱氣蒸騰。

崇看見女子臀部一帶略顯深色的裙面，滲出大片黑褐色塊。

崇回頭，想確定什麼。看見收拾桌面的年輕工讀生，正停下手邊進行一半的工作，木然對著中年女子的背影，然後轉向大鍋，似乎也想確定什麼。

「她好像有點這樣，」

下麵的婦女看了他們一下，空出一隻手，在太陽穴附近重複畫著圓圈。

「每天都固定這個時間來吃麵。不過沒帶來什麼麻煩，習慣了就好。別發呆，趕快收一收桌子。」

工讀生恢復停下的動作。崇繼續中斷的點菜。

他很確定，那片色塊，是女子的血。

那氣味和顏色，他曾經聞過也看過的氣味和顏色，崇很確定，是乾涸的經血。

崇彎下身，不由自主的抱起小女孩。

崇牽著小女孩的手回家。一切如常。

妻子接過小女孩，摟了摟，沒說什麼。

崇轉身回房。

打開抽風扇，崇突然感到疲憊，沒力氣打開其他機器，燈也懶得開。窗外天色漸暗，崇厭煩起抽風扇不停的嗡嗡，索性關掉。涼爽的風開始從窗戶徐徐灌入。崇爬到地鋪上躺下，蹺著腿發呆，盯著門縫微光照亮的一小塊牆腳。感受風吹，聽房外腳步聲與人聲漸歇，看牆腳的光亮終於消失，崇放鬆睡去。

醒來時，安靜的夜半。

崇起身輕聲打開房門，走進無人客廳。坐在沙發上，打開落地閱讀燈，調暗光源，手肘前傾靠著膝蓋，對著茶几桌面發呆。

透明玻璃板下壓著雜亂的紙張。照片，折價券，通知單，字跡潦草的便條紙，寫著陌生的電話號碼與神祕的時間表。

雜亂中有紙片露出一角，崇注意到，昏暗燈光下色澤與材質不太一樣。

崇微微抬起玻璃板，抽出小紙片。

一小張熱感應紙。崇有些困惑。

一片斑駁的扇形黑，中間有零星白，勾勒出難以辨識的形狀。紙片右下角有模糊的時間戳記。

崇拿下眼鏡，瞇起眼睛吃力判讀。

是第一次照出小女兒的超音波圖。

崇慢慢把圖紙放在茶几上。

後來呢？

後來妻子多次大出血，胎盤幾乎剝落殆盡，又再長出，那胚胎依舊不肯放棄。

為了什麼要這麼堅持，堅持要在這裡出生？

崇握了握自己今天牽著小女孩的手。

她今天好安靜，沒說什麼話。

想不起來已經多久，沒跟她說過話。她多久未曾踏進自己的房間，或者不敢進來。

崇起身走進廚房泡杯熱茶。握著茶杯坐回沙發，手因熱水溫暖起來。看著杯裡茶葉，熱水裡漸次舒展開來，終於長成完整的一莖三葉。

崇貼近杯口聞著茶香，想起了許久之前和小女孩玩的家家酒。兩人在地板上對坐，女孩的小手握著小茶杯，學著崇，朝空無一物的杯口嗅聞，假裝細細的品味著。

「啊，好香。今天天氣很好，有白雲，風在吹。我們來喝下午茶ㄅㄚ。」

崇低頭看著超音波圖，感覺圖紙上的時間戳記微微顫動，數量龐大的話語聲隨之而來，模糊的聲音，清晰的聲音，圍繞著他，包覆著他。

——原載二〇一二年九月十六日～十七日《聯合報》副刊

本文獲二〇一二年第三十四屆聯合報文學獎短篇小說組大獎

黑熊或者豬尾巴

——瓦歷斯・諾幹

泰雅族人，出生於Mihu部落。漢名吳俊傑，早期曾以柳翱為筆名。省立台中師院畢業，目前任教於台中自由國小。

一九九〇年八月創立《獵人文化雜誌》，至一九九二年十月改為「台灣原住民人文研究中心」，致力於相關原住民資訊的處理及事件的分析，具有文化、社會運動的性質。

近著《當世界留下二行詩》、《瓦歷斯・諾幹2012：自由寫作的年代》等。

尤幹・比皓百病纏身，卻能讓旁人宛若無狀，直如奇葩。

尤幹・比皓在一九二〇年六月六日出生於台灣中部山脈的深處，在一座赭黃色斑駁的竹屋中誕生，小如鼴鼠的尤幹排行老么，上有三兄二姊，脾氣壞似山豬的父親見到臍帶未落的細瘦血嬰，只說了一句，「養不活，丟到山溝」——便返身上山視察一整座山林的機陷，心中暗斥任何一隻獵物都比鼴鼠嬰來得大。尤幹・比皓並沒有墜落山谷，他的母親伊娃兒・比水遺傳了比水家族堅苦卓絕的性格，母親取出預備好的小竹片割斷臍帶，臍帶像截新生的豬尾巴。汗水流乾的伊娃兒吐盡殘力對著豬尾巴祈福兩句，「願你長大像一頭黑熊。」然後置入早已備好的男人槍砲盒中。這座竹屋隱藏在雪山山脈南端的夏坦森林之中，大安溪一條喚作「爆出火花」的支流上方，依照古老的先占原則，比皓家族的財產包括十幾隻桀驁不群的雞（會瞪人也會啄人）、三頭罕見的平原豬（相較於山豬，牠們權充家庭寵物）、一架織布機以及放眼所及的藏綠山脈，生活無虞，溪裡的魚多得站在水面上走路，野獸經常在路徑上狹路相逢，只是外來矮小的日本長刀人仗著大砲節節進逼森林的心臟，令人不安。「你死過一次，日後你將長命百歲。」初生的尤幹・比皓用呼吸的耳朵牢牢記住母親的第二句祈福語。

六月六日這一天，台灣總督府刻令日軍警聯合作戰部隊進行第二次「前進北勢番」行動（第一次在一九〇二年，以失敗告終，並引為恥辱），當日下午，比皓・古拉斯其實並未上山踏查獵物，反而是被轟隆隆的砲聲激起沉寂已久的腎上腺素，於是轉右邊小路，循著折斷的樹枝記號與族中戰士會合，在摩天嶺古戰場不無僥倖的以數十管獵槍擊落一架笨重低飛的日本偵察機，摔落的飛機跌在雪山坑溪上游（史料記載為機械故障），駕駛員已然猝死，一名年輕的偵察員逃逸，他們只好將還活著的機槍手割下生殖器當作戰利品，等到尤幹·比皓長大到有資格在腰間佩戴槍砲盒的時候，盒中置有一截乾黑豬尾似的臍帶以及莫名所以的細小日鞭。多這麼一條外來種日鞭並未使尤幹·比皓的身體更加強壯健康，他承接了父親熊肩般寬闊的骨架，卻遺傳了母親薄如蟬翼的肌肉，山風吹過，儼如飄動的鬼靈。頭髮初長時還算剛直有力，只要超過耳垂，尾端則無故翹如蕨類，簡直可以砍下來為晚餐加菜。三位兄長都在六歲之前相繼夭折，據傳是部落黑巫術下蠱所致，尤幹·比皓也活得跌跌撞撞，不比兄長高明順暢許多，幾次都要中蠱似失神往山谷飛翔，只因大白天日還會幻想自己是隻張翅欲飛的鷹隼。母親深怕尤幹·比皓一死也就斷了後，因為自己已經衰弱到無法生育，骨盆如雞屁，下蛋都困難重重，於是請大安溪最負盛名的巫醫賜福。巫醫燃上樟樹細枝作法，全身抖動如蝠，兩膝夾一細如尾指般的竹管，口中念念有詞，要將一顆拇指大的圓球安放在震動中的竹管，直到整座山靜止不動只等待一記烏鴉的啼鳴，巫醫賜上「尤幹」的名字改運，從此之後，六歲的小孩長得比水鹿還要歡快。「尤幹」是個卑瑣的名字，是一條膽怯的無毒蛇，只要一感受到人類的腳步聲，尤幹這種蛇就逃之夭夭，速度之快令人不齒。尤幹·比皓逃過了黑巫術的擊殺，母親卻逃不過彩虹橋的邀約，那一年流行性大感冒席捲山林，感冒帶走了山林裡的族人，斑點一樣匿居在森林的家族也悉數移住日警安排好的埋伏坪部落定居，政令雖然如此，父親比皓卻帶著孩子潛返山林歸隱，說是吃不慣日警請客家人在部落墾植的稻米——它們缺乏小米那樣的黏性與野性。

等到尤幹・比皓長成一棵小樟樹，日警終於搜尋到隱匿在夏坦森林的比皓家族，再次被遷往埋伏坪部落，尤幹・比皓也被迫進入番童教育所，學習從嘴巴吐出ㄚㄧㄨㄟㄡ的怪調，父親比皓聽見從孩子嘴巴吐出的奇言怪語，說了一句令人費解的詞語，「啊！這要命的疾病！」——父親想起少年槍砲盒裡的日鞭。大概是導源於前一年爆發的「霧社蜂起事件」，新的理番事業公佈，所有的孩童與少年都必須接受教育，尤幹・比皓學這種要命的疾病語言學得很快，一年之後就代表二年級生參加全校性演講比賽得了第二名，老師兼警員村上先生樂得將已經改稱「倉田　文夫」的尤幹・比皓帶到宿舍與自己的孩子一同玩耍，賞了一枝罕有的帶擦布頭鉛筆與日本軟糖兩塊，直到父親去世，尤幹成為名實相符的孤兒。接下來幾年，因為無獵可打，只在叔叔家中權充幫傭，日子乏善可陳，幾乎成為選擇性遺忘的歷史片段。

一九四一年春天，尤幹・比皓與部落青年來到東勢角駐在所門前，穿上嶄新的黃泥色澤軍伕服，與日本警部大人拍照留念，接著踏出整齊的步伐，在一面巨大的天照大旗引領下，搭上窄軌火車，車廂擠得像夏天的瘴氣，昏死兩次，火車終於抵達南方的打狗港，港邊有吃水淺的日本軍艦，軍艦航向更南邊的國度，部隊中也出現一列列神情憂悒的平地漢人，他們背帶鍋鏟、腰後纏上便當盒，老年時的尤幹・比皓對著孫子敘述二戰所見時下個令人莞爾的主觀報告，「我們山地人是去打仗，平地人是去煮飯的。」

戰事到了尾聲，「阿美麗加的飛機像天上的蜻蜓飛個不停，美軍住在水泥碉堡，吃著肉罐頭。」尤幹・比皓在深夜的篝火跳上臉上撕咬時對著睜大眼如鼴鼠的孫子說：「我們卻餓得找樹根，我只好以夏坦森林的狩獵技藝逮捕摸得出骨骼的老鼠進補。」其後，第一次真正感受到屬於身體內部的疾病，上吐下瀉六天，正好是上帝創造世界的時間，第七天上帝休息人間上禮拜，尤幹・比皓在第七天意外獲得後送台灣島的恩賜，只因為尤幹陰死如枯枝，眼皮上方盡是美日諸國妖魔鬼怪的雙手正召喚著。

回到部落時，尤幹・比皓較從前顯得清癯可人，脾氣陰晴圓缺外人不得而知。他退掉了童年時訂下的媒妁之妻，以一見鍾情的衝動自作主張的娶了目黑家族的二女兒。日本人在二戰末期以人才孔需將尤幹・比皓配置在駐在所擔任警佐這個令族人稱羨的職位，但是連年輪調台中廳番地駐在所，長男、次女卻相繼夭折，他想起了自己的三位兄長，但是部落已經沒有了巫醫，衛生室著白衣現代醫師的裝扮缺乏傳統醫療的神祕與奧祕，無法取信於人，直到天皇玉音放送戰敗的消息，送走了老師兼警察的部落指導人，尤幹夫妻膝下依然無子——果子在春天以前提早蒂落。

一九四七年，冬天還沒結束，族人已經拒絕通過四角林戰備道前往東勢角（今稱東勢鎮）購買民生物資，充滿雜質的鹽巴一握還比得上黃金一兩，於是乾脆來到大安溪上游紅河谷與大型野獸爭搶山鹽青，以免脖子粗大像隻醜陋的癩蛤蟆。這一年世局動盪不安，尤幹夫妻走回父親的老路數，回到夏坦森林傾圮的竹屋重整家園，順便練練生疏的獵技。日子風吹雲淡，偶爾遇有族人，告知鄉公所徵召山地警員，尤幹・比皓回答，「我是日本警察，不知道怎樣當國民黨警察。」

尤幹・比皓活到三十八歲，目黑家族的妻子莉慕伊再次生產嬰兒，從此一發不可收拾，日後得子五得女六，孩子生到精疲力竭，算是了卻心願。以後有人問起孩子的事情，尤幹・比皓總是回答「五五六六，隨隨便便啦。」跨過一個世紀，「五五六六」成為新世紀知名的青少年偶像團體，尤幹・比皓活得隨意，對此懵然無知，自己的孩子已經蔓草攀爬、扎根繁衍，還管什麼青少年偶像團體。

莉慕伊陣痛前夕，尤幹・比皓在戶籍清查下重新歸戶，並再次獲得徵召入伍的鳥事，四月來到前線金門，八月二十三日匪軍強行登陸古寧頭，砲彈直如捅上虎頭蜂窩，針螯瀰天漫地，即使經歷過南洋大戰亦未曾得見如此壯麗燦爛的砲擊，作為營部傳令兵，尤幹・比皓——不，他已經有了新國家的名字叫做吳國明——從師部回營的公文取送路程往往是聽風辨位、左移右迴、前突後退，直如陀螺迂迴轉進，來到營部碉堡，新營長赫然在目，一分鐘前舊營長已經為國捐軀，匪砲轟出一具無頭屍，令人難以適應快速非常的人事變遷。砲戰歷經四十四日，此後金門島嶼成為鳥不生蛋、豬不拉屎的岩磐島嶼，青翠樹林的焚燬，遠遠超過幾個世紀前鄭成功伐木造船強渡黑水溝的盛況。碉堡外的野田橫陳砲擊過的耕牛，尤幹・比皓摸黑匍匐前進割取未腐的肉塊帶回碉堡料理料理，好填填殘了一隻腳的副營長乾癟的肚腹。隔年退役，尤幹・比皓帶著妻子與新生的孩子來到台中都城面見副營長。

副營長已經不是副營長，改稱「楊老大」，穿黑西裝打紅領帶，戴上暗無天日的墨鏡，掌管縱貫線上下百里黑地。他們在一間台式餐廳見面，楊老大要尤幹・比皓幫他工作，薪資不菲，工作內容幾近狩獵——將前來鬧事的傢伙捕獲——「捕獲」是楊老大頗為得意的黑色詞彙，重點是在捕獲之後。席間趁著門前兄弟果真鬧事尋釁的空檔時光，尤幹・比皓帶著妻與子從後門逃竄而走，他對著妻子汗涔涔地說：「妳想要武士刀的生活嗎？」莉慕伊・目黑自然搖頭以對，算是終結了可能走上的黑道老大的不歸路，尤幹・比皓想到的是環境不對、時間不對、氣息也不對，都市缺了真實的森林與野獸，人走在平地是很容易摔倒的。

尤幹・比皓從前線返回部落發現自己已經一無所得，叔父將屬於尤幹・比皓的家產變賣蓋了一座全部落第一棟西式水泥洋房，遠遠看過去，洞開的兩扇大門好像還張著嘴巴豪笑著，「大家都說你死在金門吶！」尤幹・比皓不以為意，認為是童年撫養的代價。「去死吧，該死的童年！」尤幹・比皓說完這句話，感到屬於自己的人生真實的萌動了起來，像早晨凝結在葉面上的滴露，晶瑩剔透宛如新生。他揉合軍中所學與夏坦森林的技藝，先是殺豬賣肉，但是清晨三四點鐘的豬嚎聲讓莉慕伊的耳朵生刺，何況也不能對著哭鬧的孩子說：「孩子不要吵，是你爸爸在殺豬，殺完豬你才有克寧奶粉吃。」接著改做山東大饅頭的生意，可惜族人的嘴巴似乎滲不出唾液品嘗這對岸游來的美食，一顆顆大饅頭堆得像八二三戰役的手榴彈，砸中頭是要血流五步。尤幹・比皓只好接受林務局「每木調查工作」，奔馳在山林裡，並且在每次回家的空檔播下春天的種子，於是每回來到部落家中，子女一個個香菇菌種似的冒長，簡直是兒女成群，齜口黃牙討食的速度不輸激烈的八二三砲彈墜落戰況。

一九七〇年，尤幹・比皓終於向林務局租得一塊林班地，他帶著成群子女來到荒草蔓林的山坡地開墾，將領一般劃定未來山坡果樹林相。十幾年來隨著趕不上的市場換植青梅、大梨、水蜜桃、柑橘、生薑、豌豆、大豆，但是天災如影隨形，颱風、颶風、冰雹、乾旱、地震、山崩、地裂，算算只差南亞海嘯，有一年還從天上下起了魚雨，在鍋裡煎炒，鹹不可食。「乾脆在山坡地種黃金算了。」這是日後部落族人對乖舛的農業生產所下的黑色結論。有鑑於此，尤幹・比皓算準了小時ㄚㄧㄨㄟㄡ的讀書路，強令每個小孩認真讀書，自己則與土地進行生命的搏鬥。每當尤幹・比皓心力交瘁之餘，公賣太白進化到紅標米酒一一下肚，直到二〇〇〇千禧之年，因胃潰瘍五進五出東勢農民醫院不死，胃壁破洞比米酒瓶口還大，就用飛鼠醃腸泥裹壁，每次都讓醫師大呼不可思議，有一次全身掃描，某種鐵質碎片嵌入腦袋，是八二三砲戰獎賞的鐵證。

二〇〇七年，尤幹・比皓已經成為部落最老的老人，女兒遠嫁他方，兒子赴番邦創事業，醫院認定百病纏身，卻如常清晨四點登上轟如地震的農用搬運車上山，為「九二一大地震」過後的日本甜柿園過皮、施肥、除草、剪枝、噴藥，對每棵樹說說話，日子活得像疾病，卻甘之如飴。尤幹・比皓此人非誰，正是我所鍾愛的祖父。二〇一一年，祖父走向彩虹橋，四肢縮小如紅面鼯鼠，鬆垮的身肌垂下如翼，一生與一身的各種形式的疾病讓祖父凝成一記初生嬰兒的驚嘆號，微小而堅毅的符號在我的夢中走上彩虹橋，駐守橋上的螃蟹看到的是黑熊似的祖父，一步一步迎向祖靈的居所，我看到祖父回頭露齒一笑，應驗了曾祖母的第一句祈福——願你長大像一頭黑熊——遠去的祖父愈縮愈小，最後一個轉角留下了令人迷惑的影子——那是一截新生的豬尾巴？

——原載二〇一二年八月十四日《聯合報》副刊

漁夫

——蔡素芬

歷任《自由時報》撰述委員、自由副刊主編、《自由時報》影藝中心副主任，兼林榮三文化公益基金會執行長。主要作品長篇小說《鹽田兒女》、《橄欖樹》、《姐妹書》、《燭光盛宴》、短篇小說集《台北車站》、《海邊》，編選《九十四年度小說選》、《台灣文學30年菁英選——小說30家》及譯作數本。曾獲全國學生文學獎、中央日報文學獎、聯合文學新人獎中篇推薦獎、聯合報文學獎長篇小說獎、中興文藝獎、金鼎獎等多項文學獎項，並獲聯合報、中國時報、香港亞洲週刊十大好書推薦。

一部銀灰色轎車繞過村口廟前廣場，往河堤方向去，晨霧迷濛，這是春天的清晨，天邊只有一線微光，車前燈亮著，照明前頭道路。車子停在河岸下一戶人家庭院旁，庭院面對河岸，岸上臨河一頂遮棚上頭掛著一片鋁製招牌，繫在粗大的竹杆上，白底紅漆寫著「釣船出海」。風大時，那招牌喀嗒喀嗒敲著竹杆子，岸上岸下的人，遠遠便看著那招牌在風中搖搖欲墜，可總也不墜，相識者早已不靠這招牌認路，不相識者反倒看那招牌搖墜的險象，便輕易尋得這「釣船出海」之家。

看家做營生的，是長得高大魁梧的男子順風，順風長期給陽光晒傷的臉頰上，沿著顴骨兩側分佈著大小不一的晒斑，一對眉毛濃黑，壓住深邃眼眶，眼神顯得像海洋一樣深不見底，堅實的臉頰輪廓線條襯得神色好像隨時要與浪搏鬥似的。

汽車一熄火，順風便從屋裡出來，已繫好防風帽，加戴了寬簷布帽，穿著防風防濕的灰藍夾克，迎向車主。車主從後座拿出配備，穿上防風衣，換上雨鞋，又從後車廂拿出兩支釣竿，按下遙控鎖鎖了車子後，將鑰匙交給順風，順風將那串鑰匙放進庭院茶桌的抽屜裡，兩人即爬上河岸，越過遮陽棚，踩過用來墊高岸面平台的無數蚵殼，鞋底磨出喀啦喀啦響，彷彿把蚵殼都叫醒了。釣船即是河面上成排靠岸的漁筏，用膠管一根一根並列製作成平底船身，加裝馬達為動力，比傳統的竹筏航行得更遠更快，方便釣客在河海交界處垂釣，漁家也可以在穩定的氣候下，在內外海交界處網撈。順風找到他的，帶領車主上漁筏，兩個男人坐妥筏上，都望望遠方的河面，天色未明，水氣氤氳，但稍後晨曦漸明，水平線會更明朗，他們需要的正是這天明末明之際的水象，幸運的話，可以釣到幾尾季末的烏魚。

車主是位醫生，習慣早釣，醫生通常在前一天跟他約好時間，春、夏天大約是早晨四點，秋、冬天則為五點左右，他會在約定的時間前備妥一切，包括魚餌及兩人在海上的飲水和乾糧。醫生自己帶水，卻喜歡吃他準備的魚乾當清晨的美味。

從冬天過渡到春天，醫生來的次數減少，離上一回已經將近一個月了，所以聽到他的車聲，順風幾乎是從屋裡衝出來，領著他走上堤岸的腳步也不由加快。這時坐在筏上，順風心裡翻滾著要找一個適當的時機，請問醫生一件事。

筏啟動，水波平靜，筏隨著流向往外海滑行，在村末拐了個彎，便向水平線的方向去。水平線上晨霧的灰紫光暈像層薄薄胭脂覆蓋水面，水天如一，醫生一言不發看向那層氤氳水霧，隨他把筏泊在任何一個定點。

順著流向與天候，他通常有敏銳的判斷力，知道哪一塊海域可能聚集魚群，他曾經是全天候的打魚郎，在他還年輕的時候，他隨近海船捕魚，在這附近海域往返追逐魚群。

海域其實是一片廣大的潟湖。圍繞在村子遠遠的海域上的數塊沙洲，地勢隆起，漲潮時分，海水湧入沙洲內圍，帶來大量魚蝦，退潮時分，海水退去，魚蝦留在沙洲圍繞的大湖裡，村裡的漁船在那退潮時分紛紛划出水道，撒網捕魚，無論是漁筏或小船，皆有斬獲。近海船則在漲潮時分出潟湖，捕撈沿岸附近漁產，在海上待一兩天，再到城裡魚市卸貨換取現金，那時，漁夫只有辛勞，才有實質的代價，在浪裡搏鬥那一兩天，全為了停靠碼頭上岸傾出魚貨的那刻。

他十七八歲便離開學校，成為近海船上一名年輕的漁夫，那時候陽光打在他的臉上、胳臂上，像針一樣扎人，痛得皮膚好像要皸裂開來；夜晚的月光則灑落在他緊緻俊俏的臉上，安撫他白天給陽光炙得灼熱的肌膚。他在海上最常做的事是望著船尾翻飛的浪花，聽著呼嘯的風帶來的寧靜感，海風削過臉頰，撩起衣角，他的青春伴隨浪花成為遼闊海上的一朵泡沫，化為蒸汽消失在陽光閃耀的空中。

在海上的日子，除了那片海、遠方水平線上暈染的水霧、網裡跳動的魚群，青春就不再有什麼了。要說有，就是船靠岸，看到人群時，內在那顆原本安靜的心很快就隨著嘈雜的人聲而焦躁起來。在海村裡，他從沒看到這麼多攢動的人，這些人聚集在魚市論斤要價，嘈雜聲比風浪更刺激耳膜。他和其他漁夫負責把魚抬下船，一箱一箱的抬，船主負責和魚販講價過磅。卸下所有魚貨，船家會賞他們一點現金，他和漁夫們走入魚市附近的市集，坐在市場小吃攤前飽食，付過帳，他有意無意的走離他們，也可能是他們有意無意的走離他，他穿過一條街又一條街，看著兩旁商店繽紛的店招，和店裡的各式貨什，看著男人和女人摩登的穿著，羞赧的走過茶樓，樓前仕女胭脂粉味像塵沙覆蓋他，他快步走，不能克制的心跳加速，一直走到陽光皤皤的馬路上，又繞過馬路回到魚市碼頭，才平息呼吸，等待漁夫們從各處歸隊。

那時候，他年輕得像一顆柿子，光澤鮮美，但還未熟透，只配學習撒網和拉網上船，開船是老師傅、經驗豐富的老漁夫，他觀察他們觀看天象和水象操作船的方向，測定魚群群聚的水域。而今他已經開了許多年的船，雖是馬達漁筏，他仍得依據經驗判斷風向和水流，決定航行的方向。他必須給他的顧客足以信任的安全感，像這位醫生，幾年來都由他開著漁筏出海，他替醫生決定海域，他在乎醫生能不能如願釣到魚，如果醫生的魚簍裡不能多放入幾條魚，對他而言，是極不榮耀的事。

扣除服兵役的日子，他的一生幾乎都在海上，雖然剛退役時，為了逃離海，曾經嘗試其他生活方式，到城裡尋找機會。他在城裡一座廢鐵廠當工人，收集及分類各式回收的廢鐵，分離銅線圈與鐵器，分裝打包送去再製工廠，他在廢鐵的鏽味中體驗城市的存在；白天在露天的收集場淌汗工作，夜晚住在場邊幽矮的工寮裡，聽著隔間木板因冷縮熱脹而皸裂的嗶剝聲，他覺得自己住在城裡，卻只像是那裂縫裡的一塊小木屑。為了更開闊與自主的生活，他離開廢鐵廠，學習成為一名生意人。他在路邊擺攤賣水果，搾西瓜汁，將一片一片的水果裝袋賣給路過的行人，賣給走入隔壁街電影院的年輕孩子。有天來了三位流氓，以沒繳地方清潔費為由，搶走他攤上所有裝袋的水果和他身上的錢財。他決定離開城市生活，回到海上。

海讓他自在而開闊，雖然出海追蹤魚群的行蹤，經受風吹日晒驅使他外表衰老，但他面對海時才看到自己，海上的浪花是他一朵一朵的心思，迴向大海詢問生活的答案。

剛回村子裡，他跟著老漁夫上船，曾有一段好風光，不論烏魚季或秋刀魚季，漁家收入豐厚，但作為隨船的漁夫，收入仍屬微薄。冬天時，他在半夜凌晨間入海捕撈鰻魚苗，以高昂的價格賣給蒐購商，轉出口到日本，收入遠勝於隨船到外海搏風浪。冬天清晨的河域，水冷徹骨，隔著防水衣，他仍常在水裡冷得打顫，跟他一起到河裡撈魚苗討生活的，多為壯年人，老漁人只能望著冷水想像著那冷水侵骨的程度而哆嗦。過了賣鰻魚苗轉出口的高峰期，蒐購商仍進村蒐購魚苗給養殖場，但沿西岸捕撈者眾，利潤已不如前，近海船主也因衰老及利潤有限而不再出海，捕魚船隻減少，他感到那片孕育豐富魚量的海不再那麼靈光閃動，魚產不再那麼豐富，也可能是他年紀慢慢大了，不再像少年那樣把海視為生活的全部。到他有能力買漁筏，他便自己開著漁筏在海中插竿養蚵，撈少量的魚蝦賣給中盤魚販，及供應城裡弟媳所開的餐廳。村子裡年壯的男人紛紛改業，他們不再像父執輩那樣由海浪載浮他們的人生，他們去工廠上班，開車往返城鄉，或者搬到城裡去，在那裡找到堅固的房子和熱鬧的車聲，在車聲中殷實的過日子。他和妻子都是村裡人，父母都在村子裡，妻子和他是同個小學的學妹，曾到城裡當過店員，嫁了他便替他守著老房子，也就近照顧自己的父母。他們有三個孩子，在村子念了小學便陸續到城裡念中學。第一個孩子去念中學時，他也曾動念，也許去城裡找個工作，當店員或當貨車司機都可以，在城裡租房子，方便孩子上學，為了孩子，他可以離開海村，再次到城裡去。但他啟動的心念，在患有精神疾病的妹妹從療養院回到家裡後，便像陣煙般消散在海風中。妹妹已完全無法說話，眼神只是呆滯的望著人或看著前方，無法自理生活。在那一刻他更知道自己屬於海，他在海村有照顧家人的責任，弟弟在城裡工作，浪人般的性格，不可能回到海村，他身為長兄，在父母身邊聆聽海浪的聲音最久，這個聆聽將持續，成為生命裡永恆的聲音。

孩子都通車上學後，他買了第二艘漁筏，為城裡來的釣客開船筏出海垂釣，彼時城裡來的釣客像漲潮一樣，突然將這個村子的海域視為理想的垂釣場，為應付來客量，村裡有三戶人家在兩年內先後投入載客出海垂釣的行列，他是其中之一。

海不是他生活的全部，但是生活所依賴的，在他出海的時候，望著海面思考生活的答案，有時有解答，有時不需解答，一天便可以過去了。

他終於找到一個淀靜的海面，將漁筏泊在那裡，他問醫生：「這裡可以嗎？」

醫生抬頭看看遠方，也看看剛才漁筏開過來的方向，說：「好吧，就這裡，這裡沒什麼風。」

風與潮水的流動關係緊密，猶如他與這艘筏，早上他上筏時檢查了筏身每一根膠管的聯繫，確認膠管都牢固沒有鬆脫，這是他每次上筏例行的工作，確保漁筏本身沒有狀況。

醫生從保鮮盒取出去殼的蝦子，繫在釣鉤上，醫生的嘴巴嘛著，那表示他正聚精會神在自己的動作上。他沒打擾醫生，由他自己去掌握垂釣的節奏，他只取出收音機，在醫生甩出釣線，浮標泊在前方不遠處後，他才問醫生：「要聽收音機嗎？」

醫生望向海面，說：「看起來很平靜，氣候應該不會有什麼變化。」醫生皺皺眉頭。醫生今天不想聽單調的播報海上氣象的電台。

聽歌嗎？也不要。

醫生今天好像沒什麼興致。

他便不再說話，躺在船上望著透著淡紫光暈的天空，妻子這時應該已經起床做早粥了，老母親也到妹妹的房裡檢查妹妹的尿布了，並且準備帶她去浴室梳洗，然後帶她用過早粥，引導她坐在門前的板凳，度過她的一天，每一天。紫色的晨光多年來唯一能告訴他的似乎是這無解的情況——就讓事情以它現有的狀況存在吧。無論他坐在船上、躺在船上，看著雲靄或浪花，許多年了，他只有這個答案。但這幾天有點不一樣，他有點不一樣的期待，想尋找答案，海浪或許已無法給予解答，他想問問醫生。

他翻起身來，取出布袋裡的魚乾，遞給醫生，醫生的浮標卻正好在這時動了，醫生用力拉高釣竿，釣線在海中顫動個不停，那是條掛在魚鉤上掙扎的魚，醫生站起來，轉動釣線轉輪收線，露出海面的是條赤鯮，扭曲身體做離水的掙扎，醫生熟練的捉著魚腮，解下鉤子，急速將魚放入魚簍，又在魚鉤上繫上兩條蝦子，重新將魚線拋入水中。順風給他毛巾擦淨手，海風一下子拂乾了醫生手上的水氣。他看見醫生的左臉頰上分佈著一點一點的晒斑，沿著太陽穴下邊形成一條星河般的褐色河流。成天在診所看診的醫生怎麼會在左臉頰上晒出斑？可以解釋的是開車時，從左邊的窗戶投射進車裡的陽光太強了吧。順風這樣想著時，醫生又釣到一條魚，是一條閃著白色鱗片的豆仔魚，他知道醫生要的是黑鯛，這海域的黑鯛肉質鮮美，醫生要的是這季節特有的美味鮮魚。

豆仔魚的鱗片閃著浪一樣的白，醫生將魚放入魚簍裡，仍然在魚鉤上掛上兩條蝦肉，重新將釣線拋入水裡，右臂揮動的姿勢就像一條魚優美的跳入水中，啊，順風想，醫生此時正專注在垂釣上呢。可是，他仍得找機會問問醫生他的問題。

醫生注視著釣線所在的海域，順風悄悄的，沒有聲息的將身子挪近醫生，他略彎著背想在醫生耳邊說話，好讓他容易聽見，醫生此時轉過頭來，說：「順風，我昨天去市場想買一件衣服。」薄稀的陽光從帽簷投射下來，擋去醫生眼裡的神色。

「什麼樣的衣服？」

「那個市場很擠，我不知道市場裡有那麼多人。」

「因為你平常都在診所，生活也有人照顧，不需要自己去市場啊！」

他聽得到醫生的呼吸，比海上輕拂的風息還明顯，醫生說：「那真是個熱鬧的地方。」

「你買到了嗎？」

「沒有。」

「是什麼款式？很特別的嗎？在我們這個海村，是沒有市場的，婦人買衣服都去鎮上，或遠一點的市內。也許你應該去市內買，那裡店多，男裝女裝，款式多，比較好選。」

「那裡人真多呀！」

醫生再次強調人多，順風便覺得醫生真是可憐的診所裡的讀書人，整天都在診所裡為病人檢查耳朵、探看喉嚨、將聽診器貼著病人胸膛，哪裡感受到人多的熱鬧了？那麼，跟他那坐在門前看著庭院裡租船人來來往往的妹妹有何不同？跟他這個每天載客人出海，只和少數村人接觸的漁夫有什麼不同？醫生看病，他駕船、捕魚，妹妹呢？妹妹什麼也不能做，妹妹只是看著前面，沒有焦點，對任何聲響沒有回應。但妹妹最近不一樣了，她自己竟從椅子站起來，自己去廁所了。

他想問醫生的就是這件事。幾年前，醫生剛成為他的垂釣客人時，他曾問他關於妹妹的病，醫生說他是內科，並不懂精神科，醫生說，妹妹的情況，應該讓她繼續在療養院接受專門治療，醫生認為不應該把妹妹留在家裡，那可能造成她自己或別人的危險。醫生給的答案不如人意，他們沒再提起妹妹的病。醫生來垂釣時，回程有時看到妹妹已坐在庭前，他會上前去看看，但通常沒說什麼就開車走了。

一直毫無起色的妹妹是庭前牆角一朵安靜的花，是浪花之外，他心裡攀爬的藤蔓，是家鄉的塵土，他所經之處，必然觸及，無法離開。他和妻子、父母輪番看著她，不讓她獨自走離家裡的庭院，以免發生其他不必要的意外。她是他在筏上望著海面尋找的答案之一。

他要尋找的答案何止一個，有時心裡像幾團線糾結，在那樣的狀況下，他便不必有答案，日出日落，在海流的旋轉處，一天終會過去。

「你覺得你看過最多人的是什麼情況呢？」醫生抖抖他的釣竿，問他。

「孩子學校的運動場，有一次運動會我去了，那個中學人真多。」

「那個不算。」

「那麼就是魚市了。我年輕的時候，船一到漁港，就看到魚市人來人往很熱鬧，那種熱鬧好像有點興奮，有點希望，大概是因為吃和金錢買賣的關係吧。」

「那菜市場也是吃和金錢買賣的關係了？」

「也許你應該去大城市裡的百貨公司找你要的東西和衣服。像你這樣的讀書人和有錢的人，應該去那種地方。」

醫生縮回釣線，釣鉤上已沒有蝦肉，醫生咒罵了一聲：「給魚吃掉了，竟然沒上鉤。」

「也可能是剛才沒勾好，鬆了。」

醫生重新掛上蝦肉，他拉拉蝦肉，專注地檢查蝦肉牢不牢。順風想，如果是他，他不要垂釣，這些鎮上城裡來的斯文釣客以斯文的方式對待海洋，他不屬於他們，他一向以漁網撒向海洋，可以撈上一整群的魚，只有一整群的魚才是生活的希望。每次他把漁網撒向海裡，筏往前駛，筏尾翻滾的浪花下，群游的魚類也隨著水流浮蕩，起網時，那些落在網裡的魚，有的魚腮、魚鰭卡在網線上，魚的抖跳把網子撐得四散亂舞，整個漁網鱗光閃閃，一片銀亮，他喜歡那種感覺，當很久的漁夫，彷彿就為了漁網抖跳亂舞的這一刻，可以消抵所有陽光的炙熱和手上被魚鰭劃傷的刺痛。

但這位醫生不知道魚隻掛滿漁網的那種樂趣，他這一條一條釣起來，不過是斯文人殺時間的方式。斯文人的方式幫助他賺錢，所以他並不排斥，他只要在風浪還算平靜的日子開著筏出海就可以了，不必出很大的力氣拉漁網。

醫生往太陽露臉的方向甩出魚竿，一邊喃喃說著：「我不喜歡人多的地方。」

陽光已經穿出清晨的薄霧，把天空照得透亮，釣線閃出一條銀亮的弧線，向水中沉去。醫生望著海上的晨光，皺起眉頭，凝視水波。他問醫生餓不餓，要不要吃點魚乾。醫生沒有回答。

這時候，村子都應醒了，上學上班的都用過早餐或用著早餐，在唯一的廟口站牌處等客運車上班或上學。有的人開車，引擎聲會滑過村子安靜的空氣，向村外道路駛去。醫生的魚簍裡只有兩條魚，在引擎聲逐漸消失後，或許魚簍裡的魚會多幾條。順風這麼希望著，注意海上的浮標，沒什麼動靜。他向前方看著水波晃漾的地方，跟醫生建議：「我開到那邊去，也許可以釣到黑鯛。」

醫生不置可否，望著浮標。順風慢慢啟動漁筏，那浮標在水上隨著漂動。筏滑行得離水岸更遠了，水面上只有陽光閃爍著，醫生若要趕上開診時間的話，半小時內就該回航了。他的腳底有點冷，襪子穿得不夠厚，醫生注視著魚竿頂尖連接釣線的尖端，眼神沒有轉動，身子也沒動，醫生一定穿夠了襪子，不覺腳冷。順風把魚乾遞給醫生，讓醫生可以暖暖身子，但醫生沒有動，仍舊注視著竿頂。沿著竿頂往上望是那枚東升的太陽在層雲間透出紫裡帶紅的光亮。明天，或許會是下雨天，也可能傍晚就下雨了，以他多年漁夫的經驗，那雲層的警示不會錯的，幸好醫生選了這天來釣魚，明天來的話，天氣就不好了。

他吃掉一條小鯛魚乾，嘴裡留著又腥又香的乾魚味，他往旁邊拿水壺，想喝兩口水，才轉身拿水壺，筏身激烈震盪，筏側水面激起一大片水花，醫生，醫生的魚竿浮在不遠的水面，醫生落水了。順風脫掉帽子和夾克，火速撲向海裡，心裡閃過一個念頭——從來沒問過醫生會不會游泳。如果他會游泳，他會自己游浮上來，如果他不會游泳，在他隨著水流捲入漩渦之前，就會被水嗆溺。但是，醫生是怎麼落水的呢？在他轉身那刻，是醫生自己跳下去還是不小心掉下去？醫生坐在筏上根本沒動，他轉身時感受到的那一陣筏身搖晃，是醫生站起來嗎？順風撲向海裡時，這些問題像水草般同時糾纏他。

他在水裡睜開眼睛左看右看，尋找醫生，水浸入他眼裡，刺痛眼膜，但他習慣在水裡睜著眼睛找目標。曾經在水裡瞥見一條珍貴的土龍，追逐牠到淺灘，在牠鑽入洞穴之前徒手捉住牠，這條被世人視為壯筋骨補氣血的海中珍品，身體滑溜，別的漁夫都要用土龍叉，他那次偶然的遇見，徒手就捉住了，他是一名可以在臨時狀況發揮水中能力的漁夫，也是一名手力過人的漁夫；他也曾在水中找人，在他的漁夫生涯裡，這條孕育著魚類的河流，每幾年，就會有村裡的孩子、外鄉來的遊客掉入水裡，他和其他漁夫一起下水尋找落水的人，他們在水流中四散游開，往水流的方向找人，不一定都能找到，找到的，也只是一具冷涼的身體。但他要找到醫生，醫生剛落水，必在離他不遠的地方。哦，他在前方，他被水帶到前方。順風奮力游向那方向，他以為他的手搆得到醫生的腳，他從少年時代起，就是海的孩子，他的手捉過最難纏的滑溜土龍，他拼命游著，他要向海證明，他不僅是一名漁夫。

他向海伸長手臂，做他這一生，最長的一次閉氣。

——原載二〇一二年八月九日～十日《聯合報》副刊

本文收錄於二〇一二年九月出版《海邊》（九歌）

放鴿子

——童偉格

楊雅棠／攝

一九七七年生，新北市人。台大外文系畢業，台北藝術大學戲劇碩士。著有長篇小說《西北雨》、《無傷時代》，短篇小說集《王考》，舞台劇本《小事》。

賽鴿規則是這樣的，放鴿船在每趟出海前，向全島賽鴿戶集鴿，分家屋囚禁，一屋屋吊上船，分列船兩側。第一趟出海一百五十公里，下錨，在日頭初出海面時全體家屋開敞，放鴿。能順利歸返陸地的，第二趟再集鴿，再乘船，再向海多深溯三十公里後放鴿。如此，六趟下來，能上船的鴿子愈來愈少，而能從那離陸三百公里處順利歸返的鴿子，一萬多羽中，往往僅存一兩羽。這一兩羽萬中之選的鴿子，珍貴的勝利者，是被特別珍視的，牠們有了被命名的資格，配種選擇權，牠們的側影與瞳眼，將被鐫刻在獎牌和錶面上，由人類紀念牠們的傑出勝果。牠們單單一羽的身價，依我換算，值十座我村莊。春季賽、夏季賽、秋季賽和冬季賽，船每季出海六次，那成了如今，我僅剩的季節概念。我成了放鴿子的人，值一小絲鴿毛。在我這沒什麼大事可說的人生裡，我時常想起我阿婆，她是我祖父的大哥的太太。我沒見過我祖父，和我祖父的任何哥哥，我只見過她。我和她不太熟，這是因為那時我年紀還小，而她已經很老了，基本上不太動，也不太說話了。我猜想，她也不太認得我，起碼，我懷疑她是否能分別我和其他孩子，例如我和阿呆。

我的小學同學阿呆，聞起來像廚餘，當他有空來上課時，整間教室總是一下子就瀰漫他的氣味，這讓老師精神緊張，所以我特別鍾愛他。村莊盡頭，上山路轉角處，有排豬寮貼在長滿酢漿草的斷崖上，潦潦倒倒，好像隨時就要跌進溪溝裡，但其實，它就以那種颱風過後，也不需要特別去整修的姿勢，堅強挺過我記憶中的每場暴雨。踩著酢漿草前行，左望這排豬寮，看見大豬小豬一間間，各自低頭頂食槽，或翻躺地面，半張著智慧眼眸，遠望前方無敵山景，那輕鬆自適的模樣，總令我好生羨慕。豬寮最末一間，就是阿呆，和阿呆母親家。大半年下來，阿呆家門楣上貼的春聯，當然已經褪落了，上頭寫的聯句，也已被時間沒收了，不過，我每次走來，還是習慣歪一下頭。自從年初，我巡訪路過，發現阿呆家的春聯，很幽默，整個連橫批都是字倒立著貼時，這裡，就成了我最常來的地方。其實，更早以前，在我進了學校，發現阿呆把上學當度假，卻也沒人會為難他的時候，我就決定，阿呆實在太適合跟我一同浪跡，當我隨扈了。

我就這樣磨了阿呆大半年，幫他拌全村菜渣，不斷勸說他，放下葫蘆瓢，放下工作，放頭豬出來我們一起遛遛吧，你看生命多好啊。直到冬天又快來的時候，阿呆才說好吧，他自備了狗鍊，從豬寮裡拴了頭胖大的黑毛豬出來。不只，他還自備了遛豬路：在他家後方，有一條隱密小路，穿進竹林裡，阿呆說，那會下到溪溝底。我真覺得我眼光不錯，阿呆實在太稱職了，我就說好，那我們上路吧。我們由豬拖著，在涼爽乾燥，蚊蠅盡去的竹林裡歡快遊賞，看豬去拱土，或尾巴一翹，啪啦啪啦沿路放屎彈。我不記得我們走了多久，才下到河灘，看見一彎枯水，在夢境般的岩石陣中分岔蛇行，事過有時，我將這段漫遊想得太長太久了，彷彿在豬被宰了吃了，阿呆也被世界給沒收了，河床和山谷都崩山走位了以後，我們仍然一路下行逃竄，直到如今海面上。

沒有很從前，我還是個小屁孩，三天兩頭總要惹點事，勞煩芳鄰到家裡來告狀，主要因為，有些下午實在太過百無聊賴，超出了我能忍耐的程度。當我走在村裡，那條沉睡無事的路上時，總覺得空氣好像帶磁，顛得我頭疼，搔得我皮癢，使我總想出聲出手回應點什麼，讓日子，還是自己好過些。那時的小屁孩我，不太知道大家童年都怎麼過的，也不像多年後，假設其實可能也沒有人，是自然就能適應某地的某種生活的，即便是在自己故鄉裡。所以，某些時刻，這個自覺好難受好孤寂到無以排遣的廢材小屁孩，也就是我本人，會去搞些事，說來，大概也是一種像在密室裡，吶喊求生的積極表現。雖然結果，總和拿自己頭去撞牆差不多。

惹了事，造成人家困擾，自然是要受懲罰的。這叫活該討打，逃避不得，也沒什麼好抱怨的。不過，因為懲罰不由分說總是一樣的，一回驚，兩回痛，三回脫衫和它拼，也就說不上害怕了。說不上害怕，惹事竟就有了雙倍的歡樂，使我對這整個過程，或只是對那又將臨身的懲罰，油然升起期待之情，像有癮似的。這個，就叫皮太厚，或個性賤了。比如這個正午，我好不容易撐著活著放學回來，吃過我母親留在電鍋裡的熱飯菜，灌飽涼開水，把腿架在茶几上，手抱肚子，舒舒坦坦睡了個午覺醒來後，轉頭看地上，光線還亮豔豔的，牆上，時鐘還慢吞吞的，我的心裡，就不知為何難受極了。我就像蒼蠅一樣搓搓手，搓搓腳，想著，該來沾點什麼，讓事情發生了。

走進屋外的光，放眼看見竹林，茶園，梯田，果樹叢，從山頭盤旋而下，直到遠方看不見的溪溝裡。在這面山谷，一條小路從我所站的庭埕前通過，有時隱入綠蔭，有時鑽出，連繫了見或不見的二十幾處房舍，這就是我村莊。蟬鳴音量大得天地間好像沒有其他聲響了，卻很奇怪，並不吵人。我聽一小段，幾乎就能理清這些群群落落，剛從土裡爬上來抱樹的生物，各自的親疏關係。像聽見風穿林而過的具體形狀，聽見枝葉搖擺間，有時害害羞羞，悄悄讓渡的小小寂靜。遠的，近的，大的那麼大，小的那麼小，這清晰鮮活的世界，總令我精神稍稍振奮起來。我於是，抽出我藏在樹叢裡的木棍，沿這唯一一條小路走，邊走邊打響沉睡地面，和周遭景物。我想順道去敲打這二十幾戶家屋，把它們的土磚牆擊得膨膨冒煙。起來，起來，我想把還在屋裡昏睡的老人小孩，全都叫起來，讓他們和我一同參與這場親疏遠近大遊行，和我一起去繁殖。

我認真說，對這一遍遍被陽光和雨水刷洗的谷地，我有種難以言喻的愛，起碼，在抱著那棵蓮霧樹搖啊搖時，我是這麼感覺的。看哪，看蜂群在花叢間飛舞，看浮雲輪廓拓在地面，偶爾給牠們飄來一個浮島般的夜，看那浮島般的夜，被牠們那無法轉動，也無法聚焦的琉璃複眼，給祕密換算成光影流，帶領牠們飛行和急停。這實在動人，這從至上到極下，冷冷暖暖的氣流，好像均有各自航向，在這谷地所盛裝的一碗虛空裡，織造出一縷縷繁複又牽連，可是誰也看不見的共感網絡。那使我相信，此處野地每冒一叢花，山頭外另處野地也就收訊了，也就了解了，也就在下一陣寂靜風裡晃呀晃，拔地生出花姊妹。說真的我不明白，這些也不移動，也不說話的果樹，怎麼就這麼靈，一株默默結果了，三天兩日內，生命就像氣流，在航道上遍散開來，什麼也擋不住。那就像是，在我視線所及的極下地表再下去，還有神祕的風，在地底奔流與傳信。那也像是將來無數可能的季節，都預先礦藏在地底了，如今，它才像蟬一樣，絲絲線線抽繹進虛空，在枝椏間旋扭出時間的證明。所以是這樣，當我看見路邊，這棵離我最近的蓮霧樹，帶頭結滿旖旎一路而去的小小鈴鐺時，我就想著，暑假終於就要出土了。我真覺得這樹怎麼愈看愈可愛，我就帶著我的木棍，下到路邊，情不自禁抱著樹，即興跳了支土風舞。

我想我是有些醉了，雖然我還從未喝過酒，但當滿天落下紅紅綠綠鈴鐺雨那刻，我猜想我是醉了沒錯。我被砸得哈哈笑，我摘光一圍籬的指甲花，搶先吸走花萼裡，蜂群隱藏的蜜，我撿蓮霧塞滿我短褲口袋，一邊裝紅的，一邊裝綠的，這樣，我就將寄居的野蟲與金龜分兩邊帶上，連同討債的蜂群在我頭上飛，跟我腳步走。我撐著我的木棍爬回路面，繼續在這同一條沉睡無事的道路上酣醉。我的腳步翩翩，視線飛舞，事實上，我的愛漲得我胸膛鼓鼓作疼，這使得光天化日下，我自行放棄了我那擊牆叫起大計畫。我深覺，我的愛應當要再溫柔些，再深入些，如今，我只想偷偷摸摸，一一翻到那二十幾戶家屋的後院，從後門潛入，親吻每個昏睡的老婦人與小女孩，擁抱每個未醒的小男孩與老先生，把他們全都認作我同學。同學，暑假就要來了喔，我想用注音符號，在每個人的額頭上寫下這句留言，這樣就算有人自己沒看見，別人也會當面讀給他聽。

認真說，對谷地那難以言喻的愛，我是不分季節的。比如蓮霧尚未結果的這下午，相似情熱又再鼓譟我胸膛，使我帶著一身野花野草，真的翻過矮籬，翻進人家後院裡，去執行我的親愛計畫。著陸那刻我就笑倒了，因為水管在我腳下爆了，差點把我沖上天。那真像是從瀑布頂跳進河裡去，從我腳下濺起的水花，直達人家屋頂那麼高。我猜想，我踩爆的，是家屋的主水管，大動脈，我完全不懷疑此刻，那二十多條主水管所共用的水源地，山上那口湧水湖，正呼嚕嚕吐著漩渦。不過，在摸索著去闖水閘前，那遍灑柏油渣屋頂的虹霓，讓我看傻了。虹霓一顆顆小小巧巧，在黑漆斜坡上彈跳，蹦落，結合，又再分裂。我不懷疑，此刻，好多從湧水湖順勢奔下的新生命，都慷慨幻化在那七彩斜坡上了。如同在我自己家，當我母親扭開廚房水龍頭，看見一整群已孵化的黑頭蝌蚪，連同未孵化的透明卵蛋，嘩啦啦一體滑進水缸時，她就知道，是春天降落，盛滿谷地了。那實在是神的隊伍：看那一整群有的尚缺胳膊，有的未有四肢，有的根本還沒長眼的族裔，如此奮勇一搏，順著水管前仆後繼下到田野來，我認為，即便是村莊那每春一度隨媽祖婆遶境，那用七星劍和刺球砍打自己，總痛得我哇哇叫的悍猛護衛隊，也不能媲美牠們壯烈的決心。

這神的隊伍，啟動山谷盛水期，這被我母親用粿布細心濾起，野放進田渠溪溝裡的湧水湖移民，沒日沒夜，全都咯咯咯長大成蛙了。咯咯咯，牠們在月光下，在像漲潮一樣氾水的田野草澤間追逐求偶，豪放極了。隨追逐步伐，牠們各自以濕潤皮膚拖動一片水霧，像放風箏，將這整個山谷春夜，交纏得載浮載沉。咯咯咯，這二十幾戶人家，好像也隨牠們的追逐求偶各自漂開了，像小小人造衛星，在廣漠銀河裡，裝載各自小小心思與哀愁。直到春日將盡，這些瘋狂的雨蛙才總算喊啞了嗓門，耗盡了力氣，各自像年老的獅子，拖著一身皺皮囊，獨身潛向更深的草澤，一一先行離境。或者，還有那些戀棧著餘生，不願走離的，就在另一些細雨將臨的夜，在白蟻破土，長出翅膀，向光飛舞之際，就從石頭縫裡灰溜溜鑽出，各自有禮蹲好，抬起牠們真的老似神靈的塌臉，張嘴不動，靜靜等候，與共享一根電線杆的供養。

在每年第一場颱風裡，這些戀棧著石頭縫與電線杆的，最後一批看守雨水的神伍，就會像牠們來時那樣，全體整隊離境。在雨下得最猛烈，天像倒海那樣陣陣崩跌的時候，牠們就會撐開皮囊，像一頂傘，抓住暴風，隨氣旋盤桓群山，作最後巡禮。牠們逆時鐘一圈圈飛高，回去牠們所來自的湧水湖，和先行抵達的同伴再次歡聚。每年第一場颱風是不容商量的，它用暴虐盤旋，昭示神祐的空檔，和山谷枯水期的起始。它測試這二十幾處房舍的經年整備，它暫時將村莊勞動力，以家為單位，囚困在各自家屋裡，它讓我比較認識我父親。一大一小，我父親和我在自己家裡焦躁亂竄，父親無聊剝腳皮，我就無聊剝腳皮，父親終於有積蓄，要去尿尿了，我也跟上去尿尿。我們一起看天線歪掉的雜訊電視，靠著窗戶，擠看雞鴨魚鳥，無神無主飛過去。屋頂開始滲水了，我們都很興奮，搬傢俱，拿水桶，端鍋盆，四處奔走去接漏。當暴雨真的放肆，房子各個孔竅都倒灌進雨水時，我就靠在窗邊，看我父親母親，一前一後抬著什麼，從窗前飛過去。他們在屋外，用他們從垃圾場拖回珍藏的廣告帆布，一一蓋住這四面臨風破屋子的八扇窗。我跟著他們在屋裡跑，看他們一扇扇抹瞎房子的眼睛。我為他們開門，放他們半身濕淋淋，逃進我們這個如今一窗一世界，有如七彩燈籠的家屋。

七彩燈籠搖搖欲墜，像在隨風旋轉，搖著轉著，突然間，電就停了，那是我最開心的時候，特別是在那萬能電鍋，還來不及將生米煮成熟飯的時候。我母親沒法強迫我必要吃飯了，她會泡太白粉，煎麵糊，變出各種只有借助颱風之力才能變出的餐點。在全世界的海中央，在滴滴答答下著小雨，傢俱全都層疊架高，各自錯位的七彩家屋裡，在海中央的更中央，那世上最後一角乾燥地頭，我母親將最後一塊廣告帆布鋪散開來，我們就盤腿坐在上面，像坐在最近幾句值得張揚，馬上作廢的人類夢話裡，由我來指認與翻譯。我們就仰看我們的傢俱山，吃著我們的魔術餐點，像乘著小舟，在有著群島的，我們自己的領海上野餐。

這就是當看見那一顆顆虹霓，在人家屋頂彈起又蹦落時，我心滿意足想起的事。我還想起，當風雨平息，我們走出家屋，看見從山頭到溪溝，一切歪斜潦倒的線條，都曝晒在一個好新好新的晴天裡。我知道，這表示半年盛水期被結算了，多慾諸神被償補了。我也知道，這表示在接續著的人類生活裡，結算與補償也是永無止境的：必定還有第二次、第三次，或者將臨的更大天災。但我不怕，對我花費整個童年，終於這樣去適應的山谷生活，我有我廢材般的信心。我邊走，邊咬著冷麵糊，繼續在山谷裡漫遊與野餐。我重新走在一個看似全新的晴天裡，看田渠倖存的長臂蝦蟹，如今都終於無愧地游出來。我看見這二十幾戶房舍所蓄積的勞動力，如今終於又再一體湧出，去鋸除路倒的樹，去走巡田水，或如我母親那樣，將一屋子泡濕的床單被褥全都洗了，全在屋外張晾了。我母親將一整家屋的傢俱，全都拖到庭埕上，讓那些泡水的桌腳椅腳，被晒得又更蓬鬆開來，像年輪吃進時間，再也難以真的復原了。這也就是我們的復原方式，也就是當我看見從虹霓底，屋頂下，走出這個即將吃完時間的老人時，我想跟他說的話。

老人，這個我總喚作老姑丈的人，顯然是在午睡時，被我的意外爆管，給從床板上活活嚇起的，他一定以為是遭雷擊，或砲襲了。事實上，從他虛弱到不能再去田裡勞動後，他的人生，就像是一場漫長午睡了。他變得懼光，只在凌晨天將亮，或傍晚天快黑時，才會溫吞吞蹉出家門。如今，他提前醒來了，用他黝黑的手扶著家屋的牆走到我面前，用他夢遊者的眼神，想弄明白發生什麼事。我再讓我老姑丈欣賞那虹霓一會，我哈哈笑，去關掉水閘，走到他面前，踮腳尖，搭住他的肩，跟他說，同學，現在起家裡會停水一陣子喔，但是不要怕，水管修好就會復原了。我看進他那浮著白翳的雙眼裡，像看進他那長期被肥料農藥給泡浮了的五臟六腑裡。不要怕，沒事，像廖添丁對紅龜，我對我老姑丈說。其實，在我很賤的內心，我暗自慶幸我老姑丈還在夢遊，或慶幸著，我村莊是不作興打別人家小孩的。我要去找地方晾乾我自己了，我甩甩濕透的衣襬，告辭，我跟我老姑丈說。我轉頭四望，撿回我的木棍，像仗義俠客撿回他的劍。我再一翻身，出了後院，揚長而去，不帶走一片雲彩。

說真的，那一陣子，我覺得我滿適合當村長的，既然我對我村莊，有著這樣的愛與信心。當祖師爺遶過境，中元普渡也完畢了，山谷天氣轉涼之時，我村莊的老人小孩們，午睡時間才終於縮短了。此時，我的巡訪時間卻也變得繁忙了，因為天暗得快，可是我有好多人要親吻，要擁抱，要仗義告辭。我繼續用我的木棍打響地面，沿途散播兩口袋從晒穀場偷來的熟稻。我參與每場跳房子，在每場扮家家酒裡，扮演死掉離開，讓大家懷念的那個人，使每場捉迷藏，持續搜尋失蹤人口一整個下午無法結束。我沿這唯一一條路，走到村莊盡頭，去找我那在每場遊戲中缺席的阿呆同學，我心目中，最理想中的隨扈。所以是這樣，在冬天即將開始時，在一條祕道上，我和我同學阿呆，就成了這麼一頭胖大黑毛豬的侍從。這黑毛豬拖著我們，下到河灘。我看見阿呆從後腰，掏出自備的鬃刷，牽著豬就往河裡走，我好驚訝，我回望那條隱沒在屎彈堆的來時路，看看廚餘阿呆，我說，同學，你現在是要幫牠洗澡的意思嗎？就是沒錯，你過來幫我牽好牠，阿呆說。唉好吧，我只好就拋了木棍，牽了狗鍊，蹲在一塊大石頭上，看我同學下水，服侍一頭豬沐浴。這真像在岸上垂釣著什麼，我的意思是，就像有人花了很長時間，在釣竿邊等候，直到釣竿被觸動了，他拉拔起，才能知道觸動釣竿的原來是什麼一樣。當那天，我拉拔起那不知為何看來好悲傷的一人一豬時，我猜想，我垂釣起的，是一種我生來就缺乏的感受。

在那些四季經年的歡樂之旅裡，我總掐準時間，在天黑之前回家。差不多就在我剛把木棍藏妥，剛乖乖坐好，我父親母親就也從山上下來了。我母親脫下頭巾斗笠，擦把臉，準備做飯，我父親去屋後洗手腳，順便磨鋤刀。我還是乖乖坐著，一動不動。這是一種私人嗜好，像夜哨兵在安靜平原上，傾聽任何不尋常的聲響，我也在專注等候有人走過我家庭埕，直接轉去屋後，找我父親談話。然後，來了，我聽見屋後水龍頭關上了，我父親說話音量大了，在甩手，在抽他的藤條了。我看見我父親虎虎從屋後，直接穿屋走來我靜坐等候的客廳，對著我吼，說小廢材，其實父親是連名帶姓喊我的，但語調差不多是這意思。小廢材，你有沒有去搖人家蓮霧，或你有沒有去踩人家水管，或其他我忘記我幹過的事了。有，我馬上承認，順勢就離開椅子，給父親跪下了。來吧，這是我內心獨白。父親從來不問原因的，我猜想，這會令他尷尬，因他家祖宗八代，都沒這習慣。而這，我是可以體諒的，因為如果他問了，我說真的，我這人也是會害羞的。

所以當我答完有之後，父親立刻揮動他的藤條，打得我原地團團轉，哇哇叫，跟上次一樣，直說我以後不敢了。這時，這位勞煩您了走一趟來告狀的芳鄰，看著罵著覺得教訓得差不多了，就來勸解我父親。但當然，這樣是還不夠的，父親繼續打。這時，我母親把同一鍋湯從廚房端出又端回，端回又端出，覺得真可以了，就走來，輕聲問芳鄰，要不要一起吃飯，嘿該吃飯囉。但當然，這樣也是還不夠的，父親再繼續打。這時，在我這沒什麼大事可說的人生裡，我好不容易要講到最開始我想講的事了。事實上，在那整個原地亂轉躲藤條，半真半假的哀嚎中，在整個沉睡無事的山谷，在我眼中，好像都隨我挨打而正輕輕盪起塵埃的過程裡，我最衷心期待，且從不令我失望的是，隔著庭埕和一棵大榕樹，住在我家對面，那總深居簡出，鎮日癱在一張藤椅上的我阿婆，此時，總會像過電了一樣。她會從一個他人無法與聞的世界中醒來，會一手拄著拐杖，一手提著垮褲管，用不可思議的快步，簡直就像穿著溜冰鞋一樣，從漫漫煙塵中俯衝過來，拉住我父親，解救我，順便叨念了我父親一頓。雖然，她可能也不認得我父親是誰。

然後我阿婆，就由我父親邊道歉，邊扶著，慢慢再走回去，回到她那長期以來，作為全村最老的人，孤獨無語的守寡生涯裡去了。我假意擦著眼淚，目送這個總令我打心底歡快的魔術時刻。是這樣的，在我那不太知道大家童年都怎麼過的孩提時代裡，我真以為每個孩子，包括我阿呆同學，都自然像我一樣，被什麼網絡，給配給了，或共享了這樣一位分不清我們誰是誰的阿婆。當我們吃痛，她就受召喚而來，用我們平日看不見的活力姿態出現，而也只有這樣的我們，能召喚出那樣的她。這是我記憶最深，最想念的一個村莊場景了，雖然多年後想來，這純粹是誤會了。多年後我在想，有人可以死後復活，用活人話語，報導死亡是怎麼回事，那不知道有沒有人可以老後復年輕，用年輕人話語，說明年老是什麼。我在想，其實所有人類話語，都是年輕人創作的，這大概是為什麼，再善於表達的人一置身在年老之中，都還是會深覺，那經歷實在難以言傳，因為一切話語皆幼稚了。所以是這樣的，從我阿婆眼裡所看出去的世界，極可能是一個我並不存在的過往世界，一個無論多年後的我如何形容，都不能免於幼稚了，而一直以來，我卻是受它保護的世界。

我受一些陌生而年老的事景豢養成人，這是村莊全毀後，我才發覺的。多年後想來，當時，我和我父親確實並不彼此熟識。當他穿過庭埕，再走回來，我們就開飯。一吃飽，我就睏了，但十分無奈，我得在客廳裡架開我的摺疊書桌，開始寫我那層出不窮的新作業，對我而言，這其實才是最無望的一種懲罰。我對著洞開大門瞧，夜色裡，紛紛蟲鳴一直讓我分心，我老想把課本倒放，再研究一下，是否真像阿呆母親以為的那樣，字倒著看是比較合理的，它們會像一叢叢向天招展的花。父親過來敲我頭，說再皮，書就別念了，明天就帶我一起去做山。我認為，這實在是變相鼓勵了。可能，當我們各自從同一方向，再看向屋外夜色，當我們各自想像那父親以為是勞苦，而我以為是遊樂的世間之途時，我們都漏看了這樣一則，像是什麼萬能神靈，題在我們額頭上的簡單事實：眼前一切，正在崩解。

從眼前這同一立足點，我父親看向過去，他祖宗八代盡皆早夭的勞動之路，能從那條路生還進年老裡的，只剩這位痴傻老伯母，我阿婆。老伯母的內在宇宙已在進入老年時傷停了，剛剛叨念我父親，總一如從前從前，她叨念幼弟我祖父一樣，連詞句都一無變動。我看向一個純粹就像夜色那樣，愈來愈闃暗的陌生將來，誤會了出亡星光，是為我一人而設的永恆歡樂。我在想，可能，讓我與我父親終於失去聯繫的，並非生命的終結，其實更早，是在這同一立足點，隨眼前一切崩解後，我父親與我，就不能再為彼此指認與翻譯出，關於這世界的任何什麼了。這崩解速度極快又極慢，它在山谷網絡各處同步發生，持續經年，將早夭八代人在某地的某種生活聚攏成一日，爆破一個廢材小屁孩的餘生。那使他有愧於一種快速的遺忘，似乎是因為真的沒有任何東西，是可以由人漫漫長長去想念的，所以他的族裔，才會在這片舊址上，死去活來好幾代，卻只養成了一個只能使用幼稚話語的孩子。那也使他驚訝於一種漫長的輕忽，因為他從來不能想像，一種能挺過各種天災的生活，是可能無需任何天災橫擊，就會自己默默結束掉的。

當長臂蝦蟹從田渠消失，蜂群迷航，幼蟬與白蟻都不再破土後，神的雨蛙隊伍也就不再整隊，永久擱延了牠們奮勇的下行之旅。當田地廢耕，果樹枯朽，竹林茶園隱沒在荒草叢中，山谷中的這二十幾處家屋，就不再能護持任何神靈遶境了。諸神也就從善如流，從此不再經過這處廢棄地。那從極上到至下，紛紛塌陷與擠壓的壞毀，將我村莊濃縮成無神無主的垃圾場，然而，我村莊在這座小島上，也只是用一種最典型的壞毀方式，被拒絕在歷史，或任何書面的紀錄之外罷了。這是因為，在這座自身也在塌陷與擠壓的小島上，已經沒有什麼仍承續自過往的生活，是不需要仍這樣生活著的人，一邊生活，一邊同時知道，該怎麼向人展示這種生活。這是因為，所有那些仍承續過往的，都必須搭上人造衛星，才能在一個新的時間維度裡繼續承續，比如有一天，我驚覺小島蓮霧樹集體移動了，搬到冬天去結果了，那使我明白，某人的村莊已征服了時間，艱苦存活了下來。

所以，作為敗倒者的後裔，在一個錯亂的季節裡，當我村莊的一切過往均告辭了我，我再無人可以擁抱與親吻時，我就最末一次敲響這沉睡無事的唯一一條報訊路，穿過這從溪溝延伸到山頭，夢境般的枯石陣，走上我這無人接信的離家路。走過這仍堅強融入荒蕪裡的無人無豬寮時，我想起我廚餘同學阿呆，如今我們命運並無不同，任何人都不能分別他和我了。我獨自延續我們那日未竟的浪跡，順著河走，走到小島的海岸。定居在河的出海口有點好處，就是關於長期的結算與償補，一個人能看得比較清楚些。在每場颱風過後，我走到出海口，去沙灘上清點小島的遺物。我猜想，有更多遺物被沖過淺灘，沖進海的深處了，然而，在那樣的海面上，卻是什麼也沒有的。特別是在陽光與海對映的晴天裡，四周一片白茫，真正的荒蕪。每季第一趟放鴿，當我與大家一同打開家屋柵門，看一萬多羽鴿子紛紛湧進那片荒蕪時，那荒蕪就讓我感覺又更巨大了些。那些鴿群，在離開家屋後，會先繞著船盤桓，一圈圈整隊，加大周徑，而後集體神隱，那多麼像是一道無力撼動什麼的龍捲風。

我在想，那一兩羽勝利者之外的一萬多羽，不知都飛到哪裡去了。我是在船歸返時，坐在甲板上這麼想的，其實，我從來不知道，飛行是有重量的，當鴿群全數飛出，家屋全空之時，船明顯不那麼壓得住浪了，那片荒蕪的海與天，隨船頭上下搖擺，或者，像船在對著一片荒蕪，不斷點頭同意。我就再一次回想這個無人與聞的故事，我想起那個被豬遛的冷天下午，我垂釣起不知為何好悲傷的豬和廚餘阿呆時，我問他，同學，你怎麼會有狗鍊。阿呆跟我說了一個故事，他說就在這面斷崖上，他和他母親原來也養一隻蛋雞，也養一頭狗的。他說這狗後來養成了一個習慣，就是吃新鮮雞蛋，所以每天清早，狗就蹲在雞窩邊巴望著，等雞一下蛋，蛋殼都還沒硬，牠就叼去享用了。所以後來他母親就找了條狗鍊，晚上睡覺前就把狗綁在斷崖邊，早上撿完蛋再放開牠。他說有一次晚上颳颱風，他母親和他忙著進豬寮顧豬，忘了理還綁著的牠，結果雞窩被風吹下斷崖了，結果這狗，大概是立刻就跟著跳下去追了。至今他也搞不清楚，那該叫上吊，還是墜崖。

阿呆說他最討厭養豬了，豬肥了都是難逃要被車載走，殺來吃的。他說他以後要養壽命很長的動物，要養壽命比所有人都長，而且沒有人會吃的動物，不，要養一種不會死，而且除了他以外，沒有人知道的動物。那時，我只是想像著，那該是一種什麼樣的動物？如今，我比較明白了，如果真有那樣的動物，那麼，豢養關係該是相反的，比較合理的總是，被豢養的，向那他人無法與聞的，獻上自己的生命。這麼一想，我就又衷心歡快了。我就在輕盈的重量裡，用我幼稚話語，把只有我能記憶的，鐫刻在我這一小絲鴿毛的心裡，在每趟自荒蕪的歸返中私自複習，直到我這被豢養的廢材，已不會令什麼與什麼失聯的終結到來。我希望那不會太久。

——原載二〇一二年八月《短篇小說》雜誌第二期

小鎮生活指南（選摘）

——陳雨航

陳沛元／攝

高雄美濃人，一九四九年生於花蓮。師大歷史系、文化藝術研究所畢業。曾任報紙副刊、雜誌、出版編輯多年。

七〇年代從事小說寫作，著有短篇小說集《策馬入林》（一九七六年）和《天下第一捕快》（一九八〇年）。〈去白雞彼日〉、〈黃昏出擊〉、〈最後一場演出〉三篇小說曾入選年度小說選。二〇一二年獲國家文化藝術基金會長篇小說專案創作補助，出版《小鎮生活指南》。

星空下的機堡

晚上七點剛過，李永明騎著自行車在港鎮南邊的柏油道路上前行。相隔甚遠才有一盞的路燈能照明的範圍有限，所幸路旁一些小店和住戶的房子裡流洩出來的燈光，使道路不至於那麼黑暗。

二十六英寸的自行車對一百七十八公分高的永明來說矮了些，兩年前因為弟弟妹妹們的需要而增購自行車時，他曾希望能買二十八英寸的，但被爸爸否決了，原因是二十六英寸的方便大家使用。既然不能如願，他就把坐墊拔高一截，騎起來顯得挺拔神氣。

燈光漸稀，柏油路即將變窄之處有家發出昏黃光暈的小雜貨店，旁邊是一條小路，那是往向海平家的通道，永明一個左轉彎了進去。

這就和剛才的路況不一樣了，是兩旁長了雜草的泥土路，中間雖然行人和腳踏車輾出較平的路面，但不時還有突出的石頭，騎起來不免顛簸。加上沒有路燈照明，銀合歡樹林又遮蔽了一整邊的地，道路很暗。永明這輛車原先有磨電石燈的照明設備，裝在坐墊下，使用時把轉軸按下，讓後輪胎帶動轉軸發電，電線接到龍頭前的燈，就方便照路了。永明以前用過幾次，嫌它踩踏起來吃力，能不用就不用，另外就是他較少夜晚外出，外出也是往鎮街中心去，完全不必使用車燈。東西不用就廢，永明發覺磨電石燈不靈的時候，乾脆將之拆卸了。

黑暗使得永明下了自行車，牽著車趁小路上空微弱的天光慢慢前行。還好向海平的家不算遠，大約進去一百多公尺，四野轉為開闊，小路左邊一塊小空場那兒，海平奇特的家就襯在夜空下。如果是白天，你會看到這是一座拱形的水泥機堡改造成的住家，但現在則沒那麼顯眼。

永明遠遠看見木門上面的兩塊小玻璃窗透出微弱的燈光，那是海平家的正面。永明推車才走入空場，冷不防一隻毛色全黑的土狗邊吠叫邊衝了過來。

「小黑，別叫。」永明喊了聲，一面把自行車橫在他和狗之間。永明不太確認小黑是不是還認得他，牠不再吠了，但仍警戒般低吼著。他站在空場叫了聲「海平」，沒有動靜，又喊了一次，沒有回應，永明想繞到後面去，海平的房間在最後面，可以隔窗喊他。

才走開幾步，聽到門拉開的聲音，永明回頭，拉開一尺的門後站著一個穿著泛黃白汗衫和軍用內褲的人，從輪廓看，是海平的父親。

「向伯伯好，我找海平。」

「小黑。」向士官長嘴裡嘖嘖咋咋幾聲，狗離開了，他沒再說話，把門多拉開一些，把永明讓了進去。這是廚房兼擺飯桌還兼放一張行軍床的簡陋居間，永明搓搓手站在屋裡，望著向士官長，似乎是疲倦的面容牽動了一下，下巴往後頭微微示意，旋即走回牆邊的床鋪坐下。永明不知道向伯伯的表情是微笑呢還是皺眉頭，過去看到他都是露出雪白的牙齒的笑容啊，向伯伯怎麼了？

海平房間比較亮，那是一盞從天花板垂掛下來的六十燭光燈泡，上面一片破了洞的搪瓷盤子權充燈罩所帶來的效果。倚坐在床頭看書的海平看到推門進來的是永明有些意外。

「我以為是洪達光，難得啊，晚上怎麼出得來？」

「我父親出差去了。」永明微笑說：「這麼用功？」

「用功個頭，我看這個啦。」海平把封面轉向永明，是《麥帥回憶錄》。

「好像幾年前《中央日報》曾經連載。」

「暑假有一天跟爸爸去了他們單位，樊副隊長要調職離開了，正在打包，看到我很有興趣的樣子，便把幾本書都給了我。喏，就是放我哥床上那幾本。」

永明走過去坐在床上，翻了翻，《鵬摶萬里》、《最長的一日》、《山本五十六》，還有《第三帝國興亡史》第一冊，大概是經許多人看過，書頁邊都翻捲了，還有兩本連封面和扉頁都無影無蹤，露出了上下兩個生了鏽的書釘。

「都看過了？」永明問。

「嗯，《麥帥回憶錄》連載時斷斷續續看了一些，沒看全，現在從頭看。」

「有他在參眾兩院聯席會議上的演講文嗎？我們高一的英語課本有一課就是這個，好長啊。」

「我還沒看到。老師說那篇演講文是摘錄的，那個書呆子老沈居然把它背了下來，我可沒辦法。」

「我要是像他那麼用功就不必擔心聯考了。」

海平沒接腔，兩個人沉默了一會。

海平突然放下書站起來：「難得你晚上來，我帶你去上面看看。」

「上面？」

「對，我們到屋頂上去。」海平用食指往上比了比。

永明聽海平提過他家屋頂的夜空是唯一的、無可比擬的美景，可惜他來過的幾次都在白天，沒能親身印證。

海平帶永明到房子外面，繞到機堡的裡側，架上木梯，爬上去。

「小心。」海平從木梯攀到弧形屋頂，回頭照應永明。屋頂的弧度不大，滿是爬牆虎，在中心線行動，倒還可以。永明留意腳下，一站定，不禁呆了。

南邊和西邊，也就是剛才進來的方向，銀合歡林、蔗田等如海的植物現在是有如看不清的暗黑波濤，只有不遠處伸展而上的竹林微微搖曳，這屋頂就像是海裡的一葉扁舟了。東邊和北邊是廢棄的機場，大片的空地只有稀疏矮小的雜樹使視線更加遼闊，四野籠罩在黑暗裡，只有空地過去的眷村有些燈光，東方的遠處，便是大海了，永明細細的傾聽，卻聽不到潮聲。再來就是北邊遠方天空一圈的微光，那應該是港鎮中心一帶。

「真棒。」永明讚嘆的說。

「最精彩的是天空，你看滿天的星星，今晚還有一些雲，晴朗無雲的晚上，真正是滿天的星光燦爛呢。」海平說：「以前，夏天的晚上，我常常和我哥上來，躺在這裡看天上的星星，看著看著，你會有一種感覺，不是向上，而是向下，好像你要墜落到無盡的星湖裡面。今晚星星不算多，要不要試試？」

永明順著中軸線躺下，看著眼前的星空，飄動的雲，感覺難得的舒暢。

港鎮要看星空其實不難，在海邊，在空地，在路上，甚至於在自家的院子，晴朗天氣的晚間，只要你抬頭，只要你有心情，你都看得到。但海平說過「在我們家看到的不一樣」，那是永明因為打球和海平走近的那個夏天，海平邀永明晚上去他家時說的。永明因為晚上出不來而作罷，後來也就淡忘了，其中或者有星空處處可見的因素。現在永明知道了，在這機堡上的星空，視野和氣勢，是多麼的非比尋常。

「別睡著了，滾下去就不好玩了。」

「真的？你滾下去過？」

「差一點，」海平笑著說：「抓住爬牆虎的藤蔓就沒事了。」

海平從上衣口袋掏出兩根零散的香菸，含上一根，另一根遞給永明，永明平常並不抽菸，此情此景，理當有繚繞的氣氛，他坐起來讓海平為他點菸。

抽菸的時候，沉默是自然的，但或許是安靜柔軟的空間，使得平常不願觸及的前程問題也湧上心頭。如果你的成績夠好，也許不會忌憚回答類似「你未來想做什麼？」或「你想念什麼？」這樣的問題；但若是你的成績或信心讓你心虛猶豫，你會用「車尾都吊不上，能念什麼？館前街建國大學吧」或者「回家吃自己啦」來規避來自嘲那份尷尬。

不落言詮的多年同學好友情誼，彼此早都知道對方那種確定或者模糊的方向，那可能都是在很平常的聊天裡無意間帶過去的，落在了朋友的記憶裡。

現在，這種時刻，是憂慮的心情吧，起了所謂前程的話題。即使是好友之間，這樣的言語也是以若無其事的方式開始。

「我決定要轉班了。」永明以輕鬆的口氣說。

「革命終於成功了？」

「不是，先不讓我父親知道，等過些時候他知道也無可奈何了。」

「決定了？」海平說：「那你什麼時候轉？」

「應該是愈快愈好。」永明說：「『中國文化史』和『人文地理』我一堂都沒上過呢。」

「自己K也可以啦。」

「要趕的還很多，那些地理和歷史的總複習。」

「這邊也一樣，物理和化學，一個新歡，一個舊愛，都很難搞啊。沒有容易的，你得挑一邊。」

「說的也是。」永明說：「你父親都沒意見？」

「他只要我不當軍人就好，我哥已經讀了軍校，夠了。我自己也不想。」

「你倒是看了許多軍事書。」

「是啊，不過那並不表示我要當軍人，只是因為興趣而看罷了。」

「我看不止喔，你都快變成專家了。」

「應該是機緣啦，只要不是讀來考試的，雜七雜八的書都好看，我可能最早看了幾本這類的書，一熟悉，不知不覺就會產生興趣，也不過就是這樣。」海平說，突然笑起來：「我也看別的啊，那位副隊長偷偷塞了一本Playboy給我哩。」

「我怎麼沒看到？」

「洪達光拿走了啦。」

「手腳這麼快。」永明回到剛剛的話題：「知道你不想當軍人，那你想過做什麼嗎？」

「嗯，」沉默了許久，海平低聲而緩慢地說：「我有想過如果能在森林裡工作和生活的話，應該會有意思，說不定有一天會像在這裡一樣，在某一個森林的一個角落看到滿天的星星呢。」

永明也順著海平的視線仰望夜空。

「那你呢？」海平問。

「我？」永明不是沒想過，只是看來都不確實，聯考決定你的路徑吧。但他突然衝口而出：「我想到處去旅行。」

「哦。」海平沒再說話，兩個人都沒能為自己或者對方的夢想說些什麼。

雲層厚了些，能看到的星星少了。兩人就以那種姿勢默默的坐著，懷著各自的心思，直到永明抬起手腕看錶，然後兩個人很有默契的站起來，走下彷如暗黑波濤中的扁舟。

海平陪永明走那段暗黑小路，小黑前後穿梭著。好似為了剛才交換了彼此私密的、略嫌理想或者浪漫的想法而羞赧，兩個少年好友便努力搜尋一些自己和共同朋友中言不及義的玩笑來沖淡這樣的氣氛，而且誇張地笑著。

港鎮的冬天

時序已然是冬天，但港鎮的人們還不太感覺，直到這些天東北風呼呼的吹起，當風的門窗格格地震著，時而發出呼嘯般的聲音，似乎是和陣陣的北風應和且共舞。海邊和空曠的荒地上，風勢更大，逆風騎車困難，特別是遇到上坡，哪怕坡度不大，也得幾番下車步行；氣溫陡降，天暗得早，在在告訴人們，冬天真的到了。

星期六下午李永明很早就從學校回來。升上高三以後，甚至於在暑假期間，已經有同學在星期六下午留下來在教室溫書。永明星期六也是帶了便當留在學校，但多半是打球，其餘時候則是在鎮上的什麼地方逛去了。但上學期所餘不多，永明也試著留在教室溫書，只是定不下心來，效果有限。這個下午，向海平吃完便當就回去了，他和父親說好了要一起去整那塊地；洪達光上午第三節下課就不見人影，海平說他交了個馬子，認真了。永明勉強念了一個鐘頭的英文，起身到操場邊張望了一回，天陰風大，很是蕭索，遠遠的籃球場邊也只有幾個初中部的學生在投籃，便踅回教室。坐了一會，覺得沒勁，索性回家。

「怎麼這麼早歸來？」媽媽在妹妹房間的榻榻米上摺疊衣服，抬頭問。

「罕得呢。」幫媽媽摺衣服的李梅跟了一句。

永明瞪了妹妹一眼，沒說話，逕自回自己的房間。國中一年級的永清屈身躺在榻榻米上睡著了，旁邊是人字形蓋著的歷史課本。永明放下書包後旋又到浴室去，他覺得整個臉沙沙的，這冬天的風常常夾著肉眼看不見的塵沙，只要出門，躲都躲不掉。

「爸爸出張了？」從浴室洗淨臉出來，永明問媽媽。

「沒啊，下午他們公司有乒乓比賽。」

「哦。」難怪小弟和小妹都不見蹤影，永明打心裡輕鬆起來，到廚房喝杯開水，又翻了翻櫥櫃。

「沒啦，沒什麼吃的啦，不必尋了。」進了廚房的媽媽說。

永明於是進去爸媽的房間，把去年新買的唱機扭開，意識到爸爸只有兩張日本歌曲唱片，一年來反覆的聽，已經厭倦了，便關了唱機，聽收音機，轉了好幾分鐘，勉強找到輕音樂聽。接著，他順手翻看媽媽放在櫃子上的雜誌。那些雜誌都是日文的婦女雜誌，媽媽向來是用租的，租雜誌的地方和一般租書店不同，是賣洋裝及縫紉用品的百貨店兼營的。媽媽並非期期都看，後來也會買過期的雜誌回來慢慢看。媽媽要把自己的衣服拆了改製妹妹的衣服時，也會到雜誌裡面去找。在那裡，樣式、尺寸說明，甚至於可以拉頁展開的紙型都有。

永明看的只是圖片，通常雜誌前面是彩色頁，多半是穿著時裝的女明星和模特兒；有時候會有一些電影劇照，偶爾看到熟悉的電影明星；四格漫畫因為看不懂人物的對話，得猜測它的意思，往往徒然，單幅漫畫比較能夠了解。當然也會有讓少男臉紅心跳的女性內衣，但幾年來，「小本的」和大本彩色的Playboy已經看過幾次，那些就成了小兒科。

翻著雜誌的永明眼光停在一頁五線譜上，這是首西洋歌曲，從襯底的海報看來，是一部電影的主題曲。A Farewell to Arms，向武器再見？永明細看歌詞，Farewell to arms, dear heart goodbye, to the brave young dream that was born to die....

海報上是一對相擁的男女，男的看起來像哪一個大明星，這是哪一部電影呢？拿給向海平看，說不定他會知道。永明用爸爸淘汰下來的安全刮鬍刀片，小心翼翼的盡量從最裡邊把這頁歌譜割下。

接下來，永明倚著起居室的窗台，輕輕地練習這首歌的歌譜，拍子穩定，曲調不難，沒多久就感覺可以掌握。

港鎮的冬天最煩人的非風飛沙莫屬了。這風裡的塵沙無孔不入，除非你能嚴緊門窗、足不出戶，若不然，一天下來，靠窗的地板上就鋪了一層細粉般，赤腳走過，感覺得到它，榻榻米上是看不出，但看不到並非不存在。風飛沙嚴重的日子，永明家幾乎是每天都要擦地板和榻榻米。永明前些天回家遲，弟弟妹妹們先已擦完了。其實弟弟妹妹還小的時候，他都是家事的主要幫手，他升上高中以後，家事便少了，大妹李梅和二妹李菊成了主力。但今天既然回家早，媽媽喊他們擦地板時，永明也自然地加入。這個時候即使媽媽不責備他，袖手的人還是會坐立不安的。

他們按習慣的分工，姊妹負責自己和爸媽的房間，兄弟則是自己的房間加起居室，因為大哥的加入，還是小學生的小弟永輝便顯得礙手礙腳，樂得被趕出去繼續他在鄰近地方的巡玩。永明像賽跑的起跑姿勢順著大約三條木板的縱向推去，才一道，抹布就沾了許多碎屑和細沙，得洗過才能再擦下三條，而在夏天，可以偷懶推兩次才洗抹布。起居室地板擦完的時候，那桶水已經換了兩回。接著永明和擦完窗台和藤椅的永清一起擦玻璃，然後去擦自己房間。榻榻米也是得按藺草的縱向擦拭，永清沒按章法擦，被永明說了。

「你一向都這樣擦哦？嘖嘖。示範給你看。」

吃晚飯時，爸爸不知道是不是乒乓球打得不錯，心情滿好的，放下筷子的時候，他忽然向媽媽說：「來煮飯乾。」

「今晚哦？」

「嗯。」

永明家是不吃宵夜的，其實除了開店做生意的，大部分的家庭也是如此。一方面是大家都早睡，另一方面就是謀三餐溫飽已屬不易，談何宵夜。但永明家每年冬天會有一到兩次的煮飯乾。「飯乾」是將糯米煮成飯，然後加糖和葡萄乾熬成甜的。永明家的吃飯乾，有著進補和解饞的意味。

媽媽在洗米下鍋後到處找不到葡萄乾。「上回還有半盒啊，是哪隻小鬼仔偷吃掉了？這麼夭鬼。」

沒有人吭氣，將近一年前的事，哪破得了案，搞不好「兇手」還有好幾個呢。「沒葡萄乾，只好撒芝麻囉。」媽媽嘟囔著說。

後來還是爸爸說了：「一年才食一兩回飯乾，就去買葡萄乾吧。」

買葡萄乾得上街去，這自然是永明的差事，不過永明樂於接受，這可是晚上堂而皇之的出門，即使他其實也不能做什麼。

「葡萄乾在哪裡買？」

「麵包店會有。」媽媽說：「三葉葡萄乾較貴，若有其他的牌子，買較便宜的。」

結果永明找了三家麵包店，只有兩家有葡萄乾，都是三葉牌的。他不知道葡萄乾這麼貴，一盒要三十三塊，出門時媽媽交給他四十元，他還覺得太多了呢。

回家的路上，風停了，安靜的夜裡，永明慢慢的騎著車，想著那熱騰騰的甜飯乾。今天是美好的一天，他心想，不禁輕輕地吹起了口哨。

是A Farewell to Arms的旋律。

寂寞的汽笛聲遠遠傳來

考前兩個月，李永明終於開始落力溫習功課。

打球這種事，根據簡裕祥的意思，一是照三餐打，打成專業那種，自己已經失去機會了；另外一種，打高興的，也是不錯的習慣，樂趣兼健身。自己看來就是後面這種了，如果像在公園籃球場鬥牛的老球痞那樣倒在籃球場邊也不壞，只希望不會太早就可以。

有了這樣的認識以後，對於四月底在港鎮舉行的全縣高中籃球錦標賽，永明的心情就比較淡然。在那幾個星期的課後校隊練球時間，他還是高高興興的參加，而且像高一新球員那樣的投入。如同以往，省高中在雙淘汰制裡，連輸兩場後提前結束比賽。

比賽結束之後，永明告訴自己，該拼一下聯考了。

立志容易堅持難，讀書其實也是一種習慣，這幾年只有考前抱佛腳，功課荒廢太久、太多，還真不知從何讀起。抓起物理，看沒一兩頁，好幾處理解不透，換過化學來做，更是步步維艱，著實使人氣餒。七點多，開始做功課，九點多到近十點，全家都睡了以後，想堅持下去更難，第一天，永明看著榻榻米上微微發出酣聲的永清，只再持續半個鐘頭便熄燈睡覺了，他原計畫讀到十二點的。

第三天，永明做了張時間表，大致把六項考試科目填寫進去，物理、化學、數學的時間多一些，國文、三民主義少一些，不排英文，英文用白天課餘的時間複習。

永明後來可以堅持到十二點，甚至再過些時候，但他的時間表卻因為需要複習的內容過多而作廢了。雖然知道放棄任何一科都是不智的，但也沒別的辦法，因為那不熟悉的物理、化學，花上很長的時間而進展有限，徒然消沉士氣。一個多月後，當永明漸漸進入情況，每天都頗有收穫的時候，離聯考的日期已經只剩幾個星期了。奮發努力的感覺固然良好，但需要溫習的地方仍然很多，像籃球賽終場前一分鐘，落後對手十幾分，這要怎樣追趕？永明更深地體會到什麼是「時不我與」。

夜裡十分寧靜，一回，他聽到了遠處傳來的汽笛聲，微小卻清晰，他判斷是十二點零五分從港鎮南下的客車通過橘子溪鐵路橋前的鳴笛。住在這裡許多年，永明從未聽到過，那個時間都在夢鄉啊。第二天永明和向海平提起這件事。

「我們家那裡距鐵路橋更近，聲音更清楚。」海平說：「每次聽到時，我總覺得那是寂寞的笛聲。」

「這麼多愁善感？」永明笑了。

但從此以後，聽到夜裡遠處傳來的汽笛聲時，永明會站起來走到窗邊聆聽，他漸漸些微懂得海平的感覺了。

最後的遠征

大專聯考結束後，李永明知道今年的大學無望了。考得怎樣在一次次出考場的當兒就清楚了。

考試結束那天晚上，港鎮的電影院和冰果店比平常熱鬧許多。媽媽給了永明二十塊錢，讓他去看電影。雖然沒有明說，但若是晚些甚至於半夜回家，在這個聯考結束的夜晚，爸爸當不會說什麼。在這有生以來最自由的時刻，永明卻不感到喜悅。

他去找了向海平，兩個人在港鎮鬧區繞了好幾圈，卻提不起勁。海平和永明考試的這兩天在考場還時有碰面，彼此狀況大致了解，他自己也不會太好，私立大學既然未填，粗略算一算，結果可以預料。

真是沉默的繞行，這個晚上。後來，永明買了一包新樂園香菸，說：「到海邊？」

他們點了菸騎上車。以前他們也曾經含著菸騎車，那時候永明覺得像大人一般，但其實不過是裝裝樣子耍屌，如今更是索然無味，只抽了半截就隨手彈掉了。

海邊沒什麼人，他們坐在海堤上，各自想著心事，最終決定回家。到永明家巷口分手時，永明把大半包的香菸遞給海平：「放你那邊。」

「我會抽完喔。」

「抽啊。」

幾天後接到宋竹修的限時信時，永明的情緒已經回復了，事實上，永明怏悒的心情只有一個晚上，睡個覺起來就好了許多。竹修回到家裡，大概是百無聊賴，問永明下星期天要不要約幾個人去喜多鄉和他們那邊的球棍打一場友誼籃球賽。

永明興趣並不高，但繼之一想，以後朋友即將分散，要像過去那樣相聚打球不容易，少年時代最後一場遠征？永明突然想到這樣的形容，但其實過去也沒有什麼遠征啊，籃球比賽都在港鎮舉行，這些年省高中從來沒有得過冠軍，所以永明未曾有過他夢寐以求的遠征。

「沒關係，還是可以將它看成是少年時代最後一場遠征。我們說是，它就是了。」說不定海平會這麼說，這滿像他的口氣的。永明不覺綻露了笑容。

永明先去找了黃榮寬，榮寬爽快的答應了，他還提出一個出乎意料的建議：「找余老師。」

「他會去嗎？」

「說不定會，我晚上去小辦公室找他。」

「你們的夜間教室還在開？」

「余老師說要開到七月底他在聘期的最後一天。」

星期天早晨七點半，預定班車的十分鐘前，永明在火車站等到了余茂雄。余茂雄還記得永明，他微笑問：「其他人呢？」

「我們先進月台，他們應該一會兒就到。」

結果是坐上了車，柴油快車即將開動前向海平和黃榮寬才出現在眼前。

「就我們四個人？」余茂雄問。

「人不夠，宋竹修可以打我們這一隊。」永明說。

「那個洪達宏的弟弟叫……哦，對，達光，怎麼不找他，你們不是他的好朋友嗎？」

「嗯，他……」永明和海平對望了一眼，海平連忙接口：「達光今天有事，是要閹雞呢還是要運雞蛋到飼料行賣，他說了，我沒聽清楚。」

他們找過達光，不是找他去打球，是看他到底怎樣了。達光聯考只考了一天，第二天就缺考了。這一陣子的大事使他無暇他顧，整個人生往他不曾想過的方向前行，只因初春夜裡的貪歡起始。

面對達光的時候，永明和海平都拘謹起來，總覺得達光和他們不一樣，他結婚了，是大人，不再是同學了。

「我實在也想跟你們一起去玩，」達光倒還是老樣子，笑嘻嘻的，拿起方才從菜園進來時脫下來的斗笠搧風：「不過，好像沒有人剛結婚卻這麼愛玩的。」

「還是在家照顧妻子吧。」海平說。達光的妻子來倒茶的時候，隆起的肚子已經很明顯。

「老實說，不是怕某，是怕我老仔念，一世人不曾被這樣念過。」達光低聲說。

兩個人不知道怎麼回應，便靜默起來，過去有達光的場合可不是這樣的啊。

「喂，我年底就要做爸爸了。」達光還是嬉笑著說：「我老仔以前看我吊兒郎當的時候常會說，你阿伯十八歲就做阿爸了，你還在這裡沒出脫。沒想到，我也是十八歲就要當爸爸，他沒辦法再這樣念我了。」

「後年要去當兵，退伍回來，孩子已經幼稚園中班了哩。」達光繼續說，看不出是自嘲還是沉浸在未來的想像裡。

從達光家告辭出來，回港鎮的路上，永明和海平都沉默著。永明想著冬天夜裡來喝達光哥哥喜酒的事，不到半年，差別真大啊。本來畢業了，人生就是面臨轉折的時候，但對達光來說，這轉折未免太大而夢想未免結束得太快了？他不是要去美國混他個五年十年才甘心回來？

「幹，不是說要打遍全世界的香腸嗎？」一旁並轡的海平喃喃地說。

列車十點多抵達喜多鄉，下車出月台時，又不見了海平和榮寬的人影。余茂雄想起兩個人在車上老注意著車廂的前後，知道這兩個小子做了逃票的事。宋竹修隔著柵欄問：「就你們兩位？不會吧？」

永明微笑不答，出了柵門，不一會，海平和榮寬就來會合了。

「你們沒到過喜多鄉吧，看來對這裡比我還熟喔。」竹修說。

「看一下就知道啦，從港鎮到這裡車站都長得一個樣子。」海平回答。

喜多鄉喜多村的街區不大，喜多中學離火車站不遠，幾分鐘就走到了。

在籃球場上等待他們的是七八位晒得黝黑的少年，竹修介紹其中兩位是他的初中同學，另外就是低一兩班的同學了。暑假期間，籃網壞了也沒換，但沒什麼關係，友誼賽嘛。永明一行雖然遠道而來，但大家只是想到遠一點的地方旅行，透口氣，打球的事反而沒那麼重要。

早上十點半，尚未上場，陽光已經晒得大家流汗不已，不需要怎樣熱身，投幾個籃後就開始比賽。竹修加入港鎮隊湊成五員，喜多鄉有人可以替補，連裁判的工作都交給他們。方便辨識，客隊著汗衫，主隊打赤膊。

余茂雄平常也運動，但多是走路和騎車，不擅長籃球，這一年只有幾次一時興起和同事一道投投籃。不過他反應還快，防守後半場為主，傳輸給前線的永明、海平和竹修，倒也勝任而感愉快。

賽後的午飯才是重頭戲。三年港鎮求學生涯，從未有同學拜訪，難得的第一次，還有一位老師，竹修的母親準備了豐盛的菜餚款待，宋醫生還和大家乾杯：

「沒有什麼比這麼大熱天的第一杯啤酒更好了。」

宋醫生多喝了兩杯，而且習慣午後小睡，先告退。年輕人不忌隨和的老師，吃飯閒聊到兩點才告辭，由竹修帶路，繞了小半圈的街道，然後送客人到車站。

「你們兩個不要再逃票了，那樣很危險。」一進候車室余茂雄就開口說，一面掏出皮夾：

「榮寬，你去買四張票。」

一隻鷹襯著中央山脈的連峰緩緩地盤旋而下，慢慢往海岸山脈之間的縱谷飛行，然後滑翔。牠的下方是整個狹長平野，來自山裡的水流淌過夏日乾旱河床的底部，這一片平野有多方連綿的蔗園，間雜果園和菜圃，河岸外鐵道旁則是蔓生的雜樹野草，夏日裡，野草旺盛的生長，像燃燒的黃綠色火焰，往沙石泥土和任何陽光所及之處席捲而去。四節柴油車正穿越縱谷平野。孤鷹滑降在與列車相距五、六十米處的河床邊緣，以略高於列車的高度平行飛翔了一個多公里後，拔高，轉彎，掠過最後一節車廂的上方，循來時之徑而去。

倚靠列車車尾鐵欄杆的三少年歡呼起來，視線跟著飛翔的鷹，直至牠的身影消失。

從余茂雄的座位可以望見三個學生在車尾的動靜。上車以後，大家都有些倦了，只一會便紛紛睡去，余茂雄倒還好，看了一陣車窗外的風景，回想過去搭乘這條鐵路線的情景，才慢慢在車身輕輕震動的節奏裡闔上眼睛，等他從一個長瞌睡中醒來時，臨近的座位空著，學生們已經在車尾談笑了。看了一會，他起身穿過半節車廂，加入他們。

看到余茂雄出來，他們挪出一個空間給他，四個人站成一排，望著鐵道兩旁漸漸流逝的風景。現在，這一帶的縱谷變窄了，田地消失了，代之以雜樹、荒草、礫石、乾河床。然後鐵路開始微幅轉彎，列車速度也慢了下來。

「聽我父親說，不知哪裡會遇到上坡，車速慢到可以跳下車撒泡尿再追上來呢。」榮寬說。

「真的假的？」海平半信半疑。

「等會要是遇到，要不要試試？」永明玩笑著接話。

「一直都有聽到這種事，但從來沒聽到誰親自證實過，我比較相信的說法是有些地方下車不難，但再上車就困難得多。」余茂雄笑著補一句：「那時候你們就只有順著鐵軌走回港鎮了。」

從車尾看到的鐵軌又直了，列車速度也加快起來。近黃昏的陽光照耀在鐵道兩旁的叢草上，帶著鈍鈍的金色光芒。永明和海平吹起了口哨，旋律動聽，兩個人合起來整齊，聲音悠揚。余茂雄聽他們吹完，問是什麼曲子。

「A Farewell to Arms，《戰地春夢》的電影主題歌啦。」海平回答。

「《戰地春夢》我看過，它有主題歌嗎？沒印象啊。」

「我們都沒看過，是從雜誌上找到的歌譜。」永明說。

「會歌詞嗎？講些什麼？」

兩個年輕人幾秒間的羞赧之後，對看一眼，唱了起來。他們的咬字清晰，余茂雄一邊聽，一邊咀嚼著歌詞的意義。不外乎戰爭、愛情、夢想，大概是因為在戰地，愛人只能在夢裡，告別武器之前還得繼續戰鬥，而年輕的夢終究是要死去的……

余茂雄聽完，微笑輕拍雙掌，隔不多久，兩個人又吹起其他的曲子了。余茂雄退後兩步倚靠列車的門框，想著夢想這種事，即使年輕的夢終究要死去，或者說幻滅，年輕的夢想還是持續的萌芽吧，說不定因為有夢想人們才能活下去。也沒那麼多滄桑的自己，還有什麼夢想呢？過更積極的人生？

一首曲子接一首曲子，黃榮寬也加入了，西洋的、台語的、國語的，各種流行歌曲都輪番上口，顯然有的不太熟，未能終曲，但年輕人吹得興起，吹不下去了再換一首，絲毫不減樂趣。

年輕人的口哨已經沉靜，夏日傍晚的白光尚未褪盡，柴油引擎平穩的節奏聲中，列車微微的搖晃著，在中央山脈與太平洋海灣之間畫了一個弧線，緩緩駛入港鎮。

那天稍後，在過於遙遠而無法想像的太空，美國人的太空船登陸了月球。夢幻似的太空漫步，讓一些從電視上看到的人驚嘆不已，多半的人還是從報紙上的詳盡圖文來理解。好像那也沒能改變什麼，人們繼續著日常，太平洋邊的港鎮平靜如昔。

——原載二〇一二年六月二十四日～二十六日《自由時報》副刊

本文收錄於二〇一二年七月出版《小鎮生活指南》（麥田）

請勿在此吸菸

——陳柏言

一九九一年生，高雄鳳山人，「輕痰讀書會」一員。鳳山高中畢業，現就讀政大中文系四年級。小說作品曾獲宗教文學獎、全國學生文學獎、教育部文藝創作獎、中興湖文學獎、打狗鳳邑文學獎等。短篇小說集獲「二〇一一書寫高雄創作獎助計畫」補助。

有部落格：文學，以及充滿結局的生活。

彷彿他還夾著菸桿，悄立灰白霧中。

十五歲的我走進燈火昏暗的圖書館，借出那套破損不堪的金庸小說，陳時星早已將全套金庸看過一遍。開學前幾個禮拜，我根本不想認識同學。我坐在位子上，翻讀金庸，曉得臉上的痘子正張揚的佈滿額頭、臉頰、下巴，更可感覺小腹靜靜囤積，我正以此生至醜的形象現世。而他走近我身邊，瞥一眼後大叫：「原來圖書館有金庸？」發現新大陸般，他拉了張椅子坐在一旁，我曉得他的意思是：「原來這裡還有人類讀小說。」當我翻轉書背，他更是欣喜若狂：「我最喜歡這部！」我夾著《天龍八部》的頁碼，正是段譽與蕭峰鬥酒的段落。

考量升學，學校統一將學生聚集到閱覽室晚自習。鳳山的夏天溽熱，叫不出名字的小蟲繞著光源旋轉、衝撞。這所郊區學校猶如日本校園鬼片，色調永遠是冷肅秋天；四周環繞甘蔗園，雨後黃昏蝙蝠也曾在走廊飛竄。若有蟲輩不識相降落課本，我喜歡拿立可白圈繞牠們。蟲子視覺很弱很淺，被立可白的刺鼻氣味干擾後失去嗅覺，只能坐困其間。我常聯想起自己的處境，卻怎麼也無法相信，那圈白色化學物質就是我的限域。

我和陳時星沿著學校磚牆回家，踩過滿佈泥濘的小路，樹影搖動，路上聊的盡是當時熱播的《神鵰俠侶》。那一週播出尹志平誘姦小龍女，我和陳時星揮舞路旁撿來的樹枝，義憤填膺大罵，彷彿就要攻上《倚天屠龍記》的光明頂，宰那畜牲，替天行道。任賢齊唱的片頭曲〈傷心太平洋〉火紅，班上男生幾乎都會哼上幾句。當時網路還不普遍，不像現在只要Google歌名即可查詢歌詞；我捧著卡帶式的小錄音機，蹲在電視螢幕前等待按下錄音鍵。慢慢地聽、播放、停格、播放、停格……，將歌詞一句句聽寫出來。

我還記得，歌詞是這樣的：

「往前一步是黃昏，退後一步是人生，風不平浪不靜心還不安穩，一個島鎖住一個人……。」

●

教育部嚴禁能力分班，學校便以培養運動人才的名義往縫裡鑽，開設實是升學班的「體育班」。班上收羅四名現成縣級好手，不時派遣他們代校出征。然學校真正看重的仍是升學數字，運動好手反如比賽工具，用完即拋。大部分因體育成績優良進來的同學，多因課業趕不上而轉班退學，只剩陳時星還在硬撐。陳時星住在我家樓下，他住四樓，我住八樓。陳時星小五那年，二百公尺跑全縣第一，保送入班。但他課業成績極差，被許多同學瞧不起，視他為拖垮班上分數平均的病毒。教數學的導師蟾蜍也愛找他麻煩（蟾蜍曾說她最討厭蟾蜍，我們便叫她蟾蜍），發考卷時冷嘲熱諷不斷。

例如蟾蜍會暗設「地雷題」，只要她認為不該錯而錯了，就必須受罰。最基本的懲處是青蛙跳，錯一題跳五十下；陳時星曾被罰跳五百下，從吃飯時間跳到午睡結束。後來新聞報導，某校因罰學生過度青蛙跳，造成該生韌帶溶解，下半身癱瘓——蟾蜍才放棄這個懲罰（陳時星說：原來別的縣市也有另一個我）。她的花招很多：提水桶半蹲、拱橋、交互蹲跳、熱熔膠打手……，盡是不會在外表留下顯目傷痕的體罰。

百般刑罰我最怕「鴨子走路」，必須手抓腳跟，屁股懸空，走半圈操場。被懲罰的同學，往往低著頭，猶如背負囚枷的罪犯，赴死前遊街示眾。有次，我也被罰，小我一歲的弟弟正好在球場上打躲避球，看到我，愣愣抱球站住。我與他迢遠相望，勉強擠出一個笑容給他，他也咧了一個詭異的笑，那張難以言喻的臉。

我的成績不算好也不算太差，在國立高中的門檻外載浮載沉。我尚如此，何況陳時星？

陳時星始終對蟾蜍抱有恨意，只是敢怒不敢言。他在木桌上刻寫無數憤怒語句，如「林蟾蜍被車撞死最好」、「操你媽的林蟾蜍祖宗十八代」等，那張被立可白和美工刀輪番篆刻的木桌滿是詛咒，彷彿無以言說的血淚之書。

有陣子他將侯文詠的《危險心靈》放在書包，有空就看，看一次哭一次。他把一些句子刻上木桌：「長大就是累積與擁有嗎？或者，長大意味著不斷的失去」……，他成天嚷著要揭竿起義、教育革命，下午仍然繼續受罰。陳時星羨慕書中主角謝政傑，說自己偶爾還是對學習懷抱憧憬；但並非每個人都能像謝政傑那樣「主角威能」，那麼好運。

後來他就不看《危險心靈》了。

猶如改名出走的謝政傑，他總帶著一本《天龍八部》。

學校有個只收女生的管樂班，她們的身家大有來頭：父母不是企業董事就是經理，據說縣議長的女兒也在列中。學校請來最著名的演奏家，培養菁英部隊般，添購昂貴樂器，給她們最好的訓練。

她們的教室和普通班級相隔甚遠，必須穿過操場才能抵達。校方說法，是怕她們練習時，會干擾其他同學上課；但每個人都知道，操場分明是隔離俗塵的護城河，她們的教室則如貴族棲居的孤絕城堡。關於她們的傳說，在我未進入這個學校就已流傳：有人說她們是祕密的革命組織，隱姓埋名，栽培謀反勢力；也有人說她們其實只是一群精神病患，被關在一塊集體治療。我和陳時星則相信，管樂班每個女孩都有幾手功夫，老師則是各大門派的武林高手。

（綠紗窗簾拉上，故事就開始了。）

傳言一個比一個誇大，每一則捕風捉影都找不出證據。她們只生活於齒舌間，在不斷拼貼中祕密滋長。而更甚囂塵上的傳言是：管樂班的女生都是「罡妹」（陳時星說：罡妹就是比正妹正四倍的妹哪！）。我不禁勾勒起她們的長相：王語嫣、小龍女、任盈盈、趙敏、阿珂、袁紫衣……，或火爆，或溫柔；或多愁善感，或快意恩仇。我讓那些女孩各自安上一個唯我知曉的姓名，她們穿上白衣黑裙會是什麼樣子？

大半時間，她們都在操場上，大樹的陰影裡練習演奏。

二年級，陳時星和我常藉口病痛，蹺掉童軍課的野外求生訓練（陳時星說：野炊和紮營都是沒事找事的愚行），為的就是坐上輪胎鞦韆，盪高盪低，遠遠地，觀察野生動物般窺視她們。吾道不孤，那一排鞦韆常常坐到滿，還有人攜小望遠鏡前來。我們不相過問，只望向同一方向，或許帶著不同的眼光。

夏天是屬於短裙長襪的季節，荷爾蒙與騷動的季節。金陽如火，女生一襲半透明白制服，只要流汗，內衣顏色、紋路、款型，就會貼住布料隱隱臨摹——那些待放的苞蕊迎風顫動，脆弱而驕傲，猶如蒸餾後的離子水，沒有半點雜質。我喜歡那個短髮，黑長襪，吹長笛的嬌小女生，我每次來就是為了看她。我從未同她說過一句話，只曾遠遠聽她的朋友喚她「小ㄏㄨㄥˊ」（我習於讀取那渺然的唇語：「ㄒㄧㄠˇㄏㄨㄥˊ」）。小紅，我相信她是小紅，髮際總別著一只紅色髮夾，臉上有酒紅反光。

「都長好醜。」陳時星說，那些女生沒一個是他看得上的，「如果不是你，我才懶得來看。」

「呿！口嫌體正直咧！」我不以為然，踢著小石子，把自己盪得更高。

「大風起兮裙飛揚——」夏天是風的季節，國中男孩間盛行這個句子，好像每陣大風都是對雄渾天性的繼承；男孩們隱然相信，自己終將長成英勇的男子，甚至可以毫不害羞地唱起那首日治時代留下的壯闊校歌。我無法肯定「小ㄏㄨㄥˊ」是不是我的初戀，甚至無法肯定她的名字。

就像我們看女孩子的裙子飛起，卻從來沒有人確定自己是看到的。

在高雄港警局任職的表哥舉槍自戕，未留遺書。舅媽來電，要我去她家把表哥的物品清一清，能用的搬出來，沒用的就丟了。

我踅上潮濕的國宅，菸臭味撲鼻，地面被踩碎的黑菸頭似殘留細細餘溫。貼著倒春紅紙的鐵門半掩，舅媽正在神龕前敬茶。「舅媽我來了。」她沒有回頭，應了一句：地剛拖過，還沒乾，拖鞋在鞋櫃。「打擾了。」我低著頭，拿出拖鞋。夕照穿過擺滿盆栽的陽台，鋪展在老舊沙發椅上，那裡並未坐著熟悉的誰。

東西沒有想像的多，應該說，混亂中自有秩序。兩個小時內，我就將書櫃、書桌擦拭一遍，連同地板上的雜物歸位，並將廢紙裝滿大垃圾袋。整理好兩箱書搬出去（多是些金融理財的雜誌，還有幾本翻譯小說），堆上神龕。我還帶走一架立式電風扇，幾本疊在衣櫃上的Playboy，還有一包未抽完的香菸、一盒遊戲光碟片。其中一片就是滿佈刮痕的《金庸群俠傳》。

「《金庸群俠傳》？」陳時星從鞦韆上跳下來，「媽的！好東西當然要跟好朋友分享啊！」

家裡不允許我們將遊戲片帶回（即使稱之為「表哥的遺物」，也無法阻止父親將它折裂），我們只能在每週一次的電腦課玩。當老師開始講解乏趣的C語言，我們便將片子放進光碟機，易容變裝，投入那個虛擬江湖。《金庸群俠傳》是一個龐大的世界，遍及江南塞北，城市荒野；情節相互勾連，人物設定複雜，以金庸小說為原型。遊戲主角是一名誤闖金庸世界的當代宅男，須協助金庸人物完成任務，逐一找到十四本「天書」才能回返現實。遊戲裡，可在客棧與段譽組隊，去找他的神仙姊姊，再到燕子塢偷會王語嫣；也可以帶著胡斐，和苗人鳳決一死戰。除了正規的劇情，也能隨意錯置，如陪段譽渡海探訪黃藥師，以六脈神劍與其一搏；或隨石破天走進高昌迷宮，推開下一座神像……。

我們編撰自己的金庸，以為那就是我們的金庸，我們的江湖。

「看座標啦！還要上去一點！」那天終於在崑崙山底找到張無忌，要助他攻上光明頂。我們迅速將九陽神功練到最高級，再差一點，就可以集滿最後一本天書《倚天屠龍記》。「今天一定要全破！」我拍擊鍵盤，想揶揄一下陳時星，「我，胡朝生，要結束這個遊戲！」

「幹！」陳時星縮小鋼彈模型的網站，一邊點開《金庸群俠傳》哈啦板，從精華區轉入「必勝！光明頂打法」。楊逍、范遙、白眉鷹王、滅絕師太等角色的走位、血量、技能一應俱全。

「用這招嗎？你看一下……。」

「喂，老師來了！」陳時星喊得輕促，一個巨大身形已籠罩我們。

光碟片被沒收時，耳際嗡嗡，我們的江湖自此落幕。那個以我們二人為名的主角「朝星」，像被立可白圈起的小蟲，再也撞不開隱形的禁錮。

陳時星的母親明知兒子不是讀書的料，卻沒有一刻放棄讓他升學。她固定在晚間八點打電話來我家（正是父親轉開《台灣霹靂火》的時刻，泡茶的燒水咕嚕咕嚕滾響），問我聯絡簿抄了哪些作業？明天要帶什麼用具？陳時星在學校是不是又惹事生非？老師說了什麼……？我耐心翻開備忘錄，一一告知：

一、數學講義第163-172頁問題與討論
二、英文妙妙卷（十三）
三、生物考卷：遺傳與細胞分裂
四、陳時星今天沒有被老師罵，且數學還考及格
五、陳時星下課時，捧著英文考卷問老師文法，老師稱許他有進步……。

當然，陳時星的進步、乖巧都是我的杜撰，他沒有一日是不挨打罵的。我編造陳時星的生

活，讓他過從未有的好日子。也許關乎兄弟義氣，更多只是怕麻煩地粉飾太平。陳時星的母親總是連聲感謝，說幸好有我，否則她真不知道如何是好。我儼然成了最關心陳時星的人，陳時星最好的朋友。這是我的禮節，不只是同學愛，而是對待任何人，一貫的善意。在我心底，其實對此感到不耐，甚至想：「幹嘛強迫自己的小孩……」「不會讀書就算了，還打擾別人念書……。」我當然不會表現這些「不成熟」態度，我仍在接起下一通電話時，編織那個不曾存在的陳時星。

升上國三，好似《天龍八部》的虛竹貫注真氣，我的成績突飛猛進。我的座位被往後調動，和陳時星已屬不同「階級」。期中考成績公佈，我竄升至班上第三名，陳時星則是第三十六名，敬陪末座。晚自習回家的路上，我們停在飲料攤前，各點一杯布丁奶茶。我們都覺得可愛的馬尾店員，耳垂打了洞，掛起一枚小銀飾，霎時間好像不大認識這張側臉。

陳時星突然若無其事地說：「幹，恭喜啊，看不出來你那麼強。」

「沒什麼，賽到的啦。」本還打算回：就像虛竹亂下，竟破了那局無人能解的棋。但後來想想，庸俗考試和玲瓏棋局怎麼比？考試要「賽」到一兩次，簡單多了。

「媽的，如果我也可以賽一下就好。」

「風水輪流轉，下次就輪到你了啦。」

他沒有說話，提了布丁奶茶就走。甚至未看可愛店員一眼。

晚自習回來，我總和陳時星龜縮二三樓的樓梯間哈菸。我們挪一部分的餐錢買菸，不夠了就向父母報帳：買書、買筆、繳補習費，他們總樂於把錢掏出，可能還想兒子真是積極。我們把菸盒藏在貼著「禁止開啟」標語的消防箱內，怕被人發現，還將頭頂的白燈熄滅，背對中庭的昏黃光線，有一搭沒一搭地聊，任白煙將我們的視界漸漸瀰滿。

日子在吞雲吐霧的荒蕪裡消逝，我們被刷成相同色調；模糊而蒼白的臉，正捏塑著霧團般過度曝光的未來。我的成績愈來愈好，第一次模擬考，更拿到全縣第二名。大紅榜單貼穿堂，師長們都說我攫獲了第一志願的保證書。也陸續有些未曾交談的女同學，下課後捧著課本圍到我的座位，怯怯地和我聊天。最常出現的開場白是：「都不知道你那麼會念書耶……」「如果能早一點認識你就好了……」「以前以為你兇兇的，沒和你聊過天，其實你還滿有趣的嘛……」

唉，我真為她們感到可悲可恥，心底卻矛盾地，欣喜於那樣的後見之明。我的名字好像至此才有了意義：胡朝生，會念書的人，優秀的人，有前途的人——至少能確定，我還是個「人」。這麼一想，就覺得未來充滿希望。

偶爾還是會想起小ㄏㄨㄥˊ。想她的裙，想她短髮上的紅色小夾，想她笑起來的樣子。尤其思及可能念同一所學校，哦，搞不好會分在同一個班上……，就覺得非常快樂。好似抓到了緣分窄門的鑰匙，幸運指針終於在我面前停下。

而陳時星的成績仍一蹶不振。我們依然一道回家；我刻意避談課業，只談武俠。彷彿抽空聲響的輪迴：幽暗的樓梯間，抽菸，談劍，偶爾伴隨著幾聲國罵，咳嗽，垃圾話：「你覺得那個女的怎樣？」

「哪個？」生活如靜室裡的煙，淡淡地、穩穩地向上，然後變為空無。

王語嫣將轉學到我們班上。

●

「大家要好好照顧新同學，」蟾蜍笑著說，「就算體育成績好，基測快到了，還是要認真念書喔。」王語嫣促窘地鞠躬，下台。同學們有氣無力鼓掌。

王語嫣咬字不太精確，些微口吃，似乎帶著一點海口腔音；且她膚色黝黑，笑起來總咧出兩排白牙，並不能算是標準美女。全國中學生運動會，王語嫣摘下女子組田徑金牌；在她轉學進來前，我已看過她的相關報導。那時對這個名字非常不以為然，甚至有些憤怒：居然有人如此厚顏，取這個名字，一字不差地玷汙了「王語嫣」。

坐我隔壁的陳時星，忽然從熟睡中抬起頭。眼睛初矇亮，卻已清醒地注視著正在拉開椅子的王語嫣。

「衝一發嗎？」我揶揄地別過頭，陳時星意味深長笑了一下。他從鉛筆盒中抽出立可白，低頭不知在抽屜裡寫些什麼。我伸長脖子要看，他迅速用手掩蓋，握立可白的手仍喀喀喀刻寫著字。我站起身，想近一點看，蟾蜍卻大喝：「胡朝生！幹什麼？坐回去！」我只好不甘不願地退返座位，忿忿吐了一句：「誰稀罕？」

陳時星鎮日和王語嫣膩在一起，不再與我一道回家。

●

我不明白陳時星為何會去新堀江，那樣單調無趣的觀光地。

我完全可以想像，他以嫌惡的語調說起：「只有白痴才會去那種地方。」或者「有時間去那裡人擠人，不如回家睡覺。」過去的他，大概會視現在的自己為敵人吧？戀愛總是讓人變得平庸。無論什麼人獲得愛情，都會變成那種在拍貼機前停駐的平凡情侶嗎（我這裡只有五百塊鈔票，你先付好嗎）？或許還會為了晚餐要吃摩斯漢堡還是麥當勞吵上一架（我想要吃摩斯的雙人分享餐，有可愛的袋子可以拿喔）？

期中考間的溫書假，我跟蹤他們上了公車。他們窄淺的目光中只有彼此，當然不會注意到我。車在市區蜿蜒，而後穿越浮泛藍光的愛河，五十嵐，家樂福，大統伊勢丹。我坐在他們的後兩排，身旁是一個衣著破爛，臭味瀰漫的老人。他的手臂枯瘦，皮膚上還生一排灰紅色的凸疣，看起來活脫是頭老蟾蜍。我絕無惡意將他與導師比作同類，但他確實是那種在火車站隨處坐下，拿出碗缽乞討也不突兀的老人（或許我還會丟五塊錢給他）。老人抬頭瞥了我一眼，滿眶眼屎，隨即仰頭打呼。我覺得噁心，盡量把腳外移。

我打開硬皮簿子，開始撰寫新的《天龍八部》。

我獨自一人的《天龍八部》。

王語嫣將頭斜靠，陳時星的肩膀規律起伏。他一手環著她的頸子，另一隻手則在著短褲絲襪的大腿間游移。陳時星拿水瓶出來，仰了一口，隨後王語嫣接過去喝。陳時星不知同王語嫣說了什麼，王語嫣笑著搥他。王語嫣接起電話，對方大概是女孩，同她聊了八分多鐘隱形眼鏡的話題。她以「我男朋友」稱呼陳時星：「對啊，我和我男朋友要去堀江……」王語嫣講電話時，陳時星在一旁把玩手機，還不時啄吮王語嫣的頸子。

「我們快到了，」我定神望著窗外，他們兩人牽起手，下車。「嗯，下次再聊喔，掰。」他們的影子背向我，迅速飛離，縮小，沒入無邊無際的燈火。

我瞥了一眼身旁的髑老頭，他正好翻過身，好像將永遠安好地熟睡下去。

●

陳時星說過一句話，好像是這樣的：「兄弟如手足，女人如衣服；你穿我衣服，我砍你手足。」——我可以理解，再好的兄弟，也比不上有那一只器官的女人。晚自習結束，沿圍牆獨走，才想起我也只有陳時星一個朋友。愈想愈不是滋味，幹，如果今天換成我有馬子，我也不會棄陳時星於不顧吧？實在太不夠意思了。靜坐夜色濃黑的樓梯間，少了一個人，聲響與氣味彷彿都有了改變。樓梯間已不是那個樓梯間了，我還是我嗎？

從消防箱掏出菸盒，夾出菸，自己用打火機點燃。有些不熟練，但畢竟是點燃了。白霧輕緩湧現，橙黃燈光穿刺其間，更顯魔魅。

細想起來，陳時星其實是個相當迷人的人啊。身高一八〇，籃球打得好，說話雖毒，卻不失直率幽默。他在蟾蜍的班上屢遭排擠，在「普通班」卻有許多仰慕者，抽屜常出現禮物與情書。那些深情款款卻從未開封，就直接進垃圾桶，永不見天日。

「不試試看嗎？」我問，而他正在倒掉罐子裡的愛心摺紙。

「送這種東西的人都是白痴。」鎖緊罐子，投籃般匡啷一聲擲入玻璃回收箱，「我要的女人不存在這個世界上。」

「哪一種女人？」

所以，王語嫣出現了。

王語嫣劈開文字，走進真實。她終於在陳時星的盼望裡變成真的。我懷疑過往，只是我一廂情願的虛構；我懷疑自己是個寫作者，一個說謊家。可能我才是假的？我的腦子裡，全是虛竹與西夏公主冰窖裸裎相對的場面：人的身體，真的可能如火又如冰嗎？我又想起小龍女和楊過、王語嫣和段譽、阿朱和蕭峰……。他們也會交媾嗎？那些隱藏文字背面的猥瑣，讓我全身滾燙。脊椎挪向有窗的那面牆，褲子褪下一半，手就機械般上下抽動起來。

「往前一步是黃昏，退後一步是人生，風不平浪不靜心還不安穩，一個島鎖住一個人……。」塞入耳機，闔上眼。

迷霧鑽入我的耳窩，我的肺葉。感覺一個白色的人形空洞，正模仿陳時星持菸的手勢，在我的氣管中，低聲地咳嗽、說話——我試圖跑近他，卻在我看清楚前，眼睛就已習慣了黑暗。

●

陳時星的母親仍按時打電話來，問我聯絡簿上抄寫了什麼。我一條一條地念：數學考卷訂正、國文習作二十八頁、交成績回條……。她又小心地探問，陳時星在學校的表現有沒有進步？老師是不是還常打他？我一一答覆，像面對前來問卜的困惑者，我隨機抽出一根籤，告訴她：這就是陳時星。「喔對了，朝生，陳媽媽這樣會不會打擾到你念書？」「不會不會，能幫到忙我也很開心……。」陳時星的行蹤，從早到晚，我都記得一清二楚。例如，上午的數學課，他因考不好被蟾蜍罰站，王語嫣回頭望他，他竟還做出一個鬼臉；或者午睡時，我抬便當箱回廚房，竟見他們在「寒靜園」的樹叢間擁吻……。當然，我不曾跟陳時星的母親提過王語嫣，我仍告訴她：一切安好。

每天的例行公事，我竟也不覺得厭煩了。我甚至鉅細靡遺地，同陳時星的母親談論他：我擔心他的課業，他的未來，我希望他能愛惜自己的羽毛。陳時星的母親唯唯諾諾應和：謝謝你那麼關心我們家那個不成材的，你成績那麼好，又有同學愛，真是難得……。

我不懂那是什麼感覺，只是感到空缺，感到飄浮（我可以想像陳時星笑謔著罵：「幹，娘砲」）。我還是常到樓梯間，一個人反而沒有顧忌了；我開燈點菸，攤開金庸小說，反覆地讀。我再次將圖書館裡，金庸「飛雪連天射白鹿，笑書神俠倚碧鴛」十四部書全都借出。爸討厭那些沒有營養的書，他說，武俠小說是現實生活裡，最無用的廢人幻想出來的玩意，也只有一事無成的廢人才會去讀。

剛認識陳時星，他借我古龍的《離別鉤》。我帶回家看，因為太精彩，又是週末捨不得睡，不知不覺便徹夜看完。隔日我睡到中午才醒，發現書已被撕得破爛。我知道是怎麼回事，冷靜地將紙片掃進垃圾桶，再到書店買一本新的。陳時星接過書，淡淡地對我說，那本《離別鉤》是去世的外公送他的生日禮物。「下次不會再借你書了。」對不起，我說，對不起。

即使爸反對，我還是離不開武俠的世界；只好將書塞進抽屜，書包裡再藏幾本。課堂上小心翼翼地夾在教科書與考卷之間，偷渡那些故事。不到一個月，金庸的小說全看完了，最喜歡的仍是最初的《天龍八部》。

午睡時間，同學們皆熟睡，或許是早上模考的緣故，坐我身後的班花竟也打呼流涎。唯我醒著，一遍遍翻讀《天龍八部》；第四次重讀，好像沒有那麼討厭王語嫣了。

教室裡的呼聲細微，陽光斜照桌面，年代不可考的刀筆刻痕、立可白印記，折射微光。陳時星和王語嫣仍不在位子上。風吹窗外的大樟樹，一股清香翻飛進來。

教室外面的王語嫣也是個可憐的傢伙。

歷史課上過宗教戰爭後，班上風行一個名為「東征」的遊戲。

通常是午餐後的掃地時間，只要有人喊「東征某某某！」一群惡男就會圍上去將某某某撲倒。無論那人正在吃飯，趴在桌上小盹，或者正在聊天，只要「號令」一出，惡男們便會催眠般，衝上前按住那人的手腳，拔下褲子。女生尖叫，惡男們則似凱旋歸來，歡譫地笑。

有次，他們把班上最肥的熊男撲倒，砰一聲，熊男的身體撞上收納掃地用具的鐵櫃。一排竹掃把和畚箕應聲砸落，他滿佈紋路的額頭立刻湧冒血珠。幾名健壯惡男壓制他的手腳，主事的王譯淳則箍住熊男的脖子（熊男的肉好似從王譯淳的手指縫間漶出），全然是一齣宰殺妖獸的戲碼。熊男痛苦地扭動，身上肉群麻花般扭曲。惡男們開始脫熊男的制服褲子，因為下盤太寬，褲子的縫口卡在大腿之際。惡男們更用力，拉扯到皮膚了吧，熊男發出屠豬般的嘶嗚。

我別過頭迅速跑離，那嚎叫卻似甩不掉的濕黏水蛭，在我的夢魘裡，以數萬倍的體積，將我包覆、吞沒。那幾個夜晚，我常在一片汗沼中驚醒。

我以為我的索居可以築起孤獨的牆：安安穩穩地畢業，與那些瘋子從此無關。我封閉自己，消失在「午餐時間」。我總帶著餐盒，匆匆地往圖書館跑。不得攜帶食物入內，我便蹲坐在玻璃門前，勁筆寫就的「春風化雨」、「百年樹人」、「化育英才」的標語之間。偶爾有人走過，裡頭冷氣溢出，確有東風拂面的舒暢感。清洗餐盒，在洗手台上打開晾晒，而後走進圖書館的櫃架間，繞過歷史區、財經區、電影區，直達武俠小說的那櫃。抽出一本，坐下，直到午睡鐘聲響起，才踱回教室。

而我仍躲不開那個日子。

為了幫女生解題，我遲了幾分鐘離開。我感到不祥，看見那群惡男靠著講台，竊竊私語，朝我訕笑著。我立即夾著便當盒就要走，突然有人大喊：「東征胡朝生！」我周圍的椅子應聲翻倒，眼前的景物像被突然抽走，耳際暈鳴。

我的雙手、雙腳各被兩三個人按壓在地，我用力掙扎，無法動彈。試圖保持鎮靜，讓自己不那麼狼狽——擺出最無謂，最淡漠的表情。我想冷靜勸退他們，無奈喉頭乾澀，只能發出「呃、呃、呃」的短促喉音。王譯淳舉起罐裝的蘋果西打，笑道：「我們祝胡朝生愚人節快樂！生日快樂！祝胡朝生考上雄中！」

下一刻我的褲子被脫下，時間和聲音疾速地逆向退去，光被切得一格一格的。天花板貼得無比的近，無比的白。蟾蜍的臉。塗滿白漆的小蟲，乏力地振動薄翅。表哥正舉起槍，抵住太陽穴。小ㄏㄨㄥ，吹奏長笛的小紅……。

然後是王語嫣燦爛得令人發寒的笑。還有陳時星，他一手伸進王語嫣的短裙（透視功能般，我看見陳時星的手指在王語嫣裡面如蛇迂迴扭動）；另一隻手則溫暖地，確實地握住我。他面無表情，而我竟不知羞恥地勃起。是夢嗎？我竟忘了四月一日這天是我的生日。愚人節。

我不敢叫出聲，怕一喊，就變成真的了。王譯淳拿起數位相機，嚓嚓嚓嚓地對我拍照。閃光燈奪去了我的力氣，我索性閉上眼睛（全世界都閉上眼睛）。

等我再睜開眼，我已變成一頭肥大的水蛭。媽做的便當翻倒在地，切半的滷蛋在眼前搖晃。

●

黑板上的倒數過了五十天，就像飛的一樣。轉眼間，上頭的數字只剩下紅色粉筆大大的「3」。

很多同學早就不來了。他們有的跑補習班，有人乾脆把家當通通搬進圖書館，準備連夜抗戰。三天，非常時期，全世界都在衝刺，這個教室理所當然被拋下了。空城。

風扇吃力地轉動著。

陳時星和王語嫣的位子依然空著，蟾蜍早就不管他們了。我若無其事地坐在陳時星的位子上，把數學公式再做一次總整理：圓周率，面積，三一律……。最後一次模擬考，我是班上第一名。走到這裡了，我自己的努力。三天後，三天後的每一天，我們都不會再回到這裡了吧？我將邁向只有自己的前程。

我忽然想及一件未了的事，撥開陳時星留在抽屜裡的寥寥幾本書，看見一排殘落的白色字跡，那是陳時星的字。他刻了一句《天龍八部》：

「今晚殺了此人之後，咱們即行北上，到雁門關外馳馬打獵、牧牛放羊，再也不踏進關內一步了。」

我的眼淚再也無法遏止。

「喂！蠢貨！我知道你在看。」他嘲諷的嘴型，隱身在抽屜的另一個角落。我終究明白，他知道我，比我知道他更多。

●

我並沒有考上第一志願。

可能為了父親，也可能不是，我放棄分發，報名重考班。重考班的工讀生打電話給我，說如果想坐到好位子，必須漏夜去排隊劃位。我提著板凳，乘計程車抵達，已有數十人沿著窄小骯髒的樓梯垂列而下。「風蕭蕭兮易水寒，壯士一去——」我如將要剃度的僧侶，廟堂莊嚴，又忍不住想笑。我走向隊伍（失敗者的隊伍？），小ㄏㄨㄥ竟就站在我的前一位。看著她散亂如蓬的髮，T恤牛仔褲夾腳拖；這次，該問問她的名字了。

王語嫣有了陳時星的孩子，兩方家長上法庭互告，鬧了一陣，孩子也沒了。王語嫣讓廣東經商的父親接去，據說，她把名字改了，改了個非常俗氣的名字。王語嫣終究要走回《天龍八部》裡去吧？而陳時星也不再升學，他母親為他覓得一個廢車廠的工作。八月初至，陳時星全家搬離社區，紅色的吉屋出售張貼在鐵門上；回憶起最後一次見到他的母親，竟是一頭雪白。

「我等的船還不來，我等的人還不明白……。」隨身聽反覆播送〈傷心太平洋〉，我決定將那套金庸的小說還回去，從此不看了。周星馳的《功夫》大賣，又拿下金馬獎，媒體爭相報導：新一代的武俠風潮。我一個人走進電影院，吃爆米花配可樂，跟著人們大笑。

火雲邪神，神鵰俠侶，六指琴魔，小龍女……，王語嫣呢？她不是金庸小說中最美的人物嗎？王語嫣怎麼不見了？

●

我走進樓梯間的黑暗，打開消防箱，卻怎麼也找不著菸盒。我打開手機照明燈，在陰暗裡撕開一線光亮。手伸進箱底掏摸一陣，只夾出一張紙片，以黑色簽字筆寫著：「同學，請勿在此吸菸。」

我把那張紙片塞進褲袋，打開燈，起身下樓。鼻腔裡脹滿煙霧，像溺水，像巨大的立可白，將我靜靜圈繞。彷彿看見陳時星，站在白色界域之外，細小的雨聲塞滿耳際，我再也聽不清楚。

只能隱約讀見他的唇型：「我再也不抽了。」

——本文榮獲國立中興大學中國文學系主辦第二十九屆中興湖文學獎全國徵文比賽小說組第一名

親愛的小孩

——劉梓潔

一九八〇年生，彰化人。台灣師大社教系新聞組畢業，清華大學台灣文學研究所肄業。

曾任《誠品好讀》編輯、琉璃工房文案、《中國時報》開卷週報記者。

曾獲聯合文學小說新人獎、林榮三文學獎散文首獎、台北電影節最佳編劇、金馬獎最佳改編劇本。

著有散文集《父後七日》，並擔任同名改編電影編導。最新作品為散文集《此時此地》。

1 爆米花

我想生小孩。

好幾個超過四十歲沒生小孩的女生朋友告訴我：過了就好了。她們在三十二、三歲時也曾經想生得不得了，想到連在捷運上看到兩三歲小小孩牙牙學語聽到銀鈴般的童稚笑聲都會哭。但是，過了就好了，是身體激素在作祟，告訴妳再不生就來不及了。過了就好了。她們拍拍我的肩，過了妳就知道妳還是可以繼續抽菸喝紅酒交男朋友浪跡天涯好不快活哩。

是。是身體激素在拉警報。身體就好像一個客氣有禮而盡責的餐廳侍者，過來頻頻提醒妳：last order囉，請問要點餐嗎？妳搖搖頭，乾啜紅酒，以為純粹的品飲就足夠。等到妳胃裡翻起一陣空虛，揮手請他過來，他只能赧然苦笑：不好意思耶，我們廚房已經休息了。從吧台後方的窗口，妳還可以看到廚師助手正對著地板潑下一盆肥皂水。萬念俱灰。侍者或酒保也許會可憐妳，給妳一些爆米花，可是妳知道妳把這如空氣的小雲朵一顆顆往嘴巴塞的時候，將無限豔羨著隔壁桌滿滿的辣烤雞翅起司薯條墨西哥捲餅雙份臘腸披薩爆漿巧克力舒芙蕾佐夏威夷果香草冰淇淋，一桌歡樂像變魔術一樣愈吃愈多無窮無盡開出燦爛花朵，逼得妳好想握著刀叉到人家桌邊說，分我一口可以嗎？

我不想變成那種人。

抽菸喝紅酒交男朋友浪跡天涯像一盒隨時都可能被撞翻的爆米花，滿地狼藉與悲涼隨時一觸即發。我自知不是那塊料，無法過了四十歲無夫無子依然美麗自信叱吒職場。如果沒有小孩，我只會蹲在地上一直撿一直撿爆米花而已。

對我，過了並不會好，而是，過了就毀了。

2 性生活

一個沒有性生活的人說想要生小孩，就像一個從沒買過樂透的人幻想自己中頭獎一樣好笑。但也許，可以先說說我之前那段有如刮刮樂般的性生活。百元刮刮樂，刮了中一百，再換一張，還是中一百，就這樣沒輸沒贏，彷彿可以天長地久。甚至，噢，親愛的小孩，有次我覺得我非常非常接近你了。

那是，我三十歲生日那天。我要搭晚上的飛機去舊金山，中午H請我吃飯，幫我慶生，用他短暫的高級主管午休時間。我拉著行李箱搭高鐵去找他，H總是在我出車站大門時就看到他。他站在他的車旁邊，西裝褲熨得筆挺，淡淡笑著，對我揮手。吃了一頓高級的義大利餐後，他送我去搭高鐵，我撒嬌嘟囔著：哎唷人家五點到機場就可以了，一邊把手鑽進他棉麻西裝外套的袖口，來回摩挲。他當然知道我想幹嘛，他也癢了，我再把他搔得更癢：今天是安全期唷。我知道他想乾脆停車把我抓起來，但他好凜然：我三點要開會，只剩半小時了，妳早說就不去吃飯了。哦是啊我早說我們就會從高鐵站外帶兩份摩斯漢堡去開房間好棒的三十歲生日哪。我當然沒把這句話說出口，如果妳想打砲，妳最好別機車。我繼續使著小狗眼神，嘟嘟噥噥，手指在他下臂內緣畫圈圈。

H開著車在高鐵站附近荒涼空曠的重劃區瞎繞，馬路很新，幾乎無車，有些剛建好的大樓。他在一長滿雜草的空地上停下，說：這兒可以吧？他不知從哪兒變出好多隔熱板與窗簾，人沒離開駕駛座，像登山老手搭帳棚般，兩三下，車子被包得隱密，我懷疑他是不是按了哪個鈕，連車外的車牌號碼都包起來了。我們各自褪去下半身衣物，他說：把椅子退到最後，椅背打到最平。他壓了上來。我只想著，天哪他是車震的老手。我沒感到任何刺激，只覺得輕率潦草，並冒出許多諸如科技園區高級主管下班回家前在廠區後山叫應召妹來車上幹砲的幻想，我只想趕快結束。H向來溫文拘謹，總是要我先到他才到。我作假地喊叫了一聲，他加速後發出暢快的低吼。他射了，在裡面。

我拉著行李箱進了高鐵站女廁，在馬桶上坐了好久。天啊第一次我們在好漂亮光是浴缸就有一個雙人床大的精品旅館，第二次在我家，前戲還是在陽台就著燭光吃著甜點開始的，這是第三次，在不知道將來會蓋成廠房還是豪宅的空地上。我好想洗個澡，左顧右盼為什麼廁所沒有像東南亞那種從馬桶水箱外接出來的沖洗水管。那，我要帶著這些精液到舊金山去了，在我的生日，飛過換日線，到舊金山仍是生日，有可能也是你，親愛的小孩，的播種日。

之後漁人碼頭、金門大橋、卡斯楚街、嬉皮村、納帕谷酒莊、城市之光書店、柯波拉開的餐廳，我都想著，親愛的小孩，如果你真的來了，你的第一趟旅行可真爽哪，你會不會長成一個嬉皮呢？我每天清晨在旅館大廳開公共電腦上網收信，H沒寫任何信來，我也沒寫給他。七天後我回到台北，H沒打任何電話來，我也沒打給他。幾天後我受不了主動打了，他沒有接，亦沒有回。

兩天後收到他的信：妳是個好女孩，應該去尋找真正屬於妳的幸福。明明是屁話，我卻對著電腦螢幕哭了一整個早上。當然我沒有懷孕。然後，第二張刮刮樂，L來了。

我在書店的身心靈書區遇見他，他用簡單的英文與我攀談，瑜伽、印度、奧修、新時代等等，末了說句很高興與妳談話，祝妳有美好的一天，我說你也是，便各逛各的去。半小時或一小時後，我走出書店，看見他的背影。他站在書店門口，面向馬路，等著什麼。但不是等朋友，也不是計程車，不是任何具體的物質。應該是說，等著什麼，未知的、曖昧的、暫時性的，存在。那身影透露出來的一點點恍惚、茫然、尋覓，別人也許看不出來，但我懂。我也常有那種時候，而我總是什麼都沒等到。

我走過去，禮貌地跟他說，Bye-bye，他也微笑點頭。我轉身，往捷運站。果然，他跟了上來，問我：要去我家嗎？我說好。

上計程車、到老外在台北短期租居的飯店式套房、脫衣、做、淋浴、穿衣，一起下樓，到第一個路口，兩人成九十度各自前進，真的拜拜，不過一個小時的事。進他家時已是傍晚，出來時，天也未暗。

那個做，真的太短了。背後，正面，射，像速食店的出菜工序。沒有親吻，沒有擁抱。身體保持著一個點接觸。淋浴時，他給我洗好的白浴巾，他自己稍後用另一條。更衣後，我用的那條毛巾就進了洗衣機，像SPA會館的服務。（也許，怎麼搞的總覺得更像，盲人十分鐘按摩。）我淋浴出來後，他站在陽台，看著外面。我過去從背後環抱裸身的他，他反手，捏捏我隔著浴巾的臀部。

下樓電梯裡，他說，我不常這麼做的，雖然我看起來很像，但我不是。他拿了兩本書借我，但我隱約覺得，沒還他也沒關係，就像是彼此不再見面，也沒關係。但是沒有，接著的幾個月，他兩三個禮拜會傳個簡訊給我，然後我們把上述的事從頭到尾做一遍。

L一定要戴套，他從印度印尼泰國一路當背包客來到台灣，沿途必定風花雪月，我想這是最基本的禮貌與衛生，也就不曾去想會不會不小心生出個金髮碧眼台歐混血兒。但L軟得快，拆套子時難免氣急敗壞，這是我跟他做時的一個困擾。我把這困擾告訴好姊妹Mori，Mori的強項是從面相看雞相。他要我傳L的照片給他看，診斷還有救沒救。但我連拿起手機和L頭靠頭自拍都不敢。Mori像在上物理課一樣告訴我，如果硬度一定的話，老外通常較長，硬度也就分散了。我想這句話的普及版是：有一好沒兩好，適用於人生所有事情。

有次不知怎的，L買到一盒異常難拆的套子，外層的塑膠膜怎麼摳都摳不起來。一盒不都有三個嗎？怎麼每次輪到我時都是在拆新包裝？上次剩的另外兩個跑哪去了？我從不問，沒啥好問。不是用掉難不成是吃掉？（借鄰居了，如果L要白目一點他可以這麼說。）也許說不在意是騙人的，不然我就不會在這邊光溜溜而好整以暇地等著他，連一句：sweet heart需要幫忙嗎？都不問。也許我正不懷好意地袖手旁觀他看著自己逐漸軟掉，作為無聲的報復，雖然這對我也沒好處。

L拿流理台上的水果刀去刺那頑固的膠膜，結果手滑了，刀尖剉進手掌，鮮血汩汩湧出，天哪這時不軟也得軟，我過去抓起他手看他傷口，口子不大，卻頗深，我抓了把衛生紙要他壓好，兩個人手忙腳亂穿好衣服，攔計程車去外科縫了兩針。驚魂過後，我和他在回程計程車上笑得像小孩一樣開心。他上氣不接下氣：所以妳剛剛怎麼跟醫生說？說我怎麼受傷？開生蠔。我也笑得尖銳如八婆。那醫生說什麼呢？他說，哦，生蠔真的很難開要小心。我們又大笑得旁若無人。天啊妳真是天才，L攬過我肩，親親我的額頭。我猜計程車運將一定以為我是專泡夜店專釣鬼佬的三八機。但我不是。我只是等到什麼就是什麼。

回到L家後，我們還是做了。那是唯一一次，L讓我留在他家過夜，他把沒受傷的那隻手讓我枕了一整夜。但我們的關係並沒有什麼突破性的進展。兩個月後他離開台北回去歐洲，我傳了簡訊：Bon Voyage。那時我在捷運上，人很多，我站在車門邊，看見玻璃門上的自己微嘟著嘴神情憂傷。到了家的那站出了車廂，又到對面月台坐回市區，去Mori的店。

Mori換了伴，新伴叫阿宇。以前那個叫阿克。阿克的強項是心情調酒，就是你描述心情諸如回憶起往昔戀人嘆出一口淡淡的哀愁，或是有具體畫面的裴勇俊凌晨四點到我家修冷氣，阿克都調得出來。我沒問阿克到哪去了。Mori招呼著我，想喝什麼阿宇很厲害哦。我說，酸一點的。我說Mori啊如果我現在肚子裡面有一個歐洲混血兒就生下來送給你和阿宇好了。Mori知道我又在瘋言瘋語，走出吧台，說：來啦抱抱啦，對我張開雙手。Mori這死gay知道我的死穴，他的肥厚手掌輕輕壓壓我的頭，我的眼淚就流出來了。他說，阿宇有通哦，要不要他幫妳看一下。我揩去淚水，看我什麼時候會生小孩好了。

害羞內向的阿宇，眼睛直直看著我幾秒後低頭，像在接收什麼訊息，然後他抬頭：有個眼睛又圓又大的小男孩一直跟著妳，在等著妳把他生下來。神了，他現在在哪？我望望四周。阿宇說，反正他一直都在。

這個大哥大也跟我說過。他說小孩這種東西是很玄的，他自己想來的時候，就會想辦法下來。最重要的是爸爸媽媽電光石火結合的那一瞬間，要讓他感覺到愛，他就會願意來了。

哦，是啊。愛。所以當爸爸媽媽在高鐵站旁的荒地胡搞瞎搞，當爸爸拆個套子都要縫兩針媽媽在旁邊笑得像個三八機時，你一定很瞧不起我很不想理我對不對？親愛的小孩。

3　一句話

愛。什麼是愛？愛與性可以分開嗎？如何觀察一個男人對妳只有性還是有愛？這些問題，就像女生如何快速達到高潮或如何讓妳的他欲仙欲死一樣，柯夢波丹創刊以來每期都有大師循循善誘並提供測驗量表，如此老哏，每次我去剪髮還是都乖乖把它看完。而現在，我像個心理測驗出題機一樣問著Mori，H每次開車時總把一隻手騰出來讓我抓著，那是愛嗎？我低頭看書時，L會幫我把垂下來的瀏海輕輕撥到耳後，那是愛嗎？

吧台另一側，一位假睫毛貼得好長好密的美麗熟女，露出妹妹別天真了的表情，媚然一笑，說：要知道妳愛不愛一個男人，很簡單，就是看妳願不願意吃他的精液。太猛了大姊，這麼說來我一個都沒愛過。（有次和L想要玩玩看結果我衝到浴室嘔半天好尷尬。）

其實以上我都在裝可愛。愛不愛，我很清楚，是要看分離的那一刻。

我和N在床上纏綿悱惻了兩年，從沒說過愛字，他到要上飛機的前三天才在電話中告訴我，要跟家人移民到洛杉磯去了，不會再回來。有些書要還妳，看妳要來拿還是我拿過去？（謝謝哦好有禮貌的分手儀式哪你怎麼不乾脆說要叫快遞。）我過去了。我當時與人分租一層公寓，每週去一次他那一廳一房一衛一廚的住處，那對我來說已經是舒適得不得了的小窩，而現在，收拾得乾乾淨淨，只剩一條長沙發和一袋要還我的書。我們分別坐在沙發兩頭，什麼話都說不出來。兩年前，我和一群朋友到他家吃吃喝喝，解散時大家在門口穿鞋有人先去按電梯，我彎腰穿著平底繞踝繫帶涼鞋，N對我說：妳留下來。我乖乖坐回沙發，等著他，他送完朋友回到沙發上，我們就這樣開始。

廚房還有些碗盤，妳需要嗎？他有點艱難地開口，彷彿是他最溫柔的道別。我搖搖頭，兩顆大淚珠咚咚掉下來，我低頭看著白色磁磚說：你一句話，我可以放棄現在生活的所有東西，買一張機票跟你去美國。抬頭一轉，看到他臉上掛著長長的兩行淚。對望一眼，他把我抱進懷裡，說：妳還年輕，妳的路還很長。他送我到門口，摸摸我的左臉頰，說：要快樂。我說：你一句話我會馬上到你身邊。那大概是我這個俗辣這輩子最勇敢的一次。

N走了。我著魔似每天到瑜伽教室報到，基礎的進階的各種派別的課胡亂上，一個月操掉好幾公斤體重。然後，我突然頓悟事情不該這麼瞎，問了N的好友，果然，這兩年他其實另有出雙入對的女友，而他帶著她去美國展開新生活。

在美國的N偶爾來信，寄些超好笑影片或超可愛貓狗或超恐怖速食店內幕的群組轉寄信，我偶爾回一兩行不痛不癢的字（我從沒問他那晚的眼淚到底是為什麼），好像只是為了拉一拉線，彼此確定，哦，你還在。兩年忽爾過去，我陸續遇見H和L，H和L又陸續消失。

所以說，妳是遭遇好嚴重的情傷，所以放逐自己嗎？不，不是這樣的。感情並沒有這麼奏效的因果律。每個人出現的時候我都希望，拜託這是最後一個了，讓我們維持穩定長久且公開的關係，快快樂樂生個小孩。可是偏偏好像我身上有個大破洞一樣，每個都留不住。

沒有因果，但填空、遞補卻冥冥之中發生著。就在L回去後的兩天，N發來了越洋簡訊：要來美國跨年嗎？我盡量把它想成是另一張刮刮樂，而不是我等待著的一句話，但我還是火速買了好貴的機票。N幫我訂好了洛杉磯華人區的民宿，他那幾天不回家住，而陪著我，我們在跨年夜穿越美墨邊境到提華納，然後到拉斯維加斯吃喝玩樂了一個禮拜，再深入沙漠，住在國家公園露營區的小屋，最後回到洛杉磯。但除了晚上睡同一張床之外，我們像朋友，對那些大賣場裡、名牌outlet裡、餐廳酒吧裡、賭桌邊過度殷勤的美式問候（哦你們是夫妻出來玩啊有沒有小孩呢？），彼此也很有默契地說：不，我們只是朋友。

忘了是第幾夜，兩個人做完後在黑暗中互擁，我哭哭啼啼跟他說，我們生一個小孩吧，我可以自己養自己帶，絕不找你麻煩，要簽切結書都可以。他不肯，說他受不了心裡的負擔與牽掛，說我想得太天真太容易。我會很愛很愛小孩的，我哭到好像全世界都對不起我，哭到連我自己都討厭自己，哭到睡著了。半夜迷迷糊糊，他的身體挑逗著我，他想來第二次，我的身體回應了，他到最後一刻仍抽出來，射在我的肚皮上。我想進浴室去，用手指或面紙蘸一蘸，自己手工送進去，也許會有奇蹟，就像醫藥版報導游泳都會懷孕那樣。但我只是癱著動不了，眼睛張不開，身上的淚痕與精痕像隱形的繩子，把我綁在床上，只能任疲累與睡意一波一波將我帶向深層睡眠，那兒將提供完整修復。醒來已天亮，N不知起來多久了，他穿戴整齊坐在窗前，我全身赤裸坐在柔軟潔白的被褥中間，靜靜看著逆光的他。他轉頭看我，眼裡有柔情：我下去幫妳買咖啡好嗎？

最後一天，他送我到機場，把車停在臨時下客的車道上，幫我拿下行李。我知道他不擅長道別，擁抱與吻別都太沉重，便給了他一個露齒的笑容，說：Bye-bye，拖了箱子就轉身，他把兩隻手搭上我肩膀，湊近我，說：要快樂。我沒再轉頭去看他的車，進了大廳，通過磨人的安全檢查，上飛機。十四小時的飛行，空服員會過來餵食三回，我一餐都沒吃，沒看書沒看電影，雙手環抱住肩膀，昏睡再昏睡。快降落時，鄰座的東南亞小帥哥友善對我推出一片口香糖，我搖搖頭。我知道這趟美國行刮刮樂的最大意義就是，我什麼獎都沒中，我無法再拿去換下一張。好吧隱喻真的很煩。也就是說，我明白了我無法再去跟姊妹淘們撒嬌說這些無疾而終的關係是很瞎很白爛或只是玩玩而已，而是，我面對了自己：我是一個不被珍惜與不被選擇的深深挫敗的婊子。

不愛何其殘酷。但妳會對一部吃光妳錢的吃角子老虎機哭天搶地，搖著他肩膀跪求他腳下哀嚎昨天不是還好好的你為什麼要這樣對我嗎？不會嘛，對不對。說到底，都是自願的。妳不該因為對方沒有給妳等值或加倍的回報就覺得他對不起妳。錢是妳自己要投的。妳只能說：哦，對，我運氣不好，我衰小。

而，也就在那一刻起，衰小的我沒有了性生活。

4 勸生堂

勸生堂堂主伉儷切爸切媽愛情長跑十五年。十五年裡他們一起爬完台灣所有的山，溯勘無數條高山溪流，不過癮畢業後又跑去美國科羅拉多州攀冰岩，去爬阿根廷第一高峰。最後切爸完成了七大洲七頂峰，聖母峰隊伍凱旋歸來，切媽去接機，在記者簇擁下，切爸向切媽求婚。婚禮還沒辦，兩個人先去巴黎巴塞隆納度蜜月，回來就發現懷孕了，把肚子裡的小孩取名叫切。切・格瓦拉的切。

既然在巴黎巴塞隆納懷的，怎麼不叫兩巴呢？話一出口，我自己哈哈大笑，切媽也笑到一直拍我，在隔壁書房的切爸喊著：兩巴，台語能聽嗎？我們又狂笑不止。十個月大的小切抓住奶瓶躺在我和他媽中間滾來滾去，跟著發出銀鈴般的笑聲。切爸切媽是我大學時最要好的學長學姊，他們人生目標看似是雲遊四海，但其實那些讓人流口水的大山壯遊只是副業，他們好厲害地一邊拿獎學金出國念博士（切爸會說，反了啦，玩是正職，念書只是兼的），現在回來了，在四時盈滿陽光的南部家鄉買房買車，教書帶小孩，安居樂業得更讓人流口水。我學位讀得零零落落，感情一場糊塗，要說贏了什麼，恐怕是，自由。

自由哦自由。那些年偶爾他們回國，便吆喝四散在北中南東的大夥在南部集合，去西子灣喝啤酒吃海鮮看夕陽，然後到中山大學的堤防上躺成一排，其中一個學長彈著吉他，我們在海風中一首接一首唱陳昇的歌。擁擠的樂園，Say good-bye to the crowded paradise。然而，I want you freedom, like a bird.

在他們終於定下來時，我也不再動不動重色輕友不見人影，他們便常叫上我，買張高鐵票南下，與他們一同family day。我看著小切六個月，十個月，一歲，一歲半，兩歲，會爬，會走，會跑，會叫把拔馬麻阿姨，會說謝謝和bye-bye。看著切媽又懷了第二胎，二十週，二十四週，三十週。我們不再去彈吉他吹海風，而是，帶著小孩到大賣場。幾次下來，切爸切媽發現了我帶小孩的天賦，把小切與購物車放心丟給我，兩個人研究起澳洲牛小排義大利起司與神之雫漫畫紅酒。我與小切唱著兒歌，學他說的依呦依呦火星文，推著他到貨架或冰櫃前認知學習，這是魚，小切要不要吃魚？這是牛奶，小切有沒有喝ㄋㄟㄋㄟ？切爸切媽抱著一大堆食材放進購物車，切爸說：感想如何？單親媽媽實習之旅？我說：叮叮叮，挑戰過關。小切又學著我叮叮叮個不停。

回到有著掃地拖地機器人與洗碗機的切宅，一桌食物就緒後，將爸將媽帶著小將過來，他們亦是高雄勸生堂的重要成員。兩歲的小切與兩歲半的小將把整理箱裡的玩具整箱翻過來，發出小動物的笑聲與叫聲，追逐跑跳，把家裡當叢林，便是把拔馬麻阿姨們的大人時間，每個人手上晃著大人的玩具，紅酒，開始聽堂主開釋。

一定要生，就算單親都要生。切爸總用這句話開頭。我說再等兩年吧，等經濟更穩定些。切爸說妳以為生小孩是種花啊？說有就有啊？劇本先寫幾個起來放啊！我說你以為寫劇本是美而美煎荷包蛋啊，還可以先煎起來放咧。切爸說妳四十歲會發現妳想吃想玩的都吃完玩完了，那時妳沒小孩妳要幹嘛，上外太空嗎？我說是啊說不定可以找太空人生哦。練肖話，都比不過將媽有次喝多，豪爽曰：就算婚姻破裂我都不會後悔生了小將，嚇得旁邊的將爸酒杯差點滑下去。

是，不後悔。周圍還有一些朋友原本抱定頂客一輩子，意外懷孕，生下來了，開始餵奶換尿布買這個那個嬰兒車嬰兒床，每天睡不足三小時，從此只能喝三百塊以下的紅酒，不後悔。一次一次，我從勸生堂離開坐高鐵北返時，車廂裡總有哭個不停的小嬰兒或鬼叫跑鬧的小小孩，我一次比一次更有耐心，不再當那個臭臉的機車阿姨。如此幾個月一次的實習之旅，都可以把我靈銳稜角漸漸磨得平滑柔軟。親愛的小孩啊，我真不知道，如果你不來，我會帶著這些銳角，自傷傷人到何時。

大哥大說他勸伴不勸生，要生要有伴啊。大哥大年紀跟我媽一樣大，大我兩輪，我們都屬猴，大哥大的小孩也是小猴子，但小我兩輪，盼了十多年四十八歲老來得子，大哥大對小孩已有一套心得：他想來自己會想辦法。重要的是，找個好的伴吧。我像個大女兒一樣噘嘴任性：

我打算去峇里島來個解放之旅，最好是黃是白是黑等生出來才知道！大哥大要我別嚇他，但他知道我想做什麼的時候攔都攔不住。

我真的去了，但業績掛蛋。每天在峇里島的山城烏布走來晃去，在最熱門的咖啡館外，精壯結實的印尼小夥子坐成一排，熱情招呼著：妳需要伴嗎？我卻像個俗辣快步通過。我也見到一些獨自一個人來旅遊的西方或東方女子，她們真的要了伴，我不知道需不需付錢或怎麼收費，有天在巴士站，一個印尼男孩帶著一個白皙豐滿的韓國女孩來搭車，男孩抓著女孩的手：email我，okay?女孩伸手摸摸他的臉。我想，說不定女孩肚子裡已有一個印韓混血兒，為什麼別人可以我不行呢？我在驕傲什麼或在挑什麼？Mori也常跟我說，隨時想生隨時來找我，他認識好多隨便睡自由得像隻鳥的無政府搖滾青年，帶著樂器去他酒吧，用演唱換酒喝，打烊後就挪開椅子在地上睡，他們絕對不會介意幫個姊姊達成夢想。是哦我還可以給他五百塊錢讓他去買牛奶喝哦。我打哈哈過去。偶爾在路上看到又高又帥簡直韓國男模的男生，興起傳簡訊給切爸：呼叫勸生堂，目標出現了，請問接下來要怎麼做？切爸叮咚回傳：交配啊！廢話！但我連交談都沒勁，那不是我的菜，我只是嘴砲。我隱約知道，是大哥大說的，愛，爸爸媽媽電光石火結合那一瞬間的愛，否則什麼年代了生個小孩還要眼睛一閉雙腿一開牙齒一咬床單一抓，何苦來哉？

於是，在峇里島，我後來幾乎都待在四周是稻田的瑜伽中心裡了，瑜伽，呼吸，冥想，唱頌。Mori說過好狠的話，他說靈修團體只有三種女人：離婚、死尪、嘸人愛，他要我別沉迷進去，以免變成其中之一。而現在，我好坦然，對啊我就是幠人愛。有天在唱頌課哭得淅瀝嘩啦，因為那天治療師反覆領唱我最愛的祈禱文：Lokah Samastah Sukhino Bhavantu。願所有生命真正快樂，活得自在。我一遍一遍地唱，一遍一遍地原諒那些經過我生命的男士們，一遍一遍地，原諒我自己。

5 小男孩

早班飛機回到台灣，一開手機，就收到勸生堂傳來what's app：二比零了，加油！啊，是切媽生了，三天前。切媽每天傳來好多段影片，我站在行李轉盤前，一個一個點開看。三天大的小切妹，儼然小切的秀氣版，小小的鼻子與嘴巴，眼睛靈活有神，悠然左右徘徊，迫不及待張望這世界，唉呀打個哈欠都要讓人融化了。我回傳訊息：小切妹太美了啦！我要趕快生個男生來跟她姊弟戀！後面打上好多個唇印。

不知是峇里島的能量太正向，還是小切妹帶來的光和熱，我沒像以往回家睡大覺，機場巴士直接坐到百貨公司前面下車，去給小女娃兒買禮物。百貨公司剛開門，還沒什麼人，我最喜歡這種時候。上童裝部門前，先在一樓的精油香氛區繞了一圈，逛了幾家比較品質價格，最後回到第一家。

專櫃小弟過來招呼，裝熟似的：要不要試試我們家的尤加利精油？這對小朋友的呼吸道淨化很好哦！我說：呃，我還沒有小孩。拉了拉寬鬆的峇里島棉麻洋裝，歪頭裝可愛：而且，這叫娃娃裝，我沒有懷孕哦。小弟連忙抱歉地說：不好意思因為我剛剛看您牽一個小男孩走過去，我以為是您的小孩……太玄了！我猛然放下手上的精油蓋，逼供似的：長什麼樣子？瘦弱小弟顯然被我驚嚇到，怯怯地說：眼睛又圓又大，長得好可愛。天啊，我深吸了一口氣。那他現在在哪？您第二次進來時我就沒看到了。那你以為他去哪裡了？哦，我以為您可能把他交給菲傭了。他說完吐吐舌頭。（謝謝你哦不但看到我有小孩而且還是個貴婦哦。）我問：你是不是有通？換他露出詫異表情。我壓低聲音：我的意思是說，你是不是看得到別人看不到的東西？他猶豫了一下，看著我，點點頭。

為了彌補小弟一大早開市就來了這麼一場詭異對話，我買了好多各式各樣功效的精油。結完帳，飛行的疲倦與勞累忽席捲上來。我拖著行李箱，挽著提袋，進化妝室洗了把臉。看著鏡子，拿紙巾慢慢擦掉臉上的水珠，壓了壓黑眼圈，擠出一個微笑，看著某個未知的存在，像分享一個無人知曉的祕密般，在心裡對他說：嘿，親愛的小孩，馬麻從好遠好遠的地方回來，但我知道，我離你很近很近了。

——原載二〇一二年六月《短篇小說》雜誌第一期

附錄

一〇一年度小說紀事

邱怡瑄

一月

・二日，作家陳燁過世，得年五十三歲。陳燁本名陳春秀，一九五九年生。創作有小說、散文、劇本和傳記。

・三日，「二〇一二台北國際書展」公佈「二〇一二台北國際書展大獎」得主，小說類得主為林俊穎《我不可告人的鄉愁》、紀蔚然《私家偵探》、吳明益《複眼人》。

・十五日，作家余之良辭世，享年九十一歲。余之良，一九二一年生。創作以小說為主，兼及報導文學及傳記。

・十八日，國立台灣文學館出版《楊雲萍全集》，一套三部共八冊，包括新詩、散文雜論、小說、時評、歷史人物、史事、民俗文化評論等。

二月

・一日，巫永福文化基金會揭曉巫永福文學獎決選名單，巫永福文學獎由王湘琦《俎豆同榮》獲得；巫永福文學評論獎由宋澤萊《台灣文學三百年》獲得；巫永福文化評論獎由王美琇《內在革命》獲得。

• 一至六日，「二〇一二台北國際書展」於台北世貿一二三館舉行。
• 五日，由財團法人靈鷲山佛教基金會、世界宗教博物館、《聯合報》副刊、聯合新聞網主辦的第十屆宗教文學獎，公佈得獎名單，短篇小說獎：首獎葛愛華〈一起去餵魚〉，二獎陳柏言〈過境〉，三獎洪子涵〈七歲的我〉，佳作江佩津、楊瀅靜。
• 十一日，由台北市政府主辦、文化局承辦、印刻文學生活誌規畫執行的「二〇一二台北文學季」，以「遇見」為核心，舉辦講座、書展、文學地景走讀及影展。
• 十八日，由行政院文化建設委員會、德國柏林文學學會主辦，財團法人台灣文學發展基金會承辦所舉辦「台灣文學翻譯與出版論壇」，邀請德國譯者悠莉、唐悠翰、馬海默、維馬丁、唐薇與台灣版權代理與作家譚光磊、陳克華、賴香吟等。
• 二十二日，台灣推理作家協會公佈第十屆台灣推理作家協會徵文獎決選入圍名單，共計四篇：〈死亡遊戲〉、〈舉手之勞的正義〉、〈推理有時得在午餐前〉、〈她的左眼所沒看見的謀殺〉。
• 二十四日，資深作家周嘯虹於台南辭世，享年八十歲。周嘯虹，筆名蕭鴻、關山遙，一九三二年生。創作有散文、小說和劇本等。
• 二十五日，中華民國筆會、九歌文教基金會、文訊雜誌社於紀州庵文學森林共同舉辦「追懷作家朱炎文學朗讀會」，以朗讀及歌唱方式懷念其文學成就。
• 二月二十九日～三月二日，法國「兩儀文舍」首度來台，邀請知名小說家王文興、舞鶴與比利時法語作家弗朗索瓦・埃馬紐埃爾（François Emmanuel）、法國知名漢學家安妮・

居里安（Annie Bergeret Curien）暢談文學與創作。

三月

- 七日，九歌出版社一〇〇年度選新書發表暨贈獎典禮於中國文藝協會舉行，一〇〇年度散文獎、小說獎、童話獎得獎者分別為周芬伶〈美女與怪物〉、吳鈞堯〈神的聲音〉、林哲璋〈猜臉島歷險記〉，選集主編分別為鍾怡雯、侯文詠、傅林統。
- 七日至四月八日，紀州庵文學森林舉辦小說家鍾文音「暗室微光」攝影展，散文新作《暗室微光》亦同步出版。
- 十六日至六月十日，國立台灣文學館舉辦「文學魔術師——許丙丁捐贈展」。許丙丁（一九〇〇～一九七七），字鏡汀，號綠珊盦主人。著作有《實話探偵祕帖》、《廖添丁再世》等及台語歌謠。
- 十八日起，紀州庵文學森林舉辦為期五個月，一連串與書籍相關的系列活動，分舊書同好會、晴空綠書市、藏書家私房展、古書鑑定會等。
- 二十三日，由嘉義市政府主辦、嘉義市政府文化局執行、國立中正大學台灣文學研究所承辦之「第三屆桃城文學獎」公佈得獎名單，短篇小說組第一名呂政達〈潮落珠〉，第二名葛愛華〈記得當時年紀小〉，第三名段佩妤〈火雞肉飯情緣〉，優選賴瑞卿、簡瑋君、戴天亮。
- 三十一日，由國立台灣文學館主辦、財團法人台灣文學發展基金會承辦之「台灣現當代作家研究資料彙編（第二階段）」，舉行新書發表會。

四月

・九日，由明碁友達基金會主辦，行政院新聞局、中華民國電影事業發展基金會指導，《中國時報》人間副刊「第二屆BenQ電影小說獎」公佈得獎名單，首獎徐嘉澤〈討債株式會社〉，二獎李振豪〈大水〉，三獎羅鵬〈親我，讓我面目全非〉，佳作陳念雍、理煒。

・二十日起至七月二十二日，紀州庵文學森林展出「文人、水岸　我的生活我的家：紀州庵暨城南文學脈流展」，並規畫「城南記憶，記憶城南」系列講座、「走讀城南風景」導覽活動。

五月

・五月起，中華民國兒童文學學會，由翻譯家楊曉東女士生前捐贈的會所「兒童文學的家」重新啟用對外開放，其中「東東婆婆故事屋」收藏有台灣、大陸、日本、歐美的童書，免費提供社區居民閱讀。

・一日起，由政治大學中國文學系、政治大學圖書館、林語堂故居共同主辦之「東張西望——林語堂生活展」，於政治大學中正圖書館開展。

・二日起，由國立台灣文學館主辦之二〇一二「文學迴鄉」講座活動正式展開，邀請余光中、陳若曦、袁瓊瓊、巴代、鍾文音等作家深入鄉間、校園、離島，共計三十四場講座。

・八日，白先勇編著《父親與民國——白崇禧將軍身影集》於國家圖書館舉辦新書發表會。同時由趨勢教育基金會、時報出版、國家圖書館及國史館共同主辦「白崇禧將軍身影照片展」。

・金車教育基金會於五月起規畫八場推理講堂。

・十九日，由教育部指導，國家圖書館主辦，趨勢教育基金會辦理之「台灣一〇一春夏閱讀趣」之「台灣文學與電影」系列講座，邀請郝譽翔、應鳳凰、黃春明、張啟疆、幾米、須文蔚、龔顯宗進行討論，並兼電影欣賞。

・十九日～六月十七日，由南投縣埔里鎮公所主辦，南投縣埔里鎮立圖書館承辦之「巫永福先生百歲冥誕文學紀念活動」，共有：文學特展、紀念音樂會、三大獎頒獎典禮及文學座談會。

・由文化部指導、國家人權博物館籌備處主辦、教育部協辦之「《台灣文學》人權講堂系列活動」。由二十五日起至十二月十四日止，共九場。

・二十六日，賴和基金會舉辦賴和音樂節系列活動。有「賴和文學地景之旅」；「跟著賴和去壯遊」；「賴和文學音樂會」；「鬥鬧熱文化市集」；「賴和與賴汝的父子對話」特展，展期至六月三十日止。

・二十六日，軍中作家、《青年日報》前社長繆綸病逝，享年八十三歲。以「魯軍」為筆名，創作文類以散文、小說為主，長期從事報刊雜誌的專欄寫作。一九六〇年開始以「玉翎燕」為筆名撰寫武俠小說。

・二十七日，由文化部指導、九歌文教基金會主辦之「第二十屆九歌現代少兒文學獎」，首獎許芳慈〈她的名字叫Star〉，評審獎史冀儒〈籃球肉腳Action!〉，推薦獎費曉熠〈冥王星公主的故事罐頭〉，榮譽獎五名：王宇清、薛濤、余雷、張英珉、黃顯庭。

六月

- 一日，《短篇小說》雜誌創刊，由學學文創副董事長詹偉雄發行，茉莉二手書店執行總監傅月庵擔任主編。以「小說」為唯一內容，雙月刊，採二十五開本，每期刊載十篇小說。第一期收錄黃崇凱、劉梓潔、黃麗群、傅天余、張惠菁、柯裕棻、陳雪、楊索、林宜澐、張大春共十位小說家作品。
- 三日，諾貝爾文學獎得主高行健應台灣師範大學邀請來台，於表演藝術研究所擔任講座教授，並於台師大舉辦一系列相關活動。有座談會、攝影特展、學術研討會等。
- 十七日，台灣客家筆會於ＮＧＯ會館舉辦「客詩客藝靚風華暨二〇一二客語文學創作獎頒獎典禮」，短篇小說組前三名徐銀珍、余惠蓮、廖致苡，佳作雷定茂。
- 三十日、七月一日放映香港導演陳安琪拍攝的紀錄片《三生三世聶華苓》，呈現作家聶華苓從中國、台灣、到最後定居美國的流亡生命。
- 寶瓶文化與大陸重慶出版集團合作策畫「這世代——火文學」系列出版計畫，引進了台灣作家紀大偉、甘耀明、鍾文音、郝譽翔的作品，台灣則由推介大陸當代知名作家畢飛宇、盛可以、魏微、徐則臣、李洱。
- 印刻出版公司出版木心作品全集共十三部。
- 《中外文學》自一九七二年六月創刊，六月號適逢創刊四十週年，除了收錄四篇論文之外，特別規畫四十週年專輯。

七月

・七日，作家楊念慈以親身經歷撰寫的《少年十五二十時》，於紀州庵文學森林舉辦新書發表會。

・十三日，文化部揭曉第三十六屆金鼎獎得主名單並舉行頒獎典禮。圖書類文學獎：郝譽翔《溫泉洗去我們的憂傷——追憶逝水空間》、陳俊志《台北爸爸，紐約媽媽》、林俊穎《我不可告人的鄉愁》、尉天驄《回首我們的時代》。

・十六日，由台積電文教基金會、《聯合報》副刊主辦之「夢想的火山——二〇一二第九屆台積電青年學生文學獎」得獎名單揭曉，短篇小說獎：首獎張容兒〈最後一個任務〉，二獎張敦智〈一個傷腦筋的下午〉，三獎陳姿秀〈夢想散記〉，優勝獎陸怡臻、吳佳駿、游承彥、林秉衡、林纓。

・二十六日，由香港浸會大學文學院主辦之「第四屆紅樓夢獎：世界華文長篇小說獎」得獎名單揭曉，首獎為王安憶《天香》，決審團獎為賈平凹《古爐》、閻連科《四書》、格非《春盡江南》，專家推薦獎為黎紫書《告別的年代》、嚴歌苓《陸犯焉識》。

・三十一日，由國防部主辦，國防部總政治作戰局承辦之「國軍第四十六屆文藝金像獎」得獎名單揭曉，短篇小說金、銀、銅像獎分別為鄭亞群〈回到佳冬〉、洪慶煜〈永〉、蕭勝文〈七七〉，優選獎斯韋儒、賴揚霖、林庭毅。

八月

・三日，由文訊雜誌社、爾雅出版社、點燈文化協會主辦之「《梅遜談文學》新書發表會」於紀州庵文學森林舉行，由曾慶瑜主持，隱地、封德屏擔任引言人。

• 四日，全球第一顆以華人當代文學家命名的行星「鍾理和」，於國立台灣文學館舉辦慶祝儀式。

• 五日，由台灣推理作家協會主辦之「第十屆台灣推理作家協會徵文獎」於紀州庵文學森林舉行頒獎典禮。本屆有四篇作品入圍決選，後由〈舉手之勞的正義〉獲得首獎。四篇入圍作品並結集成《死亡遊戲——台灣推理作家協會第十屆徵文獎》。

• 十一日，葉石濤文學紀念館正式開館。

• 十六日，由文化部指導，九歌文教基金會主辦之「第二十屆九歌現代少兒文學獎」，於文化部舉辦贈獎典禮，並於頒獎典禮當天同步進行新書發表。

• 二十四日，遠景出版公司舉辦「《為何堅持》七等生精選集新書座談會」，座談會同時展出七等生同名畫作〈為何堅持 What for insist on ?〉，展期至九月七日止。

• 二十五日，文訊雜誌社與艾雯女兒朱恬恬於紀州庵文學森林舉行「《艾雯全集》新書發表會暨『物情物趣——艾雯逝世三週年紀念展』開幕式」。二〇〇九年艾雯以八十六歲高齡告別人世，朱恬恬於二〇一一年委託文訊雜誌社編印《艾雯全集》，二〇一二年八月出版，共計十冊，兩大卷，收錄艾雯一九四一年至二〇〇八年間的小說與散文作品。同時舉辦「物情物趣——艾雯逝世三週年紀念展」。

• 二十六日、二十八日，由苗栗縣政府國際文化觀光局主辦，苗栗縣立國樂團分別於苗北藝文中心演藝廳、台北國家音樂廳演出首部客家音樂史詩、李喬所創作的大河小說《寒夜三部曲》。

•水牛出版社於一九六六年彭誠晃成立，接手文星書店、仙人掌出版社停業後的大量出版品。曾出版王尚義《野鴿子的黃昏》、林懷民處女作《變形虹》、黃春明《兒子的大玩偶》等書。近年來因經營困難，轉由羅文嘉接下出版社社長。

九月

•一日，作家歸人於台北逝世，享年八十五歲。歸人，本名黃守誠，一九二八年生，另有筆名黎芹、林楓、康稔。創作有散文、論述、小說、報導文學、傳記等二十餘種。

•十六日，第三十四屆聯合報文學獎得獎名單公佈：短篇小說獎大獎李家沂〈尺蠖〉、評審獎舒貓〈馴虎〉、郭珊〈情人〉；極短篇獎優選熊一蘋〈會飛喔〉、張凱雯〈溫柔子彈〉、小冰〈門〉、楊瀅靜〈鏡頭下〉、吳宏軒〈金魚〉、陸海上〈黑畫面〉、王文美〈看見〉、楊美紅〈坐在公園裡〉。

•二十四日，由教育部指導、國立台灣藝術教育館主辦之「教育部文藝創作獎」，於教育部五樓禮堂舉行頒獎典禮。教師組：短篇小說：特優方中士〈蚊災〉，優選魯子青、陳東海，佳作徐嘉澤、許舜傑、梁金群。學生組：短篇小說：特優林雨樹〈一名寵物顧問的回憶〉，優選張家瑞、陳柏言，佳作張詩勤、羅智如、柯恩琪。

•九月底至二〇一三年五月，財團法人賴和文教基金會舉辦「二〇一二彰化作家文學地景踏查參與式工作坊」，規畫一系列認識彰化文學地景活動。

十月

•二日，由《中國時報》人間副刊主辦之「第三十五屆時報文學獎」公佈得獎名單，短篇小說組：首獎連明偉〈苔生〉，評審獎黃淑假〈金花〉、羅士庭〈淺色的那條〉。

•十月十三日～二〇一三年一月二十日，台灣推理作家協會於紀州庵文學森林舉辦一系列推理創作課程，邀請推理作家與評論家剖析推理小說的創作元素與技巧。

•十日起，成功大學以馬森之創作為主題，舉辦「閱讀馬森：夜遊邊界．低迴孤絕——馬森的創作旅程」展覽，回顧其創作歷程。另於十月十三日舉行「閱讀馬森二：二〇一二馬森學術研討會與劇作展演」、「馬森其人與其文學」綜合座談。

•十二日，吳濁流藝文館舉辦「吳濁流與客家文學學術研討會」，由李喬演講「台灣文學與吳濁流的文學創作」，隨後進行三場論文發表，會後則有「苗栗．客家與我：苗栗籍作家談寫作」座談會。

•十三日，清華大學台灣文學所於人文社會學院舉行「『台灣文學研究會』成立大會暨二〇一二第一次例會」，該會預定一年召開四次例會，每次邀約不同研究範疇與課題的研究者與會。

•由文化部、德國柏林文學學會（LCB）主辦，台灣文學發展基金會承辦之「台德文學交流合作」計畫，甄選作家陳克華、賴香吟於十月份赴德國柏林文學學會駐村一個月，深入當地，進行一連串的文學活動。

十一月

•九日，由台北市政府文化局籌建之「華文文學資訊平台」開放上線測試，資料庫共收錄一八五二年至一九七〇年出生之華文作家六百四十三位，內容包含作家小傳、年表、作品、照片、手稿、文學獎項，以及五十位作家的影音紀錄，並且有華文文學動態查詢。

•十五日，由財團法人吳三連獎基金會主辦之「第三十五屆吳三連獎」，於台北國賓大飯店國際廳舉行頒獎典禮，本屆文學獎小說類得主為李昂。

•十六日，國立台灣文學館公佈「二〇一二年台灣文學獎」得獎名單，圖書類長篇小說金典獎為賴香吟《其後》，其他入圍作品有楊麗玲《艋舺戀花恰恰恰》、賀景濱《去年在阿魯吧》、巴代《白鹿之愛》、胡淑雯《太陽的血是黑的》、陳耀昌《福爾摩沙三族記》、紀蔚然《私家偵探》、蔣曉雲《桃花井》、林俊穎《我不可告人的鄉愁》、方梓《來去花蓮港》。

•影響．新劇場由劇場資深編導呂毅新，將賴和小說《一桿稱仔》編成劇場版演出，於十一月十七、十八日於台南十鼓文化村、十二月八、九日於台北玫瑰古蹟／蔡瑞月舞蹈研究社演出。

•十六至十八日，由文化部、台中市政府指導，新地文化藝術有限公司、台灣藝文作家協會主辦，中華民國新地文學發展協會承辦之「第二屆二十一世紀世界華文文學高峰會」，十六日舉行開幕式。十七、十八日進行兩場論文發表、三場演講與六場座談。

•十七日，由林榮三文化公益基金會主辦、《自由時報》協辦的「林榮三文學獎」公佈得獎名單，短篇小說首獎辛曉嵐〈邊境Storegga〉，二獎楊慎絢〈奧德次雄〉，三獎陳思宏〈平的 歪的 直的〉，佳作張英珉、馮啟斌。

•十七日，作家古之紅病逝，享壽八十八歲。古之紅，本名秦家洪，一九二五年生於上海。

著有詩集、小說、電視劇本等。

・二〇一三年適逢鍾肇政八十八歲壽辰，由靜宜大學台灣研究中心、文學台灣基金會主辦，真理大學台文系、交通大學客家文化學院等北中南十所學校單位合辦之「鍾肇政米壽誌慶：校園文學講座」，於二〇一二年十一月起至二〇一三年一月，舉辦十場關於鍾肇政的文學講座。

十二月

・一日，作家文彥逝世，享壽九十五歲。文彥，本名李效顏，一九一八年生。著有報導文學、小說、劇本等。

・五日，作家趙宗信逝世，享年七十五歲。趙宗信，筆名綠野、瀟楓，一九三七年生。著有詩集、小說、雜文集等。

・七、八日，南風劇團於高雄市大東文化藝術中心演出文學劇場《跳舞不要一個人》，發想自女作家楊千鶴的短篇小說〈花開時節〉。

・九日，在楊逵辭世二十六年後，由其家屬、作家共同發起的「楊逵文教協會」，於國立中興大學台灣文學所會議室召開成立大會，旨在以「作家」作為文化公共財，透過組織性的集體實踐，以大台中為文化基地，希望發揚楊逵精神，深耕在地文化，培育文化種子。

・九日，由南都全媒體集群、南方都市報主辦之第三屆中國建築傳媒獎頒獎典禮，在深圳華僑城創意文化園區舉行，身兼建築師、學者、評論家、策展人、文學作家等多重身分的阮慶岳，榮獲該獎建築評論獎。

・十五日，由國語日報社主辦之「第十一屆兒童文學牧笛獎」，舉行頒獎典禮。第一名吳俊龍〈蒼蠅阿志與螞蟻阿康〉，第二名廖雅蘋〈阿牆的讀心術〉，第三名鄭順聰〈屁股癢的石獅子〉，佳作為翁心怡、張淑慧、黃振裏。

・二十九日，「二〇一二開卷好書獎」於《中國時報》揭曉，並於二〇一三年一月十二日舉行頒獎典禮。年度好書中文創作類得獎書籍：陳雨航《小鎮生活指南》、夏曼・藍波安《天空的眼睛》、吳明益《天橋上的魔術師》、阮義忠《台北謠言、人與土地》、遲子建《白雪烏鴉》、賴香吟《其後》、李銳《張馬丁的第八天》、林麗雲《尋畫：吳耀忠的畫作、朋友與左翼精神》、蔡珠兒《種地書》、郭松棻《驚婚》；評審特別推薦獎為《逃：我們的寶島，他們的牢》。

九歌文庫 1129

九歌101年小說選

Collected Short Stories 2012

主編　甘耀明

執行編輯　施舜文

發行人　蔡文甫

出版發行　九歌出版社有限公司
臺北市105八德路3段12巷57弄40號
電話／02-25776564・傳真／02-25789205
郵政劃撥／0112295-1

九歌文學網　www.chiuko.com.tw

印刷　晨捷印製股份有限公司

法律顧問　龍躍天律師・蕭雄淋律師・董安丹律師

初版　2013（民國102）年03月

定價　320元

書號　F1129

ISBN　978-957-444-874-6

本書榮獲臺北市文化局贊助

國家圖書館出版品預行編目資料

九歌101年小說選 / 甘耀明主編. -- 初版. --
臺北市：九歌, 民102.03

面； 公分. -- (九歌文庫 ; 1129)

ISBN 978-957-444-874-6(平裝)

857.61　　102001863